图书在版编目（CIP）数据

再会吧，青春小鸟 /（日）中田永一著；冷婷译
. — 北京：中国友谊出版公司，2017.9
ISBN 978-7-5057-4161-4

Ⅰ．①再… Ⅱ．①中… ②冷… Ⅲ．①长篇小说—日本—现代 Ⅳ．① I313.45

中国版本图书馆 CIP 数据核字（2017）第 196105 号

书名 **再会吧，青春小鸟**
作者 [日] 中田永一 著　冷婷 译
出版 中国友谊出版公司
发行 中国友谊出版公司
经销 新华书店
印刷 北京嘉业印刷厂
规格 700×980 毫米　32 开
7.5 印张　158 千字
版次 2017 年 10 月第 1 版
印次 2017 年 10 月第 1 次印刷
书号 ISBN 978-7-5057-4161-4
定价 39.80 元
地址 北京市朝阳区西坝河南里 17 号楼
邮编 100028
电话 （010）64668676

如发现图书质量问题，可联系调换。质量投诉电话：010-82069336

く ち び る に 歌 を

再会吧，青春小鸟

Nakata
Eiichi

[日] 中田永一——著　冷婷——译

中国友谊出版公司

目 录

序　言

我梦见少女们在十字架下唱赞美歌。

气氛肃穆，歌声清澈。

那是我孩童时的记忆。

有幸加入合唱队的那天让我想起了母亲。

半夜醒来，辗转难眠，俯首案前，提笔写信。这是数月前为了参加NHK全国中小学合唱比赛，练习时老师布置的家庭作业，但迄今为止我还没写一个字。因为不用上交，所以不写也没关系。这封信要写给“十五年后的我”，可我不知写什么好。看着老师发给合唱团全员的稿纸，开始回忆这数月间的往事：

男团员和女团员间的对立。

情书。

向井圭介的告白。

NHK 全国中小学合唱比赛的练习及正式比赛。

低调的桑原悟逆袭后，现如今已是学妹们的白马王子。

十五年后的我还会记得这些事吗?

我决定用信件记录下这些事。

希望无论何时我都不会忘记这些曾与自己一起歌唱过的小伙伴。

第一章 ○

敬启　寒气开始渐渐减弱，不知最近过得怎样？

在百花含苞待放之前，我的肚子却越来越大。

话虽如此，但我可不是长胖了哦。

前阵子我问你的那件事，已顺利得到校长的同意。

校长感激地说如此一来倒是节约了招人的时间。

你也知道，招一位音乐代课老师来这种地方上课是件很不容易的事。

能把学生交给你，我很放心。

合唱团的那些淘气鬼应该会很喜欢你。

不过很遗憾的是，因为距离太远，你没法每天从老家出发来上班，真是深感抱歉，好在这里的房租也没有东京那么贵。

我和我爱人都希望你能早日返乡。

○　○　○

期末考试完全考砸了，我已濒临死亡，奄奄一息。上午早早举行完毕业典礼，学生中午之前就能放学了。但我不想马上回家，便同第二音乐室合唱团的朋友们围在一起聊天。忽然，一个傻乎乎的学妹用力拉开门闯了进来，同时嘴里还在嚷嚷“号外！”

“各位辛苦了。”

这个学妹名叫福永洋子，比我小一届。见她上气不接下气，估计是从走廊那一头一路飞跑过来的吧。她手上拿着一张装在透明盒子里的 DVD 光盘。

“这是刚才铃木老师在教职工办公室前交给我的，说是松山老师寄存在她那儿的。”

原来福永口中所谓的“号外”是指这件事啊。她打开摆在音乐教室里的 DVD 播放器。

“松山老师今天来学校了吗？”

“听说她要去做产检，刚来一会儿就走了。”

“这张 DVD 是什么？”

“是 NHK[1] 的录像。”

我不禁歪起了脑袋。

“学姐，难道你不知道吗？在这之前，电视里公布过那个呀。”

在场的大多数学生立即流露出恍然大悟的表情。

“也差不多该公布了呢。”

与我同年级的辻惠理如此说道，她那银框眼镜后面的双眼正闪闪发光。她做事很认真，从明年开始将担任合唱团团长一职。辻惠理学

---

1 NHK：日本放送协会，是日本第一家根据《放送法》而成立的大众传播机构。

习成绩好，是班上的优等生，合唱团的人会在考试时复印她的学习笔记，甚至有人就是为了这个目的才加入合唱团的。

“NHK 公布了什么？红白歌会的主持人吗？”

“仲村学姐，话说你真的是合唱团的人吗？！”

福永洋子生气地说。她的身高及长相都与小学生相似，完全不用惧怕。

“我是真的不知道。公布？连续剧的主角吗？”

“请你给我闭嘴。”

摁下播放键后，屏幕上出现了已录制好的 NHK 节目。第二音乐教室里的所有人顿时一言不发地聚集到电视机前。看见屏幕后，我总算知道了发表的内容。

平时我们会将 NHK 全国中小学合唱比赛简称为 N 赛，这是一个由日本放送协会、日本教育音乐协会及全日本音乐教育研究会主办的全国性合唱大赛。比赛会在每年夏、秋两季期间举行，首先会于七月底在全国各都府县举行地区赛。

N 赛的特征是有指定的曲目，选手参赛时必须分别合唱指定曲目及自选曲目。每年都由音乐人为 N 赛编写新歌作为指定曲目，在三月底公布之前对全国保密。此外，指定曲目会在 NHK 的节目中公布，当乐谱开始在市面销售，全国各合唱团就要开始紧锣密鼓地练习了。福永拿来的 DVD 里录有公布 N 赛指定曲目的特别节目，首先公布的是小学组指定曲目。

“真是等不了了。快跳过去，跳过去呀！”

“好。”

进度条瞬间被拉到与我们相关的位置。

初中组今年的指定曲目歌名叫《信～敬启　给十五岁的你～》，节目演示了两个不同版本，分别为混声合唱及女声三部合唱。大家仔细倾听歌声、歌词及旋律，欣赏完后又重播了一次歌曲部分。有的团员坐在地上，有的坐在椅子上，有的与朋友背靠背。总之，我们用各自喜欢的姿势聆听着指定曲目，然后一起练习了这首歌。

走廊里有人正在玩耍打闹，嬉戏的声音隐隐约约传入第二音乐教室。毕业典礼结束后，教室的每个角落都被打扫得干干净净。这间使用了一年的教室，恐怕以后我们不会再回来了。四月开学时，我们必须搬到高一届的教室上课。透过三年级的教室窗外，能欣赏到怎样的风景呢？这时，海风从敞开的窗户吹入。

我们居住的地方叫五岛列岛。

五岛列岛是集中分布在长崎县西部海域的一百四十座岛屿的总称，比较大型的岛有五座，其余中小型的岛点缀分散在其周边。岛屿的海岸线是地形复杂的沉降式海岸，若观察海底，你会发现五岛列岛位于海底绵延山脉的山顶部位，唯有几处零星的山顶钻出了海面。顺带说一下，五岛列岛是学名，平常口语大家都称其为五岛。

虽然这里有一百四十座岛屿，但其中只有三十多座有人居住，总人口约七万人。我们生活的岛较大，岛上有便利店、超市，还有几处渡轮及高速船码头，住民可从码头搭船前往长崎港、佐世保港、博多港。如果搭渡轮去长崎港及佐世保港，大约需要两个半小时。如果去博多港，则需六个多小时。

岛上有书店、服装店、CD 店、杂货店，但商品的种类无法与岛外相比。每次和家人或亲戚搭渡轮去九州本岛，采购只有在那里才能买到的衣服和杂货时，是我们小孩子最幸福的时光。

今天学校不供应午餐，结果我们的肚子也开始咕咕咕地搞起了大合唱，练习指定曲目时更是无法集中精力。关掉电视及 DVD 播放器，下午两点离开第二音乐教室。双脚踏出教室的瞬间，阵阵暖风迎面拂来，看来春天的脚步已临近。

“上次的欢送会好开心哦。”

辻惠理推着自行车说道。尽管她每天骑车上课，但因为我走路上学的关系，她会陪我一同走到校门口。

她指的欢送会其实是场送别即将毕业的合唱团学姐的聚会，在期末考试前的某一天，我们在一个朋友开的 KTV 酒吧相聚狂欢。虽然会场只有果汁和点心，但我们连续唱了好几个小时的歌。托这次聚会的“福”，我的期末考试成绩考得一塌糊涂。

“惠理，你当时有用手机拍照对吧？发给我啦。我也把我拍的发给你。”

当下我们立马开始相互发照片，我特地选了张戴着细边银框眼镜半眯着眼的她的照片。坦白说，那张照片拍得挺难看的。辻惠理收到照片后，一脸嫌弃地说：

“今天是第三学期结业的日子，也是我俩友尽的日子。”

“啊，抱歉，我发错照片了。”

“你明明就是故意的好吗！”

辻惠理也发了张照片给我，是我和松山老师的合影。松山晴子老师现年三十岁，是位音乐老师，与此同时，还是我们合唱团的指导顾问。她的性格很温柔，从来不动怒，就像菩萨一样慈悲为怀。

“她的肚子明显越来越大了呢。从这张照片也能看出来哦。”听说松山老师的预产期是八月。从新学年开始，她要请一年的产假及育儿假。

“要是松山老师不在，谁来指导合唱团呢？你有听到什么消息吗？”

我问了合唱团所有人，她们一致表示很关心这个问题。

“她有稍微透露点消息给我。”

“那你怎么不早说？！”

“因为老师说这是秘密嘛。”

“咱们言归正传！到底谁来指导我们？”

“老师说是她初中时的一个同学。那个人考过了音乐教师资格证，现在在东京。”

东京这个地方，我只通过电视屏幕及杂志照片看到过。松山老师出生于五岛列岛，如果说是初中同学，那是否意味着那个人的老家也是这座岛？

辻惠理将自行车推到了校门口，她一边同我道别，一边从自行车的篮子里拿出安全帽戴在头上。学校规定凡骑自行车上学的学生都必须注意戴上安全帽，但安全帽实在是太丑了，我们这些女生正值爱漂亮的年纪，大家都只在学校附近戴着做个样子，一旦骑到老师看不见的地方就会立马摘下来，扔回车篮内。不过性格严谨的辻惠理应该会一路戴回家吧？只听她在下巴下方吧嗒一声扣好安全帽的拉扣，径直沿着学校的石墙渐骑渐远。

午后的日光穿射过高大树木的枝叶，把路面照得斑驳陆离。微风拂过，光影随之缓缓摇曳。我也沿着曾是城墙的围墙往家的方向行走。

福江岛是五岛列岛中面积最为广袤的岛屿，岛上有座学校名叫五岛高中。因建在旧城遗址上，所以索性用旧城城门做校门。我就读的这所初中同样建在旧城遗址上，但因为几乎没被媒体报道过，所以很少有人知道，更没有什么游客过来观光。

沿着石墙走一段路后，有条长有一大排椰子树的沿海路出现在视野中，海水的气味扑鼻而来。青空下，远方有艘正开往佐世保港的高速船。

○ ○ ○

进入四月，开学典礼在体育馆举行，校长向大家介绍了音乐代课老师。这位老师姓柏木，一副严肃凛然的样子，吸引了一大批同学的眼球。柏木老师身材高挑，一头及腰的黑秀发令人印象深刻。和我们一样，柏木老师也出生于五岛列岛，不过她住在如果没有什么重要的事就压根儿不会去的小岛上。

“尽管我只代课一年，但希望今后大家能多多关照。”

柏木老师立马成了全校的焦点。那些中午前就开始睡眼惺忪的男生，一看到柏木老师的身影便立马放下揉搓眼睛的双手，为的就是能让老师的身姿尽量多停留在视野一会儿。或许是出于嫉妒心吧，有几个女生因此对柏木老师心生厌恶，但更多的女生是发自内心地崇拜她。

通常我们会在第一音乐教室上音乐课，所以柏木老师的主要活动地点是音乐教室，一天当中，她会来回穿梭于音乐教室及教职工办公室好几次。几个对柏木老师心生喜欢的男生竟然调查了老师的行走路线，知道老师星期几几点几分会经过后，特意跑去欣赏老师的侧颜及飘逸的黑发。

我从不参加这类游戏，因为我觉得这事与我无关。每到下课时间，我都会趴在桌上装睡。

学校在新学期重新编排了班级，但这所学校每个年级只有两个班，因此班上的同学基本上没有太大变化。从早到晚我都是形单影只，不爱和同学交流，也就是所谓的孤零零的状态吧。无须多说，大家应该也知道孤零零就是孤单一人的意思。而且我非常擅长让自己孤零零，无论修学旅行还是体育课分两人组，无论何时，我都能立即切换到孤零零的状态。

偶尔有同学向我搭讪，我也会紧张到说不出话，脑海一片空白的同时不知该回答什么好，想要回答，话却卡在喉咙深处出不来。即便是简单的问题我也照样回答不好，每次只能不停地自责，面红耳赤地跑回家。

清晨去学校上课，放学后立马回家，我日复一日地重复着这样的生活。如果参加社团活动，说不定日常生活还有些变化，但我习惯了孤零零的状态，我能适应社团活动吗？更何况出于家庭的关系，每天放学后我都得马上赶回家。

“那不是柏木老师吗？”

某天放学后，我走在一楼的走廊上，听到有人这样叫了声。当时班级活动刚结束，我将之前借阅的书籍还给图书馆后，正走向鞋柜。发出叫声的是个我不认识的男生，他和另一个看似是他朋友的男生一起注视着里院方向。

“那些排队的家伙在干吗？”

“好像是合唱团的人吧。”

只见十个身穿制服的女学生正排列整齐地站在校园里院内，在她们身旁还有柏木老师的身影。

“那位老师是合唱团的指导顾问，替松山老师代课的。”

“对了，今天公告栏上好像贴了要举办什么活动。”

最近一段时间，各社团常常会制作五彩缤纷的活动海报张贴在公告栏上。为了吸引新社员的加入，他们会举办各种各样的活动，例如运动社团通常会举办比赛，茶道社团会举办茶会，而我也确实看到了合唱团贴在公告栏上的活动海报。

“她们现在要唱歌吗？”

几个学生聚集在面对里院的窗前。这所学校的学生人数原本就不多，因此聚集的人数说多也多不到哪儿去。其中的男生估计多半是冲柏木老师来的吧。

合唱团的人看上去似乎很害羞，有人在挠头，有人腼腆地低着头，还有人躲在旁边女生的肩后。我在左侧一带发现了长谷川琴美的身姿。

长谷川琴美——

初一时，她曾在课堂上帮我捡过橡皮擦。

“合唱团？竟然有这么多人？”

“我也不清楚呢。”

“排队唱歌还真是土得掉渣呀。”

几个女生将手肘搭在窗边正窃窃私语。从她们室内鞋的颜色能判断出她们是新生。

柏木老师走至团员面前，向挤在教室窗边的学生们鞠了个躬。她好像是合唱指挥员，她的脚边放有一台小型 CD 播放器。老师弯腰打开播放器，音乐声响起，但声音轻到几乎听不到。围在窗边的女生们的说话声吵吵闹闹，她们一边拍手一边笑着和朋友交谈，完全淹没了 CD 声。除女生之外，男生也相互打闹，假装恐吓要将朋友推出窗外。似乎没有人对合唱有兴趣。我转身准备走向鞋柜，但当我打算最后再看一眼长谷川琴美，回首张望时，脚步猛地停下了。

合唱团团员的神情和方才天差地别，前几分钟还扭扭捏捏，站队站得乱七八糟的团员，此时此刻都抬头挺胸地站在里院，简直就是判若两人。她们没有丝毫的摇摆晃动，身体既没用力也没放松，双手自然下垂，笔直地站立着。气氛也随之发生变化，在一片杂音中，唯有合唱团团员的周围很安静。

柏木老师一挥手，如涟漪般的声音顿时响起。与其说那是人声，倒不如说是温暖的水声。好几重声音相互交织，浑然一体，形成了不属于某一个人的歌声。以那排站姿整齐的女生为中心，音乐逐渐流溢扩散，充斥着整座学校里院。她们开始唱歌时，那些在窗边嬉闹的学生不知从何时安静了下来，大家全都注视着里院的合唱团团员。

○ ○ ○

第一次和柏木老师交谈是在升入初三的第一天。那天，我还沉浸在放两周春假的喜悦中无法自拔，沿着海岸路心不在焉地走向学校。清晨的阳光铺洒在停有很多艘小船的码头。

我们的校门曾经是城门入口，屋顶是瓦砾材质，由粗大厚重的木柱支撑。我穿过校门，校园内的樱花已完全盛开，花朵如爆米花般开得好不灿烂。室外的公告栏上贴有新学年班级名单。我们这所初中全校只有约一百五十个学生，每个年级只有两个班。我站在公告栏前寻找自己的名字。合唱团有四名初三学生，但唯独我被分到了三年级一班，其余人都在三年级二班。我一边叹气一边朝教学楼走去，在第二音乐教室的窗前忽然瞥见有个人影闪过，估计是大家聚在教室里正聊天吧。我换上室内鞋，走向第二音乐教室。

快走到教室时，突然传来一阵钢琴声。这不是CD播放器的声音，而是有人正在弹奏的声音。我没听过这首曲子。为了不打扰弹奏，我轻轻拉开拉门，只见一位女性正背对着我坐在钢琴前舞动手指，她不是合唱团的团员。尽管她那弹奏的手指若隐若现，但动作却像是被施了魔法般。琴键柔软地上下起伏，音乐被一个个旋律连接。突然她的手指停下不动了，琴声的余韵在室内飘荡。她察觉到了我的存在，但我并不认识那张回过头来张望的脸蛋。

“抱歉。”

我低头鞠躬道。因为我自知打扰人家演奏了。

“没关系啦，这首曲子正好弹完了。”

她回答说。

“哦　　”

我不太明白她的意思，但她的美令人窒息。她合上琴盖，站起身。虽然她个头儿很高，但长得很苗条。当一头飘逸的黑发随身姿摆动时，透过窗户倾泻而入的阳光被其反射，如同电视洗发水的广告模特般精致迷人。她是老师吗？可我以前在学校从没见过她呀。

“你是初三的学生吗？”

她看着我的室内鞋询问道。我点点头。我们学校室内鞋侧面的线条颜色会因年级不同而不同，这个颜色打学生入学开始三年都不会变，因此即便升入高年级，室内鞋也不用换。

“来音乐教室有事吗？”

“没有。我以为我朋友在这里。我是合唱团的，所以常来这边。”

“啊，原来如此呀，请多多关照。”

我不知她为什么要我多多关照。铃声响起，我们分别露出讶异的表情。

“我要去教职工办公室了。”她抓起放在钢琴旁的皮包，背在肩上，“你也要走了吧？不是有班级活动要参加吗？”

我们二人走出音乐教室，来到走廊间。她身穿长及手腕的长袖衬衫，下半身则是及脚踝的长裙。我们在楼梯附近分开，我走向三年级一班教室，她走向教职工办公室。

即便走进三年级一班的教室，也感受不到太大的新鲜感。因每个年级只有两个班，同学之间也大多打过照面，班主任老师和去年一样没有变动。清晨的班级活动结束后，大家一起前往体育馆参加开学典礼。与此同时，我发现刚才那个弹钢琴的女人也在体育馆。从远处望去，她非常醒目。学生们都流露出“这个人是谁呀？”的好奇表情，纷纷回头不停地看她。没过多久，校长便向大家介绍了她，此时我才知道她原来是替松山老师的代课老师。

开学典礼结束后，学生们即可放学回家。我和合唱团的朋友在第二音乐教室聊春假的事，突然傻乎乎的学妹福永洋子一边嚷嚷“号外！”一边使劲儿拉开了拉门。

“为什么这里有小学生？”

我代表在场的人向她调侃道。

“小荠学姐，你不记得我了吗？我是刚升入二年级的福永。”

“小学二年级吗？”

“初中二年级啦！”

可她的身高及长相确实很像小学生。

“有什么‘号外’？”

“松山老师来了。”

话音刚落，松山老师便挺着个大肚子出现在被拉开的教室门外。

“老师！”我们争先恐后地叫道，飞奔至松山老师身旁。看到老师那副和往常一样熟悉和蔼的脸庞后，大家这才松了口气。

“老师，你的肚子长得好大了耶！”

“还会变得更大哦。这只是开头。”

我们围在松山老师身边，抚摩她那圆润的腹部，手感不似积满脂肪的大肚子那般松软，貌似里面积了很多水，硬邦邦的。

“晴子，你就像 NHK 电视节目中被小朋友团团围住的卡通人偶。”

从不远处传来一个声音。循声望去，原来是代课的柏木老师，她双手交叉抱臂，像是在围观什么有趣的事一样。

“不要叫我晴子啦……在学校要叫我松山老师！”

“啊，是吗？抱歉咯。”

“没关系啦。进来，进来吧。”

松山老师邀请柏木老师走进第二音乐教室。顿时，室内的空气因美女散发出的气质而发生了些许变化，福永洋子心荡神驰地望着柏木老师。

“这位是柏木老师，我休假的这段时间会由她代上音乐课，也就是说，她会指导你们一段时间。为了 N 赛，大家要好好努力哦。”

在松山老师的提议下，柏木老师也加入了社团闲聊。或许松山老师的用意是为了让我们和代课老师之间有所交流吧。校长在开学典礼上介绍过，柏木老师高中之前都是在五岛列岛度过的，考入音乐大学钢琴系后去了东京。她生得一副好容貌，身材匀称，着装时髦，阅历丰富，在我们眼中她就是另次元的存在，我们能和这种人合得来吗？

“从音乐大学毕业后，我曾在东京参加过为数不多的一些活动，真的只是一小些哦。”

柏木老师的发音是不带任何方言的普通话。

“具体都是些怎样的活动呢？”

长谷川琴美追问道。她和我一届，都是初三学生。这位博爱的美少女的梦想是当一名幼儿园老师。

“比如偶尔在婚礼会场弹弹琴，只是这样而已。基本上算是个‘啃老族’，一个从音乐大学毕业的‘啃老族’。”

“她是太谦虚啦。之前还在管弦乐队弹过钢琴呢。”

松山老师立马追加道。但柏木老师摇了摇头。

“我讨厌那里的人际关系，早就辞职了。后来一直宅在家里玩Wii[1]。”

“可她很会弹钢琴哦！初中就被称为神童了！”

1　Wii：Wii是日本任天堂公司2006年11月19日所推出的第五代家用游戏机。是NGC的后续机种。

“那都是陈年往事了。现在我就是个‘尼特族[1]’，晴子见我整天在家挥舞 Wii 遥控器，所以就把我叫来了这里。”

这位曾被称为神童，现如今自称是“尼特族”的美女代课老师不禁令我们感到困惑。

由于今天学校不配餐，我们还没练习就直接放学了。大家一齐来到停车场送松山老师离开，老师挺着大肚子在驾驶座上落座，然后系好安全带。

“那大家要加油哦。”

松山老师摇下驾驶座的车窗说。

“别忘记要‘用嘴唱歌，曲调开朗’哦！”

看到我们频频点头后，松山老师发动了汽车引擎。

车子驶出校门后，停车场只剩合唱团团员及新的指导老师。方才还能靠松山老师牵线聊天，可接下来就要靠我们自己去搭建和柏木老师的关系。忽然间，大家变得疏远和拘谨起来，一个个你看看我，我看看你，不知该和柏木老师说些什么。这时，柏木老师嘟囔了句：

“好了，想来大家肚子也都饿了，今天的活动到此结束。”

“好，好呀。老师您辛苦了。”

新团长辻惠理回答道。我们也纷纷跟着说“老师您辛苦了”。因

1　尼特族：尼特族是 NEET 在台湾地区的译音，NEET 的全称是“Not currently engaged in Employment, Education or Training”。最早使用于英国，之后渐渐使用在其他国家。它是指一些不升学、不就业、不进修或不参加就业辅导，终日无所事事的族群。

为书包等物件还在第二音乐教室，所以大家一起返回了教学楼。

“晴子临走时说的那句‘用嘴唱歌’是什么意思？”

柏木老师向辻惠理打听道。

“那是松山老师喜欢的一首诗中的一句话，我记得是个德国人写的。”

“原来如此哦。”

“‘用嘴唱歌，莫失勇气。心有阳光，所向披靡！’诗句大概就是这样。”

教师专用停车场内停有一辆沾满泥土的小卡车，合唱团团员忍不住讨论说这是哪位老师的车子。小卡车车身上的泥土已变干，看上去脏兮兮的，唯有车窗玻璃及雨刷能刷到的部位勉强呈透明状，油漆脱落处更是红锈斑斑，还有很多剐蹭的痕迹。我们猜测这会不会是辆被人遗弃的车子，甚至有人评论说“这根本就是一堆废铁嘛”。出乎意料的是，柏木老师害羞地低头说“抱歉，这是我的车”，大家连忙向老师道歉。

○ ○ ○

据说五岛列岛周围海域水产资源丰富，受黑潮主流分流北上的暖流对马海流及列岛附近产生的沿岸海流影响，这里能捕捉到鰤鱼、竹筴鱼、鲭鱼、沙丁鱼、莱氏拟乌贼等海鲜。我家有亲戚在经营鱼糕工厂，加工从五岛近海捕获的鱼类。他常常会送很多鱼糕给我们家，因此家里的餐桌上总能看见鱼糕的踪影。虽然已经吃腻了，但我很感谢这位经营鱼糕工厂的亲戚。话说，如果不是亲戚关系，他还会雇用我哥哥吗？

看完合唱团为了招募新成员而在里院举办的合唱表演后，我骑上自行车踏上回家的归途。和往常一样，我沿海岸路径直骑到了鱼糕工厂。工厂的停车场停有好几辆工人的车子，旁边有冷藏保存原料鱼的巨大仓库、把鱼加工成肉糜的小平房及把一楼装修成办公室的亲戚家住小楼房。我将自行车停靠在办公室门前，把白色的安全帽扔入自行车车篮。我是来接在工厂上班的哥哥桑原晃生的，我们每天都一起步行回家。

斜坡上零星坐落着几栋住家户，远方的夕阳徐徐沉入海面，海岬及海岬上的灯塔宛如一张剪影画。我推着自行车，轮胎嘎吱嘎吱地转动着。

我哥哥患有自闭症，虽然外表看上去很正常，但内心却存在一些缺陷。他今年二十岁，从来没独自上下班过，因为这样子很危险，不知他会走到哪里去，说不定会掉入海里，也说不定会进山消失踪迹。因为担心他的安危，我会在每天早上及傍晚上下学时顺便接他上下班。

“哥哥，我今天来晚了，对不起。”

“　　”

哥哥长得很高，但骨瘦如柴，他的表情我永远都看不懂。

“小悟……”

哥哥走路时有点驼背，他微启双唇，慢吞吞地嘀咕道。

“嗯？怎么了？”

“小悟……来接你之前……你可以去……办公室等……”

“嗯，对呀。我来接你之前，你可以在叔叔家等哦。”

哥哥说的这句话是厂长（亲戚叔叔）平时嘱咐他的话，哥哥常会复述他曾听到过的话。准确说来，应该是他只会重复别人说过的话，无法按照自己的想法组织语言用完整的句子表达。当他想说些什么的时候，就会像播放磁带录音机一样说出残留在记忆里的话。

虽然哥哥的记忆力对生活起不到什么帮助，但他的记忆力非常惊人。他曾一鼓作气说出了几年前家人之间时长超过十分钟的谈话，还背出了神父读过的好几页超级难懂的《圣经》内文。尽管哥哥并不理解《圣经》内文的含义，但也许是他的五感受到了什么刺激吧，随之记忆仓库的大门被打开，翻找出了这些与刺激相关的语句。

“刚才我听了合唱团的歌，很好听哦。”我慢慢地说。

“很好听哦……”哥哥也缓缓地复述了一遍。

路的前方有哥哥喜欢的公交车车站。路过时，他目不转睛地注视着车站。假如有人搞恶作剧移走车站，恐怕哥哥会陷入混乱，一步也走不动吧。因为当习以为常的东西稍稍有些不同时，他就会不受控地忐忑不安。

“你知道什么是合唱吗？就是大家一起唱歌哦。”

“大家一起唱歌。”

“就跟在教堂唱歌一样。”

“在教堂。”

“就像唱诗班那样。”

“那样。”

顺着倾斜的坡道，我推着自行车往家的方向行进。从大海那侧投射过来的夕阳将柏油路上我们的影子拉得很长很长。有汽车经过时，我碰一碰哥哥的手肘，示意他注意安全——当我有事要提醒哥哥，通常都会碰一下他的手肘。接送哥哥上下班并不辛苦，对我来说，能和哥哥一边漫步在回家的路上，一边愉快地聊天是非常宝贵的。假如我没能将自己无论何时何地都能孤零零的才华普遍发挥至学校生活，那放学后就一定会有同学邀我出去玩，如此一来我就没有时间接哥哥了，真是太险了。

星期天我们一家会去教堂做弥撒。

当日本镇压基督教时，治理五岛列岛的藩主对基督教采取了较为宽容的措施，正因为如此，曾有一大批基督教教徒迁徙至此。尽管岛上的教堂修建于明治政府允许宗教信仰自由之后，但这里有好几座历史超过一百年的教堂。当下融入日常风景的教堂仍是重要的旅游景点。

附近教堂里有个唱诗班，成员是接受过基督教洗礼的小学五年级至高二女学生。顺带说一下，男生一般都在教堂给神父做助手。神父洗手时，他们要帮忙端水或端蜡烛。因为教堂有些场所只允许男生出入，所以这样的小帮手很有必要。做弥撒时，哥哥没法一直保持安静不动，有时中途他会突然站起来，好在大家都知道哥哥的情况，所以没有人会责备他。哥哥很喜欢教堂的彩色玻璃，他能不厌其烦地欣赏它们好几个小时。当唱诗班开始唱歌，哥哥会竖起耳朵倾听，他的神情是那样纯真无邪，仿佛能听见上帝的脚步声。

我家的房子是间古老的日式住房，唯一的优点就是宽敞。我嘎吱嘎吱地拉开玄关拉门，冲屋里说了句“我回来了”，哥哥也跟着说了声“我回来了”。

今天的餐桌上摆有几天前附近渔夫送给我们的鱼，刚送过来时做生鱼片吃，第二天做烤鱼吃，今天的晚餐则是蒸鱼。当然，餐盘里也盛有鱼糕。我家客厅铺有榻榻米，上面放了张矮桌，吃饭时我们全家围桌而坐。

“妈妈，哥哥的杯子在哪儿？”

我找不到哥哥喜欢的那个杯子。他是个非常执着的人，要是找不到他平时用的杯子，估计他会抓狂到痛哭。

“等一下，我还没洗呢。”

哥哥合上最喜欢的图鉴，端坐于餐桌前，双掌相合，开始开动。喝好啤酒的父亲躺在一旁，正一边看电视一边吃着鱼糕。这种光景在我家晚餐时段寻常可见。

晚上十一点，正津津有味地看着漫画的我突然感到睡意浓厚，于是赶紧钻入被窝。在熄了灯的房间，一边听收音机一边仰视眼前的黑暗。在快要睡着时，忽然想起了合唱团。准确来说，应该是想起了唱女高音的那位少女。

班级被重编后，我和长谷川琴美被分配在不同的班级。她一定早就不记得我了吧。

初一第二学期，长谷川琴美的座位在我身后。她有一双大眼睛，长得也可爱，声音温柔，性格文静，给人一种就连虫子都不敢杀的印象，班上无论是男生、女生还是老师，都很喜欢她。大扫除时，见大家讨厌擦灰尘，她就拿起抹布抢着自己擦，更不会在人背后说人坏话。当同学们嘲笑讨厌的老师的身体特征时，只有她会流露出为难的表情，做到不参与讨论。当哪位老师的课堂资料掉落在走廊地板上时，只有她会停下脚步，弯腰帮老师一起捡起。她总是面带笑容，她的周围弥漫着神圣的氛围，她自身也时刻散发出博爱的精神。假如这世上存在天使，那天使的长相一定和长谷川琴美一模一样吧。

我之所以会在入睡前想起长谷川琴美，一定是因为之前她向我搭讪，我却拼命装睡。有天课间休息时，我听见长谷川琴美在我身后自言自语。

“好想睡觉……脑袋昏昏沉沉的……”

当时我正伏在桌上，把脸埋入两只手臂。在没人跟我说话时，以及防止周围同学发现我孤零零时，我常用这个伎俩作战。

我听见名叫菊池的男生正在吵闹。他性格活泼，嗓门儿很大。即便闭上眼，也能感受到他在教室奔来跑去的活跃气息。

教室里的我几乎就像个透明人，再加上装睡，简直就跟不存在一样。也正因为如此，长谷川琴美才会对我不抱以任何警惕，脱口而出地嘀咕说：

“菊池真是烦死人了……好吵呀……给我去死……小心老娘干掉你哦……”

抱怨声很小，但内容却与她平时天使般的形象大相径庭。我一边假装睡觉，一边在心里怀疑自己刚才是否幻听了。

“……我说出声了吗？”

我紧闭双眼，并努力让自己的气息保持均匀。可是我的心脏正在加速跳动，我告诉自己千万不能被她发现我没睡着。

“……你刚才听到了吗？”一个细微的声音从身后传来。

“我说你是不是听见了？你没睡着吧？你是叫桑畑对吧？”

我叫桑原。虽然我很想如此回答她，但只要我稍微哆嗦一下，她就会知道我听见她自言自语的真相。尽管我很迟钝，但我觉得我应该假装没听见她刚才说的话才对。

“你听到了对吧？我说，你、你不能告诉其他人哦……”

第二学期的制服还没到换季的时间，我穿着白色的、质地轻薄的制服，趴在桌上装睡时一直在祈祷希望腋下别被汗液打湿。此外，我倒是更希望自己当下真的睡着才好。

“你不能告诉别人哦，因为这不符合我平时的形象……要是有人在背后议论这件事，我、我不会放过你的哦……”

难道说平时长谷川琴美那笑容满面、不说别人坏话、像天使般的性格全是演出来的吗？我用力闭着双眼，吓得快要哭出来。难道这世间没有上帝和佛祖？虽然我是基督教教徒，但此时此刻我那颗信仰之心发生了动摇。我家之所以信奉基督教是朋友介绍的，因此信仰原本也没有那么虔诚。

“你真的睡着了？喂……你不是在装睡吗？”

这时一群男生走了过来，向长谷川琴美搭话道：“长谷川……”她立马回应了句“在”。她那可爱的女高音如银铃般清脆，看来她已恢复往日在教室说话的声调，这与刚才和我说话时的音色相差甚远。几个人聚在她的课桌旁，没过一会儿她便随那群人出去了。但我仍不敢懈怠，在上课铃响及老师进教室之前，我都在假装睡觉。

下一节课上课时，我总能感觉到她那来自我身后的一直注视着我的视线。也许是我多想了吧，我觉得她的目光一直停落在我脖子后方。我很在意她的视线，以至于紧张到橡皮擦都掉在了地上。橡皮擦在脚边弹了一下后直接滚向后方，长谷川琴美用她那纤细漂亮的手指帮我捡起。

紧接着，她从白色的制服袖子下伸出细长的手臂，从座位后方将橡皮擦递给我。她什么也没说，也许是出于不想干扰老师上课的顾虑吧。我也什么都没说，只是轻轻点了点头，接过橡皮擦，然后再瞟了她一眼。长谷川琴美眯起双眼，冲我微笑。从那以后，我们没有说过一次话，但我却喜欢上了她。

○ ○ ○

不知是否因为在里院唱歌吸引新生活动的关系，第二天放学后，有三名新生造访了第二音乐教室。三名新生都是女生，她们没有立刻报名入团，而是想先参观一下我们练习的场景。我们的室内鞋全都破旧暗淡，新生的室内鞋却光鲜夺目，其中有位女生还在犹豫是参加吹奏乐队还是合唱团。

“来我们合唱团吧！会很开心的哦！”

“我们的指导顾问是位美女，学姐还会辅导你们学业呢。”

我和福永洋子兴高采烈地跳到她们眼前，她们的反应却很冷淡。我们担心她们不报名就直接逃走，为了进一步吸引她们，我和福永洋子开始表演专门为这种场合而准备的相声节目，可一直演到最后也没听见她们的笑声。

“对了！如果你们现在加入的话，团长会帮你们写作业哦！”

砰！我的脑袋被人敲了一下。我还以为是福永洋子在绝佳的时机拆我台，但没想到站在我身后的竟是团长辻惠理。

“别随便替我开空头支票！”

就在我被骂的间隙，柏木老师进来了，三位新生顿时露出紧张的神情。

“我们开始练习发声啦！”柏木老师坐在钢琴前说道。

“老师，还没做准备运动。”辻惠理举手提醒道。平时练习时，我们会先做准备运动、发声练习，然后练习各个声部，最后大家一起练习合唱。

“今天免了，赶紧练习发声。你们在旁边找个座位坐下，放轻松。”

柏木老师对前来参观的三位新生说。

我凑到辻惠理身旁，向她低声耳语道：“应该是老师不打算让她们看我们做准备运动吧？”

“为什么？”

“因为看到我们突然躺在地上练仰卧起坐的话，那几个新生一定会打退堂鼓呀，她们肯定会觉得加入合唱团很辛苦，所以老师才故意跳过这段吧？”

“哇啊，真不愧是上上策啊。”辻惠理大吃一惊地说。

想要发出好听的声音，首先必须调整好呼吸。而要想让呼吸顺畅，必须放松身体。最后，想要发出强有力的气息，必须先打造自身体力。正因为如此，在做发声练习之前需要先躺在音乐教室的地上做仰卧起坐。夏季常常做到汗流浃背，体操服也得时不时更换。柏木老师是不是担心新生看后被吓跑，所以才跳过准备运动呢？

在柏木老师的伴奏下，我们开始练习发声。全员随着钢琴的节奏，一齐发出“嘶——”的吐气声，然后再发出“啊——”的声调。有时还会发“玛——利——亚——”，有时会持续发“玛——玛——玛——玛——玛——玛——玛——”。

为什么发声练习要练“玛——玛——玛——玛——玛——玛——玛——”呢？以前我问过类似问题，松山老师给出的答案是：或许是因为母音“a”和子音“m”的组合很自然融洽吧。

“a”在母音中的属性为中性，所有发声都以母音“a”为基础，再进一步分为“i”“e”系统及“u”“o”系统。虽然每个系统的练习方式各有不同，但先练好基本功“a”就不会有太大问题了。

另外，在发声子音“m”和“n”之前需停顿些时间，以便在口腔中酝酿发音。由于声带在发音前需有短暂的停顿，因此可以在调整声带状态的同时练习发声，而此时轻而易举发出的动听的声音便是子音。顺带说一下，子音“l”和“r”在发声前也需稍微停顿下，这样才能达到唯美的效果。还有就是，发这两个子音时需要用到舌尖，所以从某种程度上来说，这也算是项舌部运动吧。综上所述，发声练习练“玛——利——亚——”或许是经过合理思考后得出的结论。

练习完发声后，团员按女高音、女中音及女低音三个声部分组，大家各自去第二音乐教室、隔壁的技术教室及因学生人数减少而不再使用的空教室练习。练习场所实行每日轮流制，在第二音乐教室练习的声部将由柏木老师弹钢琴伴奏指导，其余教室的练习则用 CD 播放器合音。

各声部的练习结束后，全员一起大合唱，合唱前大家可以休息十分钟左右。

“对刚才的练习，你们有什么疑问吗？”

休息时，柏木老师向三位新生询问道。其中一人怯生生地问：“刚才练习的是什么曲目？”

“是比赛指定曲目。你们知道 N 赛吗？”

三个新生一齐摇了摇头。她们也许根本没有合唱经验。

“其实之前我也不知道这世上还有种比赛叫 N 赛……”柏木老师开始向她们说明。

“每年都只有女生来报名。”同年级的横峰香织走到我身旁，对三位新生说道。她皮肤晒得很黑，除合唱团，她还参加了田径队社团。上一年级时，为了复印辻惠理做的期末考试复习笔记而加入合唱团，之后一直留在团里。现在她是四位三年级团员之一。

“这样很好呀。我们根本不需要男生。”

虽然合唱团没有不招男生的规定，但一直以来都没有男生加入。

对男生来说，或许加入全是女生的社团难度太高吧。

“可是你不想试一试混声合唱吗？”

“才不想呢。男生都很臭！每次从他们身旁走过都能闻到一股臭味，那到底是怎么回事？”

“但这就是男生的魅力所在嘛。”

“香织，你是变态吗？你之所以参加田径队，不会就是为了接近那些满身臭汗的男队员吧？”

“算你有种，你就在这儿别跑！我要揍扁你！”

我们嬉戏打闹的同时，我不禁想象了下有男生加入的合唱团的场面。一想到男生会污染这纯洁的第二音乐教室，就觉得毛骨悚然。

合唱团分两种类型，一种只有女生，另一种有男有女。

前者只有女声，所以称其为女声合唱，而后者是拥有女声、男声的混声合唱。女声合唱与混声合唱的乐谱各有不同，针对这两种类型，N 赛的指定曲目也分别发行了两种不同的乐谱。因此对合唱团而言，有无男生加入区别很大。

我喜欢现在只有女生的合唱团和女声合唱的歌声，因此希望一直都能保持如此。如果真的有男生加入了，反倒会觉得很麻烦。因为那样就不得不放弃一直以来坚持练习的成果，还要重新分声部。

“可男生的汗臭味和爸爸的老人味比起来根本就不算什么嘛，只是小意思而已哦。”

“难道不是半斤八两？”

“小荠的爸爸不臭吗？”

“真的臭吗？现在距离我见他最后一面已经很久了耶。”

“啊，是吗……”横峰香织顿时露出“完蛋了”的表情。

尴尬的沉默持续了几秒。幸好柏木老师救场说话了：“要再开始练习了哦——！”

休息时间结束，原本散落在教室四处闲聊的合唱团团员立即聚拢起来。全员大合唱是每天练习的高潮部分，大家前后排成两列开始合唱。柏木老师偶尔会中断伴奏，小心翼翼地问辻惠理：“团长，刚才这段你觉得唱得怎样？”

辻惠理睁大银框眼镜后的双眼，指出刚才合唱时的不足。由于柏木老师目前还不习惯指导合唱，所以暂且由辻惠理指导大家正确的唱歌方法。不过柏木老师也不是什么都没做，她偶尔会录下大家的合唱，然后拿去咨询松山老师的意见。

我们练习指定曲目的时间不长，那种磕磕绊绊的感觉如同行走在坑坑洼洼的道路上。从现在开始，大家必须朝着正式比赛的水准一步步调整。这是一次测试我们对歌曲内容理解程度的考验，我们必须把每个人不同的意见向同一方向整合。

第二天，那三位新生提交了入团报名表给柏木老师。这原本是件值得庆祝的事，却因为突然发生了意料之外的事，以至于无暇欢庆。

那天交到老师手中的报名表还有另外两份。

而报名表上写的是男生的名字。

○ ○ ○

这件事发生在下午课间休息的时候。我去完厕所回到三年级一班的教室时，发现有个男生正坐在我的座位上。他叫向井圭介，是三年级二班的学生，来我们教室是为了找朋友聊天。当我发现他时，他正和坐在我身旁的三田村陆聊得热火朝天。也许是想坐下聊，正好看有空位就随性而坐了吧，这种事在教室里常有发生。

早知如此就不去上厕所了——我后悔莫及地站在教室门口。一直孤零零、独来独往暴走的我不知该如何处理眼前这种状况，我也没法跟他说诸如“这是我的座位，其他还有空位，你要不去那边坐？”的话，因为赶人走会让对方不愉快，搞不好对方会以此为契机不停地欺负我。更何况今天来学校后我还没开口说过一句话，沙哑的嗓音说不定还会跑调，要真那样就太丢人了。

看来只能等他聊完离开再回到座位了，可我又不能一直一个人站在教室后方等，不然再去趟厕所好了。正当我打算转身返回走廊时，差点儿撞上一个正走进教室的女生。

“啊，对、对不……”

我试图道歉，可发出的嗓音果然很沙哑。这个女生名叫仲村荠，与我同班，她和长谷川琴美一样，是合唱团的团员。由于每个年级只有两个班，所以进入三年级后，即便是没有说过话的同学也大都知道对方的名字。仲村荠用她那气势汹汹的眼神瞥了我一眼，没留下一句话便大摇大摆地走进了教室。我虽然用“大摇大摆”来形容她，但她其实并不胖，只是她那耸着肩膀走路的样子让我想到了这个词。

“圭介，我有话要跟你说。”

仲村莽走向擅自霸占我座位的向井圭介，对他如此说。在同年级的男生中，向井圭介个头儿高大，尽管没加入社团，但他的运动神经很发达，体育课上常常能看见他出色活跃的身姿。向井圭介闻声，转过头来对仲村莽笑着说：“正好我也有话要跟你说，关于社团……”

“你卖的什么关子？”仲村莽双手交叉环抱于胸前，站立着俯视向井圭介。向井圭介虽然坐在椅子上，但视线高度仅与仲村莽差一丁点儿。

我站在教室门口，时刻关注着这件事的发展趋势。虽然教室里喧哗声不断，但勉强还是能听见他们的对话。

“搞什么嘛，原来你已经知道了呀！我们要加入合唱团。”向井圭介拍了拍刚才和他聊天的三田村陆的厚实肩膀，随后说道。

三田村陆长得高大魁梧，是柔道社的社员，从制服领口及袖子下露出的身体全都肌肉饱满。

听到向井圭介说“合唱团”三个字时，我不由得吃了一惊。

“以后请多多关照哦。”向井圭介刚开朗地说完，仲村莽便立即抬脚踢向他正坐着的那张椅子。

“别踢了！”

她连续踢了好几下，向井终于忍不住站起身。

“你为什么要加入合唱团？”

“当然是因为想唱歌呀！”

“啊？想唱歌？你是不是正在打什么歪主意？”

“我才没打歪主意呢！”

仲村荠使劲儿踢了下向井刚才坐过的椅子，因为向井并没坐在上面，这次椅子发出了哐当的响声。请大家别忘了，从刚才一直被踢的可怜椅子是我的。

“可是你突然加入合唱团，感觉太可疑了。”

“又没有规定说不允许我们入团。而且我们还向柏木老师咨询过男生能否入团，对吧？”向井圭介正在征求三田村陆的同意。

“对呀，她说男生也可以加入哦。”三田村陆一边点点头，一边用如同从岩石中蹦出来的粗犷的声音回答道。

“还说即便没有合唱的经验也没关系，对吧？”

“对的。她说外行也可以。”向井圭介和三田村陆在说话时都闭着双眼。

“柏木老师还是那样漂亮，对吧？”

“对啊，美女中的极品。”

众所周知，他们非常仰慕柏木老师。为了能看一眼柏木老师，他们常在校园内跑来跑去。

“难道你们……”仲村荠瞪着他们二人说，“加入合唱团是为了见柏木老师？！”

“啊？！你什么意思！怎么可能嘛！”虽然向井圭介嘴上这样说，但眼神却不禁开始飘移不定。

仲村荠火冒三丈地踢飞了椅子。那可是我的椅子呀！

“你们的动机也太不纯了吧！”

“动机因人而异嘛。”三田村陆安慰地说。

“话说，仲村荠你为什么这么生气？按理说有新团员加入不是该高兴吗？”

仲村荠沉默不语。这时有个女生从站在教室门口的我的身旁一晃而过，她叫辻惠理，一个戴着银框眼镜的三年级二班学生，也是合唱团的团长。虽然我和她毕业于同一所小学，但从小学开始我就已然具备让自己孤零零的能力，而且还是这一领域的尖子生，所以我几乎没和她说过话。升入初中后，我更不敢和异性说话，现在就连看她们一眼的勇气都没有。

“小荠，原来你在这里呀。”辻惠理走向他们二人说。

“惠理！你听我说！这两个家伙之所以加入合唱团好像是为了柏木老师哦！”

“我早就想到了哦。”

“那你为什么如此冷静？”

辻惠理推了推架在鼻梁上的眼镜，转头看向向井圭介和三田村陆。

他们四人正围在我的座位旁，我到底什么时候才能坐回自己的座位呢？

“如果你们能认真参加合唱团的活动，我倒并不介意你们的动机。向井君、三田村君，以后请多多关照咯。”

“哦，好呀，谢谢啦。”向井圭介有些不知所措地点点头。

“惠理，可男生真的可以吗？你说男生真的可以吗？”就在仲村荠抱怨的时候，上课铃响了，马上要开始上下一节课了。

“我走了。向井君别迟到了哦。”辻惠理转身离开，走向教室前方的出入口。

“你讨厌男生的毛病还没痊愈哦。”向井圭介刚说完，仲村荠便给了他一拳，好在向井圭介敏捷地闪身躲避掉了。三田村陆耸耸肩，转身面向教室前方重新坐好。仲村荠也回到了自己的座位。因为刚才他们四人围在我的座位旁说话，并狠狠踢了好几下我的椅子的关系，现在椅子已完全躺在过道上。

不过不管怎样，现在终于可以坐回我的座位了。正当我松口气走向自己的座位时，班上最恶霸的男生竟被我的那把椅子绊了一下。虽然他不是不良少年，但有传言说他父亲是混黑道的。尽管他没被绊倒，但他一肚子火地看了眼四周，而且视线正好与我对上。

“这是你的椅子吧？”

“是，是的……”

“挡到路了。”

“……啊，呃，嗯……”

这时仲村荠正坐在自己的位子上，托着腮帮子望向窗外，三田村陆则在打瞌睡。我想说这不是我干的，但又害怕自己解释不清楚。

“你在那儿晃什么晃？”

“对、对、对不起……”

他咂了下嘴，将我的椅子踢至一旁，然后走向自己的座位。我扶起椅子，放回原位，坐下后我心疼地摸了摸椅子。对不起，就因为是我的椅子，你才会被如此对待。当悲惨的情绪涌上心头时，刚才被骂的那句话也在脑海回响：“你在那儿晃什么晃？”被骂之前，我自己完全没有意识到，原来在我不知所措时，我的身体会禁不住晃来晃去。

作为自闭症特征之一，哥哥也常摇晃身体。说不定我也有某些发育障碍，只是没有表现出来罢了。再或者说，我只是太过软弱，没有所谓的骨气，只要稍有不安就会晃动身体？

忽然，合唱团唱歌的身姿闪现在我的脑海。站在里院唱歌的她们力量恰到好处，站姿更是优美至极。

放学后，我走向鞋柜准备换鞋回家，行至走廊时被班主任塚本老师叫住。

“正好，喂，桑山。喂，桑山！不要假装没听见哦！”老师的声音从后方传来，起初我没意识到他是在叫我。

“啊，是……是在叫我吗？”

回过头，发现班主任老师正抱着纸箱站在走廊上。

“除了你，难道还有别的学生叫桑山？”

“老师……我叫……桑原……”

“少骗我，你就是叫桑山嘛。”老师将纸箱放在脚边，翻开放在箱子上的点名册。稍作停顿后，老师说，“我说桑原呀，我有件事想拜托你。能麻烦你帮我把这个箱子搬去第二音乐教室吗？”

老师刚才抱着的纸箱用胶带封住了开口，不知里面装的是什么。纸箱上方用记号笔写着“合唱团用品”几个字。班主任老师说刚才在停车场遇到休产假的松山晴子老师的妹妹，对方把这个箱子转交给了他。截至去年年底，松山老师一直担任合唱团指导顾问一职。

“合唱团在第二音乐教室练习，你能替我搬过去吗？”

我无法拒绝塚本老师的请求，老师向我道谢后便快步走向了教职工办公室。无奈之下，我抱起纸箱，发现箱子很沉。在前往第二音乐教室的途中，我放下纸箱歇了好几次。

话说今天和合唱团还真是有缘。我想起了课间休息时遭遇的灾难，竟然有人为了色心加入合唱团，好诡异呀。虽然柏木老师长得是很美，可要是被那些认真练习合唱的人知道了还不气得火冒三丈吗？

我气喘吁吁、汗流浃背地与放学回家的学生擦肩而过，他们正在愉快地和朋友拍肩开玩笑。所有这种正常人与朋友间的交流都与我无缘。不知从走廊哪儿传来一阵哄笑声，我以为他们是在嘲笑我，所以被吓了一大跳。好想快些去接哥哥呀！好想快些和哥哥一起边走边欣赏落日呀！也许哥哥是这世上唯一需要我的人。

第二音乐教室位于校园里侧，平时我很少去这种地方。教室的隔壁是技术室，我曾在那儿上过木工劳作课，那间教室总是飘散着一股淡淡的木屑香味儿。我把纸箱放在第二音乐教室的拉门前，然后深呼了口气，拉开拉门。

我以为合唱团的所有团员会将目光齐刷刷地投向我，好在现下无人。偌大的空间里只有一架三角钢琴，墙面上贴着类似音乐历史年鉴的东西，与DVD播放器相连接的电视等配件被放置在角落里。我没看见任何合唱团团员的踪影。虽然现在已经放学，但时间还早，估计是还没到集合时间吧。当我发现不用和任何人说话交流时，心头顿时松了口气。我想我应该快快放下纸箱离开回家，只要在黑板上写一句留言就可以了。

音乐教室的黑板上有五条黄色的线，如此一来可以节约上课画五线谱的时间。我来的这天，第二音乐教室的黑板上用白色粉笔写着几个大大的英文字母，这些字母的书写格式并没有配合五条黄色的线。横向字母的排列依次为“A E I O U E A”，左侧A的下方以A为开头纵向写着“A K S T N H M Y R W G nG Z D B P”，受黑板长度的限制，这列纵向的字母因写不全而在中途拐了个弯。这到底是什么？我稍微想了想，推测应该是练习发声时需要参考的记号，横向那列是母音，纵向这列是子音。

“是想要加入合唱团的同学吗？”

突然有个声音向我发问道。一位头发漆黑、身穿长袖上衣和长及脚踝的长裙的老师正手扶拉开的拉门，注视着我。

“啊，嗯……那个……”

我无法顺利地组织语言。通过近距离地观察，我发现柏木老师真的是个美人，怪不得那么多男生都倾心于她。我没想到拥有超高人气的柏木老师会向我搭话，真是一点心理准备都没有。

“你等一下。”

柏木老师从皮包内掏出资料，那是一份空白的报名入团申请表。

“给你，填表就可以了。”

我看着递到我面前的报名入团申请表，顿时不知所措。

“不，那个……”我发现自己又在晃动身体。

“我可以借笔给你哦，喏，给你。”老师从皮质的笔袋里拿出一根带有可爱花卉图案的自动铅笔。那是小学女生喜欢的设计，我感到有些意外。

“不、不不不、不是这样……”

我好不容易才挤出这几个字，可就在自己都摸不着头脑的情况下我接过了老师递过来的自动铅笔。望着握在右手中的附有花卉图案的铅笔，我几乎高声惨叫。终于，柏木老师似乎察觉到了我的困惑，对我说：“我明白了，你不敢现在就加入是吧？那先来参观也可以哦，然后再做决定。虽然其他男生都是直接加入的。”

这时，第三人走进了第二音乐教室。那是一个我认识的女同学。

我感觉自己的体温在上升。

柏木老师向她发问道：“琴美，团长呢？”

“惠理说要先去趟图书馆，马上就过来了。老师找惠理有什么事吗？”

“嗯，晴子打电话来说要和她商量下伴奏及指挥的事。”

长谷川琴美突然察觉到了我的存在。可出乎意料的是，她见到我后表情立马变得惊喜闪烁起来：“桑原君，你要加入合唱团吗？！”

我讶异地看着她的脸庞，然后再害羞地移开视线。首先我很高兴她记住了我的名字，记得之前有一次她叫错过。还有就是，在她误以为我要加入合唱团的时候，为什么她显得有些欣喜若狂呢？我的心脏在加速跳动，耳根也在发烫。

“不，我……那个……”

“哇啊！你的背影真令人怀念呀！我们以前的座位就是一前一后，对吧？”长谷川琴美腼腆地露出了微笑。

假如我加入合唱团，是不是会有很多像现在这样和她交流的机会呢？

这一念头从我脑海中一闪而过，我立马摇摇头试图把自己拉回现实。

我无法参加社团活动。

因为哥哥在等着我。

他是这世上唯一需要我的人。

“以后请多多关照哦。有什么不明白的地方可以随时问我，我会教你的！”

“嗯……咦？”

我目不转睛地注视着自己的手，入团报名申请表上不知何时写上了我的名字——“桑原悟”，而且那千真万确是我的笔迹，我正打算把表交给柏木老师。

○ ○ ○

晚上，我躺在位于二楼的我的房间，将一颗佐久间硬糖塞入嘴内。这是一种由佐久间制糖株式会社生产的糖果，四方形的糖罐里装有草莓、柠檬、橙子、菠萝、苹果、薄荷等各种口味颜色鲜艳的硬糖。《萤火虫之墓》里，节子一直都不舍得吃、非常珍视的那种就是佐久间硬糖。

这时，楼下的电话响了。应该不是找我的，因为朋友要找我都会打我手机，而不是座机。做旅行生意的祖父还没回家，祖母正在泡澡接不了电话。而我则在听 N 赛指定曲光碟，我将 CD 播放器的音量调大，试图假装没有听见电话声。然而，电话一直在响。

“小荠——！电话——！”终于，祖母的怒吼声从浴室传来。假如来电者不放弃，家里这个古老的黑色电话就会响个不停。

“知——道——啦——！”

我摁下 CD 播放器的暂停键，走至电话机旁，接起电话：“喂，您找谁？”

我的声音或许有些不痛快，听筒那边没有任何反应，双方暂时陷入数秒沉默。

“喂，这里是仲村家……”这次我尝试以温柔的语气说。很快，听筒里传来熟悉的男声：“……是小荠吗？”

是父亲。一定又是来要钱的。

我猛地挂断电话。他还会再打来吗？我边想边在电话前待了一会儿，似乎他没有想要继续打来的意思。这是为什么？是怕了吗？正如拳击手等待对手出手般，我一边瞪着电话，一边在电话机前踱来踱去。终于，祖母泡完澡了，她摇着团扇走到我身旁。

“电话是谁打来的？”

“不清楚，好像是打错了。”

如此回答后，我和祖母闲聊了几句，然后我们一边喝大麦茶一边看电视。将冰块放入玻璃杯，注入大麦茶时冰块发出的摩擦、碎裂的响声令人心情十分愉悦。

在我上小学五年级的时候，父亲出轨和别的女人一同离开了五岛。母亲因癌症晚期住院，备受病痛折磨，甚至临终之际父亲都没有露面，他一直待在那个女人家里。我得知此事是在很久之后。因为母亲去世后父亲也没回家，抱着疑问我向祖父母打听，他们这才将事情的原委和盘托出。

当时，祖父母去母亲娘家道歉过好多次。岛上除了柏青哥[1]以外没有其他任何娱乐设施，大家都很喜欢东家长西家短。父亲没有回家这件事转眼间便被传开，以至于我的小学同学全都知道这件事。当我在学校和人发生争吵，对方一定会借用我父亲这件事来打击我。我也是从那时开始讨厌男生，我和母亲都被男人抛弃了，我无法想象自己与男生做朋友的场景。

放在第二音乐教室角落里的纸箱上用记号笔写着“合唱团用品”几个字，这是松山老师的笔迹。打开箱子，发现里面装满了大量的乐谱，其中包括《慕尼黑音乐学校的合唱教材》《孔空奈五十曲》及匈

1　柏青哥：一种弹珠机，有弹子和片子两种。

牙利作曲家高大宜合唱曲乐谱。

放学后的操场上传来棒球队练习的声音，金属球棒碰到棒球时的打击声清脆明亮。我一边翻看纸箱一边询问辻惠理：“这都是从哪儿弄来的？”

其他团员也聚集在四周，不停地伸长脖子向纸箱内张望。

“松山老师家的。好像是昨天刚入团的桑原君搬过来的。”

“是吗，这样子啊。可话说桑原君是谁？”

“他不就在这里吗……”辻惠理以一副厌烦的神情回头望向后方，一位矮个子少年正站在教室角落的清洁用品旁。由于他存在感太过微薄，以至于刚才压根儿都没发现他。当我的视线与这位看上去有些迷茫无助的少年相对时，我慌慌张张地向他微微点了点头。

“没记错的话，我记得你是和我同班的……上原？”

“啊，不，我是桑原……抱歉……”

“啊啊，原来你叫桑原啊。你为什么道歉呢？话说，你加入了合唱团？！”我讶异地追问道。辻惠理向我解释说：“他昨天交了入团申请表，但在大家集合前就回去了。”

桑原悟见我向他搭话，神情惶恐地缩起肩膀。而我则在想象他越缩越小，直至消失不见的模样。不过事实上，他当然不会消失不见。他也是为了柏木老师才入团的吗？就连这种厚道老实的男学生也会拜倒在柏木老师的石榴裙下，看来她还真是魅力无极限啊。

“继向井圭介、三田村陆后，这是第三位男团员啊……”

我一边嘀咕一边担心第二音乐教室会被男生的汗臭味污染。辻惠理却摇摇头说："我刚才忘记跟你说了，还有其他男生也报了名哦。"

身为团长的她会在中午午休时去柏木老师那里讨论放学后的练习流程及课题，而这个消息貌似是那个时候听来的。根据过惠理的说明，一年级及二年级各来了两个学弟，一共有四名男生拿着入团申请表找到了柏木老师。怎么会这样呢？现在合唱团已经有七位男生了，恐怕他们的目标都是柏木老师。

"……真是的！能不能去阻止下这个趋势啊？"正当我绝望地感慨发牢骚时，第二音乐教室的拉门被拉开了，团员一个接一个地纷纷走进教室。除熟识的团员外，向井圭介及三田村陆也混在其中。此外还有从未谋面过的男生，从他们室内鞋的颜色来看属于二年级学生，应该是新入团的男生之一吧。

"咦？关谷君？你怎会在这里？"

学妹福永洋子满脸欣喜地向那位二年级男生搭讪。

"啊，是福永啊。因为我也想加入合唱团呀。"

名为关谷的二年级男生向福永挥了挥手，他的外貌如同少女漫画中的美少年。此时，第二音乐教室聚集了有二十多位学生，现场气氛瞬间变得热闹活络起来。位于教室一隅的桑原悟正无事可做，只见长谷川琴美走过去和他搭讪。一小会儿后，我再回头看时，桑原悟已不知去向。难道说他并没有消失，只是因为太过不起眼，以至于我的眼睛看不到他吗？我试着向长谷川琴美打听，才得知是他家里有事，今天已经提前回家了。柏木老师拉开第二音乐教室的拉门，走向室内，顿时教室里的嘈杂声消失得无影无踪。老师让大家排好队，开始今天的训练。那些男同学一个个都流露出沉醉的眼神。

柏木老师说明了今后合唱团的活动内容。七月末N赛将举行都府县地区赛，参赛时要合唱指定曲目及自选曲目，指定曲目已对外公布，不过我们还没有决定自选曲目。另外，比赛时柏木老师会担任钢琴伴奏，团长辻惠理担任指挥。虽然很遗憾辻惠理无法与我们一同合唱，但这是她打电话给松山老师后商量出来的阵容。

“还有就是，我忘记购买N赛指定曲目的乐谱了。本想说反正晴子三月买了一本，那就复印后给大家每人发一份，但晴子生气地说不能这样做，必须给每个团员都买一本，可我觉得下订单购买好麻烦，所以迟迟没处理这件事。现在回想，幸好没有当时立即下单购买。”

我们一个个歪着脑袋相互对视，因为完全不理解老师在说什么。

“乐谱订购单上有一栏必须选择是买女声合唱的乐谱还是混声合唱的乐谱，在此之前我们合唱团只有女团员，所以应该购买女声合唱的乐谱，但没想到现在加入了这么多男团员，所以刚才我订购了混声合唱的乐谱哦。”

辻惠理并没表现出惊讶的神色，看来她是事先知道此事了吧。

我战战兢兢地问：“那个，要不要换个方案？因为所有男团员都没有合唱的经验，他们应该来不及参加比赛。”

“但这会成为一段美好的回忆哦。”

“我觉得只有女生参加的比赛表现会更好些……”

“那就叫技术不到家的男生只张嘴别发声好了……”

“老师！”辻惠理瞪视着柏木老师。

“人家开玩笑的啦。”

合唱团的人全都知道柏木老师是个随性的人，虽然放学后她会来监督合唱团的练习，但上音乐课时常常心不在焉，与凡事都认真对待的松山老师截然不同。

突然有人从身后扯了扯我的制服衣袖，回头一看，向井圭介正从斜后方伸出手来，他小声询问：“我说，刚才她们一直在说什么？什么是浑身合唱？”

我咂了下舌头，向他解释说：“不是浑身合唱，是混声合唱，就是你们男生也要参加合唱比赛的意思。老师买了有男声部的乐谱。”

“啊？我们也要参加比赛？以选手的身份？”他无忧无虑地欢呼道，“太棒了！”

我瞪视着他说：“白痴！傻瓜！赶紧在N赛前申请退团啦！”

这些为了柏木老师而加入合唱团的男生会认认真真练习合唱吗？N赛的长崎县地区赛将于七月底举行，只剩三个月的时间了。

“另外晴子给大家布置了一道家庭作业。啊，我所谓的晴子就是你们的松山老师。她才是合唱团真正的指导顾问。”柏木老师拿出一沓四百字的稿纸，一一分发给全员，“她说为了让你们在合唱《信》这首歌时充分理解歌曲的意境，你们大家都要写一封信给未来的自己。如同那首歌的歌词，写给十五年后的自己。”

男生们集体发出“欸？！”的惊叹声，在他们看来写信或许是件麻烦事吧。

“请你们别发出这种声音。写完后不用上交，写的信也不用给任何人看，大家可以放在抽屉里。我猜一定会有很多同学明明没写却假装写了……不过换作我的话，我就会这样做。”

男生们一听说家庭作业不用上交，立即停止惊叫。

“如果有人想写的话，希望写下的全是内心所想。”

全员看着手上的稿纸，开始烦恼该怎么处理。十五年后的自己还在这座岛上吗？或者是去了其他地方生活呢？我们会变成怎样的成年人呢？

不知为什么，三田村陆拿了好几页稿纸。见此状的向井圭介立即将自己的稿纸强塞给他。

“来，这张也给你。”

“你不打算写吗？”我不由得责备他道。

“会写呀。我写我写，绝对会写。”他一边打哈欠一边回答说。可我觉得他百分之百不会写，这时柏木老师将手放在嘴唇上，说：“不过老师很想看你们的信哦。如果有人给我看的话，我就告诉他我的邮箱地址。”

向井圭介一边连忙对三田村陆叫喊说：“我写！笨蛋，快还给我！”一边从他手中抢回稿纸。

第二章 ○

致十五年后的向井圭介：

你住在哪里呢？在从事怎样的工作呢？

我现在十五岁，为了参加N赛，明天要去佐世保。

在佐世保留宿一晚，然后奔赴谏早市比赛会场。

之前老师布置了一道家庭作业，让我们给未来的自己写封信，不过这件事已经过去很久了。

搞半天才知道柏木老师说公布邮箱地址的奖励似乎只是个玩笑。

因此我一直在拖延。

但现在这些都不重要了。

因为收信人是你，所以我才告诉你，我现在有喜欢的人了。

虽然我和那家伙之前的关系很恶劣……

没想到心情会有如此之大的巨变，真是太不可思议了。

○ ○ ○

分类、排列整理东西是哥哥最喜欢做的事，于他而言，那简直就是最幸福的时光。

大家都知道“柿种花生[1]”这种零食吧？这是一种将“柿种”与“花生”混合在一起的零食。哥哥曾将父亲买来做下酒菜的大包“柿种花生”全部倒在桌子上排列，分拣出“柿种”和“花生”后，将其等距离地进行排列，每个都朝同一方向整齐摆放，那场面着实令人惊叹壮观。

据母亲说，哥哥从小就爱玩这类游戏。比方说，他有一次偷偷把朋友家的旧款迷你玩具车带回了家。在面对不同种类的迷你车时，他不像普通孩子那样把它们当成真车玩乐，而是根据玩具车的颜色及尺寸大小进行分类，然后把车子排放在窗边观赏。在将杂乱的状态整理成有序的状态时，哥哥似乎能从中收获安心感。这与他喜欢数字，能长时间一动不动地注视日历这一行为也是密不可分的。哥哥只要看到按一定规律罗列的事物就会心平气和。

对哥哥而言，他眼中的这个世界是怎样的呢？也许他会有种被放置在色泽斑斓、声音嘈杂的混乱状态中的感觉吧。即便对我们来说，与他人的沟通也常常会充满各种无法预测的因素，社会就像是一团相

1　柿种花生：柿种是一种源自日本新潟的米制点心，常作为下酒菜，特别是和花生一起混合的“柿种花生”更是广为流行。

互纠缠的绳子。

在这样的世界里，按一定规律排列的东西或许能让他感受到与混沌无缘的不可动摇的纯粹，这将成为他的心灵支柱，而紧紧拥抱这一种纯粹，即可忍受这一世界。

哥哥每天都过着日复一日的生活，无论是起床的时间还是睡觉的时间，这十多年来从未变过。他吃饭的时间和看电视的时间也很固定，他对这种一成不变、周而复始的生活感到安心，但一遇到电视节目档期调整时就会心乱如麻。当他发现自己喜欢看的节目不见了，就会不知所措地在电视机前摇晃身体。我们必须耐心十足地跟他解释为什么他喜欢的节目不被播放，他非常不擅长处理突如其来的变化。

“……我有话要说。”我走到正在洗碗的母亲的身旁说。

“什么话？”

“我想从明天开始一天接哥哥一天休息，可以吗？”我战战兢兢地询问道。

“啊？你说什么？”母亲用力关上水龙头，回过头来问我。我们家的厨房紧邻客厅，只要稍微斜下眼睛，就能看见躺在榻榻米上的父亲及弯着膝盖正在看电视的哥哥。

“早上我可以送他去工厂，但傍晚我没法每天都去接他下班。”合唱团的练习是在放学后进行，因此我无法像往常一样每天接哥哥下班。

“你不去接晃生的话他怎么回来呢？”母亲用围裙擦擦手，露出困扰的神情。

“不是每天都不接呀……隔一天就行了……”

假如能隔一天接哥哥，也许我还能继续参加合唱团。

“你很少会拜托家里什么事哦。这次是为什么？有什么理由吗？”

“我想参加社团活动啦。”

“社团活动？！可你不是已经都上三年级了吗？”

“对呀。”

“三年级也能参加社团活动？！”

“还有好几个别的三年级的学生也参加了哦。”

“你想参加什么社团活动？”

“……合唱团。”

在母亲回话之前，有个声音透过客厅与厨房间的拉门传了进来：“什么破合唱团！别去，别去了！”本以为喝了啤酒及烧酒的父亲已烂醉如泥，却不料他听到了我们的对话，他晃着那个圆溜溜的肚子冲我发话道。父亲从五岛列岛的高中毕业后，就一直靠从事土木工作养活我们全家，“合唱能有什么出息！有空唱歌倒不如好好读书。”

“可难得小悟有件想做的事……”母亲向父亲提出了抗议，她似乎想要支持我的选择，“迄今为止小悟有提出过什么要求吗？没有吧？他对什么事都表现得很消极，眼睛如同死鱼般生无可恋。”

“我的眼睛像死鱼吗？”虽然我提出了反问，但父母并没有理会我的话。

“这个我明白呀。这家伙确实从没说过想做什么事，是个随波逐流没有出息的孩子。”

“我是个没有出息的孩子吗？”

“但现在去参加合唱团根本就是在浪费时间嘛，还不如好好用功读书呢，毕竟那才是你上学的主要任务。话说回来，小悟你是要丢下晃生不管吗？”父亲瞪着我问道。

父亲的身高和体重都高出平均值，手臂肌肉结实，看上去就像根圆木头。相比而言，我在班上算是个头儿最矮、体重最轻的，手臂细得像根枝条。

“我、我……”我惧怕父亲粗壮的手臂，再加上对哥哥的愧疚，我一下子紧张得说不出话。

“话说你为什么想参加合唱团？我都没听你唱过歌。”

我打死也不会告诉他们我之所以参加合唱团是因为想要见到某位女生，虽然我在心里也指责过那些为了柏木老师而加入合唱团的男生，但其实我自己与他们如出一辙。

“如果你不去接晃生，他有可能会陷入恐慌，搞不好会给工厂的叔叔添麻烦哦。”

这之后父亲连续说了好几遍“别去了”的话，当时针终于指向晚八点时，哥哥看完了电视准备去洗澡。我趁父亲不注意，逃入了自己的房间。

经过长期的训练，哥哥已经学会了自己拿换洗衣物、独自在浴缸洗澡，但他严格遵守洗澡时间，没有丝毫通融的可能。一到八点，即便有人正在浴室洗澡，他也会毫不介意地进入浴室。哥哥每天都必须按照日程行事，而且非常执着。之前有一次住在福冈的亲戚一家到家里玩，亲戚家的女大学生因泡澡太久超过了晚八点，以致全家差点乱成一团。当时其他人都正聊得开心，压根儿没发现哥哥进入了浴室。那个女大学生身裹浴巾，一边尖叫一边冲出浴室。在她身后，哥哥如往常一样开始了洗澡。

我躺在被窝里，注视老旧的天花板的同时内心不由得开始犹豫起来。现在应该还来得及退团，只要跟柏木老师说突然不想参加了就可以。尽管有点难为情，但应该不会被骂。考虑合唱团的事时，我突然想起那张放在书包里的光盘。我连忙跳出被窝，将手伸入书包摸了好一阵子，然后终于抓到了。这是长谷川琴美交给我的。

“N 赛指定曲目：信”，圆形的白色光盘上用记号笔写着这样几个字。

既然要退团，我大可不必听这张光盘，但我还是将光盘放入了CD 播放器，摁下播放键后，歌声缓缓飘出。

今天放学后我来到第二音乐教室，发现里面有很多合唱团团员。无论是新团员还是老团员，大家都与自己熟识的朋友聚在一起聊天。毋庸置疑，我没有聊天的对象，为了不妨碍别人，我独自站在教室角落的清洁用品存放柜旁。不知是否看我可怜，长谷川琴美出乎意料地向我走来。

“桑原君，你今天没有翘课，真是太好了。”

“啊，对、对不……”

长谷川琴美望了眼周围，说：“真恐怖，突然增加了这么多人。应该会从今天开始练习吧？”

我不知该回答什么好，沉默良久。周围的同学都聊得很开心，一副亲切友好的样子，我们的无言瞬间变得突兀起来，我很着急，想要说些什么，于是我鼓足勇气开口道："呃，那个……"

"什么？"

"我有事，今天也要提前回家，不知可不可以呢……"

"有事？"

我要去鱼糕工厂接哥哥。

可该如何向她说明哥哥的情况呢？我顿时语塞，长谷川琴美先开口道："你可以先回家，我会替你向老师请假。"

"嗯，对不起。"

"没关系啦。"

看到她脸上流露出的温柔的笑容时，我的内心立即淌过一股暖流。初一课间休息时，我装睡听到的那些长谷川琴美的自言自语难道听错了？

"对了，桑原君，你等我一下。就在这里等，别离开哦。"长谷川琴美如此嘱咐后，跑向她放在第二音乐教室某一角落的书包前，然后从书包里掏出了一个东西。

"来，这个你拿着。"

她手中握着一张装在透明盒子里的光盘。

白色光盘上用记号笔写着"N 赛指定曲目：信"。

"这是什么？"

"是我们要练习的曲子。你即便不参加练习，但重复多听几遍光盘也好嘛。”她跟我解释说这是她们在柏木老师的钢琴伴奏下录出来的合唱 CD。

“这个只有一张吧？我把曲子拷贝到电脑后再还给你？”

“桑原君，你会拷贝？你懂电脑知识？”

“普通操作没有问题……”

长谷川琴美立马将脸凑了过来：“那下次我可能会向你请教电脑方面的问题哦。”

或许因为她微微低头的关系吧，她的眼睛被刘海遮挡，我看不见她的表情。

“包在我身上。”我回答完后看了眼手表，该去接哥哥了，我连忙冲出第二音乐教室。

黎明时分，山脉的棱线浮现在朝阳中。我掀开被子，打开窗户。

“好呀，妈妈会去接哥哥。”在厨房准备早餐的母亲如此回应说。就在刚才她炖味噌汤时，我向母亲宣布我想加入合唱团。

“不用隔天，我可以每天去接晃生，之前都是你在接他。和小学时相比，晃生已经懂事多了，很多事也都学会了，几乎不会因为抓狂而大吵大闹了。小悟，你去做你想做的事吧。”

我非常清楚母亲的辛苦。在哥哥上小学前，因为不太了解发育障碍的相关知识，当时还活着的祖母常常责备母亲没有教育好哥哥，以至于他和其他孩子不一样。

“以前你奶奶还说是因为我给晃生的母爱不够才导致他变成这样，

真是过分呢，我明明这么疼爱他。”

母亲通过书本了解到自闭症，书中说那是与生俱来的大脑残障。她给哥哥设计了学习课程，教会哥哥很多事。

“我很期待接晃生下班，我会去说服你父亲，你就安心参加社团活动吧。”

“真的吗？”

“你要是不去参加社团活动就会交不到朋友，虽然我没期望你能结婚，但能交几个朋友的话不是很好吗？”

虽然母亲的话有些损，但我能理解母亲的心情。

“嗯，对不起。”

“你别老说对不起，这种时候应该说谢谢才对嘛。”

“是吗？谢谢。”

哥哥在卫生间洗完脸后，现在正坐在客厅的电视机前。在早上的电视节目中，哥哥最喜欢看的栏目是占卜。母亲一边将味噌汤倒入碗内，一边问我道：“小悟，昨天你被你父亲那样说完后是不是有点犹豫了？为什么最后还是选择坚持参加呢？”

“为什么呢？我也不知道。”我故意打岔躲避回答。

其实我是昨晚听了光盘里录的歌后才下定决心的。

“为什么呢？虽然我自己也不清楚，但我想加入合唱团，和大家一起唱歌。”

我换好衣服，和哥哥一起出门。虽然母亲同意接哥哥下班，但我仍要每天送哥哥上班。当哥哥的身影消失在鱼糕工厂内时，我跨上自行车，脚踩踏板骑向学校。

走进教室在自己的座位落座后，隔壁的三田村陆跑来和我搭话。当犹如巨汉般的他俯身面向我时，那种扑面而来的压迫感仿佛是一座大山。

“桑原，你不是也加入合唱团了吗？昨天练习到一半你就回家了吧？”

“啊，嗯……”我紧张地回答道。他是打算以我没有练习到最后为由而责备我吗？没想到这么快就有人欺负我了，我感到很绝望。尽管刚才向母亲表达了自己入团的决心，但现在我又有了退团的念头。三田村陆从书包里拿出几页四百字的稿纸，放在我的课桌上。

“老师给合唱团全员布置了家庭作业，说要大家写封信给十五年后的自己。你昨天中途回家了，没拿到稿纸吧？我帮你拿了哦。顺带告诉你，这份作业不用上交。”

我一边听他说明一边注视着稿纸。突然我想起了一件事，于是我看着他说：“谢、谢谢！”

听到我说感谢，三田村陆摇摇手说：“没事儿，没事儿。”

○ ○ ○

迄今为止，合唱团全是女团员，因此在参加N赛时，都以女高音、女中音及女低音之女声三部合唱的形式参赛。但今年我们要以混声合唱参赛，女团员被划分为女高音和女低音，男团员则负责男声部分。在给女团员分组时，柏木老师会根据歌声及团员本人的意愿来判断。

由于新团员都属于没有合唱经验者，因此练习的重心放在了发声上。柏木老师让大家在第二音乐教室的墙壁前排成两列，从我们的右手方到左手方依次是女高音、女低音和男声。排好队后，柏木老师开始播放CD，作为发声练习的节奏，播放器里传出了简洁的音乐声。就像用力吹气球般，我们配合音乐声“咻——！”地吐气。那些没有参观练习就直接入团的男团员在发现这种练习与合唱大相径庭时，全都不知所措。

“尽量用力吐气。”

柏木老师配合音乐的节奏声，用手打着拍子指示道。

我站在女低音的后排，我的左侧是向井圭介和三田村陆。到目前为止，我还没闻到担心的臭汗味。

紧接着，再用各种音阶发出“嗯——”和“玛——”的声音。

正式比赛时担任指挥的辻惠理不用参加发声练习，她负责逐一矫正新团员的站姿。

“你能不能站直些？腰部要用力哦。”

有合唱经验的团员站立时都显得轻松自然，那些缺乏合唱经验的团员不是东倒西歪就是左摇右晃。

“那位男同学，发声练习不是撕扯嗓子大叫一通哦，这里不是啦啦队。正在变声的男同学不用勉强，自然而然地发出声音就可以了。喉咙再打开些，男生在发声时要有将喉结向下压的感觉才行。”辻惠理大声地指导道。

接下来是母音与子音的发声练习。辻惠理站在黑板前，指着用粉笔写的英文字母。当她指“A”时，我们就在CD的伴奏下发“a——e——i——o——u——e——a——”的声音；当她指“K”时，我们就发“ka——ke——ki——ko——ku——ke——ka——”的声音。

“na——ne——ni——no——nu——ne——na——”

“ha——he——hi——ho——hu——he——ha——”

“ma——me——mi——mo——mu——me——ma——”

按照五十音图的排列顺序，辻惠理的食指分别在每个子音英文字母间跳跃。

柏木老师走到位于前排的女低音区，将手掌轻轻靠近一个新入团的一年级女团员的腹部，但她并没有真正触碰到她的肚子，腹部与手掌间相隔约一厘米。这个动作能有效帮助团员将注意力集中在腹部，学习运用腹式呼吸的发声方法。那名团员在发声时面露紧张，柏木老师将耳朵凑近她的脸部，倾听她发出的声音。人的声带犹如乐器，会随着人的成长而发生变化，现在老师正在给我们调音。

柏木老师听了大约一分钟后，往旁边走了一步，将手伸向另一个女团员的腹部前。

辻惠理用食指指完全部子音英文字母后，又回到最初练习的第一个子音英文字母下。

“a——e——i——o——u——e——a——”

柏木老师逐个确认的同时，站在我左侧的那群团员开始变得紧张。前后排成两列的男生在练习发声时，纷纷用余光不停瞟扫老师的动向。柏木老师一边把手放在前排男生的腹部前，一边向左缓缓移动，女低音区的确认已经结束，接下来要进入的是男声区。老师将手放在每个人的腹部前，然后把耳朵凑向他们的脸庞。对那些为了老师而入团的家伙来说，能近距离凝视老师真是一次非常难得的机会，他们的兴奋已按捺不住。

将手放在女低音团员腹部前方的柏木老师向左移动一步，她终于站在男生面前了，男生们频频用眼角瞥视老师的动态。练习完“ma——me——mi——mo——mu——me——ma——”的发声后，趁呼吸的间隙使劲儿咽了口口水。柏木老师举起纤细的手臂，将手轻轻放在站在她正前方的男生的肚子上，把耳朵凑近男生嘴旁时，为了能听清楚，柏木老师撩起长发，露出白皙的脖子。我站在后排，只能看见那个男生的后脑勺，但想来他此时此刻应该是一副笑呵呵的样子吧。

我随即看了眼向井圭介和三田村陆，他们两个站在后排，正用羡慕、嫉妒的眼神望着前排那个与柏木老师近距离接触的男生。他俩在练习发声时，还时不时动手动脚相互打闹，他们貌似很在意柏木老师的移动路线，真是两个不务正业的精明鬼。男团员前后各站两列，柏木老师依次一个个指导前排的团员。当她指导完前排最后一位团员时，会绕到后面指导后排吗？——向井圭介和三田村陆似乎正为此心事重重。因为他们站在后排，如果柏木老师不绕到后排去的话，他们就没法近距离接触柏木老师。他们的担忧还真是够无聊的。

合唱团一共有七名男团员，前排三名，后排四名。柏木老师走至前排第二个男生面前，将手贴在他的腹部。从背影来看，这个男生是与我同年级的桑原悟。突然柏木老师看着我说：

“小荠，帮个忙，后排就交给你了。”

站在后排的四名男生在发声“ka——ke——ki——ko——ku——ke——ka——”的同时，一脸惊愕地回头看了看我。我冲老师点点头，准备将手放在位于我左侧的向井圭介的腹部前，他一边发声“sa——se——shi——so——su——se——sa——”一边摇头想要逃开。我在发声“ta——te——chi——to——tsu——te——ta——”的瞬间拉住他的制服，将他揪了回来。我把手放在他的肚子前，耳朵贴近他的嘴唇边，“na——ne——ni——no——nu——ne——na——”，他的声音失去了方才的活力。

“再大点声唱！”

我如此指导他，他却狠狠瞪了我一眼。当大家发声“ha——he——hi——ho——hu——he——ha——”，且我再次将耳朵靠近他的嘴边时，他对我说了句“你——给——我——好——好——记——住——”。我用手肘捅了下他的胸口，在听到他痛苦的呻吟声后，我和柏木老师一样向左移了一步。三田村陆的肚子很大，大到几乎要撑断皮带。当我准备伸出手时，发现后排的男生忽然变少了，现在还站在原地的只有向井圭介和三田村陆。前排刚才明明只有三个男生，现在却增加到了五个。在我和柏木老师侧耳倾听时，有人悄悄从后排移到了前排。

自从有男生出入第二音乐教室后，福永洋子的性情突然一反常态变得十分乖巧。追问下才知道原来新入团的男生中有她喜欢的对象，估计多半就是那个她第一天搭讪的二年级男生关谷吧，他的长相很讨女生喜欢。

“关谷君好可爱哦。”

暂停练习休息时，有个女生满脸陶醉地看着他说。

那个女生就是三年级的横峰香织。

“完蛋了，自从这些白痴男生入团后，合唱团的风气就每况愈下。”

我不禁担心起来。横峰香织说：“这点堕落不算什么啦。那些男生出乎意料地练得很认真，不是吗？”

“可有时候会打打闹闹。”

“我们有时候不也会打打闹闹吗？”

“那倒也是。”

除我之外，其他女生貌似都很欢迎男团员，但他们之所以会认真练习，并不是出于无论如何都想要合唱的迫切愿望，而是希望得到柏木老师的指导。

柏木老师会一边弹钢琴一边耐心指导男生，帮助他们调整发声。当柏木老师弹“do”，男生就要发出“do”的音，但几乎每次男生都会发错音。他们还不会发正确的音，他们的声音有如迷路的小孩，四下寻觅，一会儿这边，一会儿那边，非常不稳定。老师敲着琴键，引导他们：“快来这边！”

男生在发“do re mi fa so la si do”的声时，有时会像残缺的住宅楼梯，不是一阶阶从一楼到二楼、从二楼到三楼忽然少一阶，就是楼梯阶高低参差不齐，总之丝毫大意不得。

另外，大部分的男团员处于变声期，他们的声音如泥水般混浊。为此，柏木老师指导他们“发声时尽量放轻松”。在这些男团员里，没有变声的男生一个也没有，他们不是已经变完声就是正在变声中。

“以前的合唱团在男生开始变声后就会要求他们别再唱歌，而是学习作曲，然而现在却说适当唱些歌能加速变声期的结束，虽然是真是假不得而知。声音训练也有各种流派，他们的意见各不相同，因此无法断言。”

休息时柏木老师这样对我们说。虽然这不是她的专业，但也许是担任合唱团指导顾问后自己看了些声音训练方面的书籍吧。根据老师临时抱佛脚学来的知识，男生在十一岁到十四岁会开始变声，他们的声带黏膜会充血，以至于声音失去透明度，在三个月到一年半的时间里，声带会急速发育，但由于声带肌的发育滞后于声带，导致男生在这个时期无法顺利发声。

“从某种程度上来说，男生还真可怜呀。”我感慨道。

“啊？为什么？”

“因为开始变声的话，以前的声音不就消失了吗？不管以前的声音多么优美动听，都会被生理活生生地剥夺走。”

“但变声后能得到低沉的声音不是很好吗？老师我就很喜欢低沉的声音。”

偷听我和柏木老师对话的那些男生忽然都开始用低沉的声音说话，这些该死的男生真是最好给我消失。

“似乎以前男生变声的时间比现在晚。巴赫时代时男生要到十八岁左右才开始变声，舒伯特是在十六岁时变声的。因此，以前的男童高音和我们现在听到的男童高音或许压根儿就是两种声音，除声音的浑厚度不同之外，十六岁和十八岁对音乐的理解也会有所不同。”

“男生为什么要变声呢？”

“这就和你的胸部一样呀。”

“欸？为什么突然这样说？”

“你没听说过《旧约圣经》中亚当和夏娃的故事吗？他们两人经不住蛇的诱惑，偷吃了禁果，然后为突然裸体的自己感到害羞，很在意对方的眼神。这时亚当吞下的禁果变成了喉结，夏娃吞下的禁果变成了胸部。正因为如此，喉结也被称为是‘亚当的苹果’，虽然这种说法将禁果与苹果混为一谈，但总而言之，在吃禁果前，亚当是没有喉结的，夏娃的胸也没有隆起，这说明他们还是小孩。”

五岛列岛有很多基督教堂，上小学时，班上有很多同学都是基督教教徒，他们从小就知道亚当和夏娃的故事。但在方才听柏木老师的话时，感觉亚当和夏娃的故事是在阐述人类第二次性征。再或者正因为这个故事的背后隐含这种意义，才被很多人记住。

话说，最先偷吃禁果的人是夏娃，亚当是跟着她才偷吃的，人类也是女生在男生之前发育。对裸体感到害羞的亚当和夏娃给人一种少男少女开始在意异性眼光之感，那么，将这两个人从小孩变成大人的禁果到底是什么呢？

“对了，合唱团里有人在谈恋爱吗？”

柏木老师饶有兴致地打听道。她之所以会想到这个问题，是受亚当和夏娃的故事的启发吗？

“不知道呢，应该没有吧。”

尽管我嘴上这样回答，但其实合唱团里有一个女生正在和比我们高一届的学长交往。虽然他们在校园内假装相互不认识，但听说他们常常在家的附近偷偷见面。不过我和她说话时，从没聊到过这个话题……

○ ○ ○

我们这所中学的生源由五所小学学区组合而成，学生的上学方式会因所属学区的不同而不同，住在学校附近的学生走路上学，稍微远一点的骑自行车，更远的学生则坐校车。

顺带说一下，全校学生几乎半数是坐校车上学的。我们居住的这座岛大部分是山地，居民居住的村落分散在海岸线与山地之间。从这座村落前往另一座村落，必须翻越蜿蜒的山道才能到达，而且山道的坡度很陡，如骑自行车翻越的话，骑到一半就会精疲力竭，因此那些住在偏远地区的学生只能选择坐校车。

清晨送哥哥去鱼糕工厂上班后，我面迎海风骑上自行车。沿着旧城遗址的石墙抵达校门口时，正好看见校车停在一片空地上，学生们纷纷下车走向教学楼。以前在学校一整天我都不会主动开口说话，已经习惯孤零零的我，嘴巴如贝壳般紧闭不开。但自从加入合唱团后，这种状态发生了变化。当我走进教室坐在自己座位上时，旁边的巨汉三田村陆抬起他那肌肉饱满的手臂，对我说：

“早呀！”

他发出了如同中年大叔般的声音。除合唱团外，他还参加了柔道社，学弟们在走廊遇到他时都会鞠躬给他让路。就在几周前，我压根儿没想到这个体育社团的中心人物除了向我抄作业之外，还会主动跟我搭讪。

“我哥有你推荐的那本书哦。”

“没想到五岛列岛除了我之外还有人有这本书。”

“洗完澡我翻了几页，感觉还挺有意思的。”

虽然从外表看三田村陆四肢发达，但他出乎意料地喜欢阅读。受正在读高中的哥哥的影响，他看过好几本国外科幻小说，但他不认识周围其他爱阅读的同龄朋友，所以常来找我聊书。话说回来，我一想到一个巨汉手捧文库本的样子，就有种大熊在看书的幽默感。

向井圭介是个飘忽不定的人，他的交际圈很广泛，常去其他班级找朋友玩。与像座山一样稳重的三田村陆相比，向井圭介似乎并不明白什么叫作定性，只见他前一分钟还在和这伙人聊天，下一分钟就跑去加入另一伙人，稍不留神便消失在教室，有时莫名其妙就被老师叫到走廊训斥，他在学校似乎有好几个分身。另外，他上学很不用功，从来不做家庭作业，即便上课也不翻开课本，因此他的课本永远都像刚发下来的新书。

某日午休时，我被向井圭介和三田村陆叫到教学楼旁，向井圭介站在只长有高大铁树的空地上对我说：“听好了小悟，我们一直都把你当朋友才带你来这里，这里可是学长告诉我的奇迹之地哦。”

“奇迹之地？”

我环顾四周，除白色教学楼、绿色植物及位于操场对面的蓝色大海，我没看见任何可以被称为奇迹的东西。

“这个地方是以前的学长一届届传承下来的地方，有一次一个潇洒英俊的学长将这里称为奇迹之地，后来大家都这么称呼这里。”

“可为什么要叫这个名字？”

“你站一会儿自然就知道了。”

向井圭介和三田村陆开始相互闲聊，而我却站在原地听他们聊天。不久，教学楼那边传来铁门打开的声音，他们二人立即停止谈话，用锐利的眼神凝视着教学楼。

教学楼的墙面上安装了一层层的铁制楼梯，弯曲缠绕的铁梯从一楼通向三楼。我们站立的地方正好处于树丛缝隙间，这个地方正好能看见铁梯，假如往后退几米的话，我们的视线就会被树叶遮挡。

这时，两个女生穿过三楼的铁门，一边聊天一边一步步走下铁梯。

“小悟，别正视那边，我们就假装在聊天，要用余光偷偷瞟视哦。”向井圭介的声音显得严肃认真，还真是罕见。

没一会儿工夫，那两个女生走到了铁梯的楼梯口，正值一阵海风吹来，周围树木的枝条开始随风摇曳。那两个女生的头发被吹得凌乱，与此同时裙子的下摆迎风飘起，露出白皙的大腿。她们发出了既不像笑声也不像惊叫声的声音，然后摁下裙子。向井圭介和三田村陆依旧用锐利的眼神凝视着那两个女生，当她们下至一楼走进教学楼后，他俩才放松警惕。

“呼……”向井圭介一边呼气一边擦了擦额头的汗珠。

“真是风光无限好呀。”

他说话的语气如同正在鉴赏一只国宝茶杯般赏心悦目。

“你刚才看到了吗？”向井圭介问三田村陆。

“当然看到了，我就是为了此刻才练的柔道动态视力啊。”

他们带我去奇迹之地的那段时间的合唱团氛围还算不错，男团员热情洋溢地投入到发声练习之中，直到夕阳映照在海面上才收工回家。有一次一个女团员在第二音乐教室一边哼着小曲儿，一边整理书包准备回家，其他在场的团员也跟着唱了起来，大家自然而然地开始合唱。当大家唱到忘记时间时，柏木老师就会一副忍无可忍的样子提醒大家说：“坐校车的同学再不快点的话，校车就要开走了哦。”

只要有合唱团的人聚在一起，无论何时何地，大家都会不由得唱起歌来。比如前往校门的路上，或等校车发车的空当，合唱团的女团员总是快乐地唱着歌，一副其乐融融的氛围。

练习前后及休息时，我与长谷川琴美聊过几次天，大多数时候都是聊一些无关紧要的话题。有一次，我突然想起问她：“对了，你上次不是说要请教电脑方面的问题吗？”

“嗯。请问要如何删除电脑里的数据？”

“删除数据？你要丢掉电脑吗？”在处理电脑时，为了防止个人信息被盗，很多人都会删除电脑里的数据。

“嗯，差不多是这样吧。”

我教她重装电脑，但她似乎觉得很难理解，可能是因为她电脑知识储备不足的关系吧。

“还有一种方法，就是破坏硬盘。”

“硬……盘？很硬的……光盘吗？”

“所谓的硬盘是一种辅助记忆装置，它通过让涂满磁性体光盘高速运转并转移至磁头的方式记录、读取信息。”

“……触摸硬盘的话会触电吗？”她担心地问。

“不会啦。”

“太好了。”长谷川琴美打心底松了口气，但我不知她为什么会问这种问题。

○ ○ ○

每次合唱指定曲目时，我就会想起给未来的自己写封信的那道家庭作业，可迄今为止，我仍没在稿纸上写半个字，空白的稿纸被我扔在家里的书桌上。和合唱团的朋友聊天时，我们也曾聊到过这个话题。“你写了吗？”“还没。”“我也还没写。”这些人里，唯有福永洋子露出了无敌的笑容。

“当然写了呀，毕竟是家庭作业嘛。我和你们不同，家庭作业一般都会认真完成哦。”

我们立即将她双肩握紧，并检查她的书包。当我们翻出空白的稿纸时，她的谎言瞬间被戳穿。原来她领到稿纸后，将其塞入书包便将此事忘得一干二净了，我们质问她为什么说谎，她回答说：“因为想获得优越感……”

进入五月后，合唱团内部出现了裂痕。在练习分声部时，三个声部的团员分别在第二音乐教室、技术室及空教室练习。按规定，女高音、女低音、男声三个声部轮流使用这些教室，凡在第二音乐教室练习的团员都能在柏木老师的钢琴伴奏下练习。如果外行男声组没有被轮流到第二音乐教室练习，那就由指挥辻惠理负责指导他们唱歌，可那些男生一看柏木老师不在现场就提不起劲儿，而且还拖拖拉拉地一直聊天，直到辻惠理大声喊停才会稍微收敛些，然后摆出一副心不甘情不愿的样子开始练习。辻惠理指导他们“这里不行”“应该这样唱”时，他们也完全不改正。总而言之，这些男生压根儿没有上进心。

男生的态度越发恶劣起来，如果柏木老师因参加教职工会议而晚到的话，男生的团练出席率就会很低。即便有人来第二音乐教室，也都是围在一起打打闹闹，有些表演职业摔跤，有些交流游戏攻略，反正净是些与合唱团无关的事。就算向他们抱怨，他们也听不进去，他们似乎厌倦了单调的发声练习。也许他们以前认为合唱团就是一个轻轻松松唱唱歌的地方，但加入后才发现现实与想象有所偏差。另外，男生们的站姿始终不正确，唱歌时两边肩膀高低不一，再不然就是一副浑身没劲儿的样子。

在这些男生中，唯独一人是真正在认真练习，这个人就是桑原悟。即便柏木老师不在场指导，他也会在辻惠理的指导下专心练习，而且进步很快。刚入团时，桑原悟完全发不出声音，现在貌似可以很稳定地发声了，而且他还知道如何配合柏木老师钢琴音程。

原以为只要有这样一个好学生，其他学生应该也会拿出干劲好好练习，但这一期待最终还是落空了。在合唱团，桑原悟的存在犹如保鲜膜般透明，说不定团里还有人不认识他呢。正因为这一点，大多数的女团员也只看到了男团员不好的一面。

合唱团内对男生的反感情绪与日俱增，尽管起初我就给大家敲过警钟，但直到如今她们才意识到并赞成我的意见。当然，团长辻惠理与我持同一意见的立场也起到了很大作用，她讨厌不认真做事的人，虽然之前男生们也曾热衷于练习，但看到柏木老师不在时男生们就立即松懈的真面目后，她立马加入了反对派阵营。

“小荠，抱歉，没想到被你说中了呢。”

反对男生的女团员人数急剧增多，我成了这一派别的中心人物。不过仍有少数女生坚持肯定男团员，横峰香织与福永洋子就是这派的核心代表。她们忘记了合唱这一崇高目标，完全被和男生交往的快乐冲昏头脑。比起唱歌，她们认为放学后讨论二年级小帅哥关谷的行为更青春热血，我曾伸出食指，指着福永洋子和横峰香织破口大骂：“你们是不是中了蛇的诱惑吃了禁果？从今往后我们断绝关系！”

但她们回答说：“学姐，等你再成熟些的时候就能理解我们现在的心情了。”

“没错，小荠你太幼稚了。”

原以为可以交一生朋友的她们竟然成了我的敌人，既然她们执意要高举拥护男团员的大旗，那我们就无法像从前那样在走廊上手牵手一起唱歌了。所谓的友情，还真是脆弱无常啊。

可后来的某一天，我退出了合唱团女团员的派系之斗。虽然我的主张是否定男团员，但因为某个秘密协议，我不得不拒绝参与两派间的争夺。否定男生派的中心人物由我变成了辻惠理，打那之后我只是一个旁观者的角色。而与我缔结秘密协议的人就是向井圭介。

我们认识的时间很长，上幼儿园时，我们常被母亲带着相互串门。上小学一二年级时，他曾身穿T恤和短裤跳入海里给我捞海螺吃。见我满心欢喜，他再次跳入海里给我捞上来一只又一只。现在回想，才知道当时的行为属于非法捕鱼，当年年少无知的我们将非法捞上来的海螺当成点心品尝。此外，我们还常常并排坐在廊下吃母亲做的刨冰。当他伸出手，我就摇一摇装有佐久间硬糖的糖罐，他接住从糖罐中摇出来的颜色缤纷的半透明糖果，塞入嘴内。当时我很喜欢一起陪我玩耍的向井圭介。

升入小学高年级后，我和他断绝了往来。因为母亲去世，父亲移情别恋不见踪迹，从那以后，我对异性的态度就变得冷漠起来。

“小荠，我有话想对你说。”

记得那天是个雷雨天气，升入初三的向井圭介在走廊里这样向我搭话道。雨水拍打在窗户上，如瀑布般向下倾泻。虽然是白天，但教室里却如黑夜般昏暗。

“什么话？”

“你还记得这个吗？”向井圭介从口袋里掏出一张可爱的粉色信纸。

“啊？那是什么……”说完我凝视确认，记忆像被电击过一样顿时苏醒。我记得那张信纸，那是少女漫画杂志附赠的小礼物。

“那……那是！”

雨珠强有力地打落在窗户上，室外强风肆虐。

“看来你还记得呢。这是你上小学二年级时给我写的情书。”

此时窗外划过一道闪电，雷鸣声接踵而至。教学楼内四处传来女生的尖叫声。

“……喂，你没事吧？”

向井圭介担心地询问道。他之所以这样问，是因为我将手捂住脸发出了惊叫声，我不是害怕打雷，而是害怕他手上的信纸，那东西令我胃部痉挛。我一边忍住痛苦，一边瞪视着向井圭介。

“你拿出那个是要干吗？”我的脸应该已经害羞到涨红了吧。

“我将家里抽屉翻了个遍，总算找到了。”

“给我赶紧烧掉——！”

“烧掉？多可惜呀。这可是我们之间的回忆呀。”

向井圭介展开信纸，然后将信纸举到我面前。纸上用铅笔写的字歪歪扭扭，一看就知道是小孩的笔迹。我隐隐约约记得信上写了什么，洋洋洒洒全是当时抽风时的心情。

“别给我看！”

为了不让那些字眼进入视线，我用手挡在脸前，与此同时如吸血鬼见到十字架般鬼哭狼嚎。不认识我们的学生路过走廊时，无一不露出讶异的表情。向井圭介手拿着信纸走近我，我被逼到了走廊墙壁旁。

“我在这里念给你听一下吧？嗯，这首诗写得还真是优美至极呀，你是个具备诗歌才华的奇女子。要不要多复印几张给学校其他人欣赏欣赏呢？”

“……你、你有什么目的？”

如果信的内容被其他人看到，那毕业前我都将无脸见人。虽说是幼时写的信，但被大家知道我曾喜欢过向井圭介那该多丢人呀。万一有人得知此事，我一定会咬舌自尽的。

“如果你不想这封信被公开，那就在团练时别对我们啰啰唆唆。”雷电划过向井圭介身后的窗户，他的身影铺满整面墙壁，覆盖住了我全身。

“你真是够卑鄙的。”

“岁月真是残酷呀……想当年你是那么喜欢我……”向井圭介一边望着信纸，一边小声嘟囔。

“只要小荠你乖乖听话，我不会给任何人看这封信，你就放心吧。”

我恶狠狠地瞪视着他离去的背影。

从那天之后，我既不是反对男团员派成员，也不是赞成男团员派成员，我只保持中立。

○ ○ ○

五月迎来黄金周，放假期间除打游戏、和哥哥散步以外，我几乎没怎么出过门。母亲说要去购物中心买东西，我陪她出去了一趟。这所购物中心是岛上规模最大的，入驻了百元商店、游戏中心和书店等店面。当然，与九州当地的购物中心相比，仍是小巫见大巫。涂满油漆的柱子上锈迹斑斑，商场内空空荡荡，可即便如此，这里仍是年轻人的重要娱乐场所，因为岛上再无其他游乐场所。一到假日，无论小学生还是中学生都会从各个地方聚集而来，他们有些是坐公交车来的，有些是父母开车送过来的。两群就读于不同中学的学生在擦肩而过时相互瞪视的光景时常可见，我不喜欢在这种地方相遇同学或熟人，对我而言那几乎就是一个可怕的场合，所以我会尽量远离那里，但商场里的书店有很多不同类型的书，这一点非常吸引我，书店书架上的漫画种类堪称全岛第一。我低下头，一边祈祷不要撞见熟人一边走向书店，然后依靠在书店买的漫画和小说在家中打发黄金周的时光。

听说有段时间不唱歌的话，喉咙会出现退化。出于担心，我有时会独自一人练习发声。不过在家唱会打扰家人，于是我选择去后山找一个没人的地方练习。有时练习从丹田用力吐气，有时练习发声“玛——”或“嗯——”。我的声音穿越茂密的树林，扩散至远方，我觉得豁然神清气爽。

后来有谣言说山里出现了会发出奇怪叫声的动物，左邻右舍开始纷纷讨论。小朋友听到那个奇怪的叫声后备受惊吓，居民前往乡公所反映情况，商量是不是驱除掉那只动物比较好。

“你别去后山练习了。”父亲说。

“我知道了。听说山里有会发出奇怪叫声的动物，万一我独自进山被那家伙袭击就惨了。”

“还好之前没有被袭击。”母亲这样感慨。虽然我和父母都隐隐约约明白那只动物的谣言是怎么回事，但我们仍然假装不知。

黄金周结束，我回到久违的教室上课，吃学校的配餐。放学后，前往第二音乐教室参加团练，却意外发现教室内空无一人。我想说可能大家待会儿就到了吧，于是放下书包稍候片刻，这时教室拉门被拉开，长谷川琴美进来了。

“桑原君，你来得挺早嘛。刚才听惠理说老师今天有事来不了了。”

长谷川琴美将书包放在教室的角落，此时此刻的第二音乐教室格外安静，教室外传来运动社团的哨子声及学生们放学回家的吵闹声。我非常不擅长处理这种与他人共处一室的状况，情急之下我打算逃离教室，去图书馆打发时间。正当我要走出教室时，长谷川琴美发话道：“哼哼，原来桑原君也想翘课啊。看来你和其他男生一样，是为了柏木老师才加入合唱团的吧？”

“欸？不、不是啦！”

“你这不是打算回家吗？”

“我的书包还在这里呀。”

“你见柏木老师不在就想回家吧？”

她以为我和其他男生一样，是为了柏木老师才加入合唱团。我没有解开这个误会，因为没必要向她说出真心话。

“那你要去哪里？”

“我想去图书馆打发下时间……”

“就留在这里嘛。来，坐，坐。”长谷川琴美搬出一张椅子，招呼我坐下，“其实我有事想问桑原君，但不是电脑方面的事哦。”她又搬来一张椅子，在我对面落座。她那对清澈、纯真的眼睛与我正面相对，我突然有些害怕起来，好想赶紧逃走。通常情况下，男生像这样与女生独处一室会觉得开心吗？反正我内心充满了紧张，担心做错事惹她嫌弃。

“我想问你关于男女间微妙关系的事。”

“……男女间微妙关系？”

“没错。最近合唱团男生、女生的关系不是很紧张吗？我是指这件事啦。”

“原来是合唱团的事呀……”

“那你以为是什么事？”

“当然也认为是合唱团的事啦。”我稍稍松了口气。

“话说，最近团长好像不太开心呢。”

“因为老师不在时，男生不好好练习吧？”

“……嗯。”

分声部练习时，负责指导男声的辻惠理似乎非常辛苦。她用CD播放器播放指定曲目，并让男生们跟着曲子练习，可大家都心不在焉，一副有气无力的样子。

“分组练完后，大家陆陆续续返回第二音乐教室，只有懈怠练习的时候，大家回来的场景才会这样。”

“可我没觉得关系有多么糟糕呀。午休时，男生、女生不是常常在这里聊天吗？”

午休时，向井圭介曾邀请我一起去第二音乐教室，记得当时教室里的男男女女正聊得很开心。我是个习惯孤零零的人，所以无法融入这种开朗的气氛，迟迟一言不发。

“那些应该是肯定男生派的女生啦，现在合唱团的女团员分裂为两派了哦。”

“欸？这样子啊？那你是哪派的呢？”

“两边都不是。”

长谷川琴美进一步向我说明道：“十三个女团员中，有四个是肯定男生派，有七个是反对男生派，有两个中立。”

“不知为什么，小荠最近也很中立。不过我希望用混声的唱法合唱《信》，所以说不定我也是肯定男生派噢。”

“你为什么希望唱混声？”

长谷川琴美站起身，从自己的书包里拿出《信～敬启　给十五岁的你～》的乐谱。

“这首歌有两个视角。”

《信》这首歌的歌词是以第一人称“我”为角度写的。但是，这个“我”又包含了“十五岁的我”和已长大成人的“现在的我”。

敬启　正在读这封信的你正在何处做些什么？

十五岁的我有个无法向任何人诉说的烦恼。

如果是写给未来的自己，

那我一定能坦言相告吧。

现在的我感觉就快要低头服输了，泪水也就快要决堤，甚至马上就要消失，

为了活下去，我到底该相信谁的话？

我的心一次次被撕裂，

活在痛苦的当下，

活在当下。

“这首歌的设定是‘十五岁的我’写信给未来的我，对吧？”

长谷川琴美小声哼唱了几句曲子的开头部分，然后对我说：

“这部分由女生唱，男声只是背景的一部分，接下来后面是‘现在的我’的回信……”

敬启　谢谢来信，我也有话想对十五岁的你说，

自己是谁？要何去何从？你只需不停扪心自问，就能找到答案。

波涛汹涌的青春之海纵然艰辛，

但你还是要搭载梦想之舟，朝明日彼岸驶进。

现在的你不要服输，不要流泪，感觉自己快要消失时，

仍需相信自己的声音，勇敢向前行。

长大成人的我也会遭遇受伤难眠的夜晚，

我活在苦中带甜的当下。

“这里的设定是长大成人的‘现在的我’写给‘十五岁的我’的

回信，混声合唱时，男声会加入进来，用低沉的歌声开导还没长大的自己。‘十五岁的我’主要以女子高亢的声音为中心，‘现在的我’则以低沉的男声为中心。”

长谷川琴美看着我说。

“你的意思是分成变声期前的‘我’和变声期后长大成熟的‘我’吗？”

“没错，因为歌词设定的关系，我认为这首歌可以这样来演绎。运用高亢的女声及低沉的男声，分别代表还没长大的‘我’及长大后的‘我’。如果只有女生参加演出的话，演绎就会不够充分，男声必不可缺，所以我想和男生一起唱。”

长谷川琴美说完后神色显得有些羞涩：“我说得有点多了。”

“可是我学到了很多呀。”

长谷川琴美微微一笑，看了眼乐谱后开始哼唱女高音部分。第二音乐教室的窗帘被一阵阵海风吹拂，缓缓鼓起、摇曳。我的脑海中浮现出接下来的歌词：

人生的一切都是有意义的，鼓起勇气栽培你的梦想，
keep on believing，
快要低头服输，快要泪水决堤，感觉自己马上就会消失，
为了活下去，我到底该相信谁的话？
啊啊，不要服输，不要流泪，感觉自己快要消失时，
仍需相信自己的声音，勇敢向前行。
不管什么时代，都逃不过悲伤，

露出笑颜，活在当下，

活在当下。

敬启　正在读这封信的你，

希望你能幸福。

咚！空中响起一阵清脆的声音，白色的球被打入高空。学生全速奔跑，接住棒球。我们呆呆地眺望棒球社团在操场练习的身姿。

“听说你和惠理是同一所小学毕业的，真的吗？”

“我们的家也相距很近。”

“她以前就是这样吗？”

“她一直都是班长，老师也很信赖她。”

“听说她有个妹妹？”

“我记得现在在上小学六年级。”

“那她来这里上初中的话，我们正好毕业了。桑原君家有兄弟姐妹吗？”

“……没有，我是独生子。”

以前父亲曾这样对我说：“假如有人问你有无兄弟姐妹，你就回答说没有。”

也许是父亲想太多，但听说相亲一方听到另一方家里有人需要看护时，原本聊得很顺畅的关系会突然断开。因此父亲不太希望别人知道我们家有个患了自闭症的哥哥，他甚至因为有这样一个儿子而觉得丢人，母亲常常为了这件事与父亲吵架。

不过，真的只是因为父亲吗？

我不敢直言不讳地坦承哥哥的存在，难道不是因为自己想要隐瞒吗？

以前在学校没有聊天的对象时，哥哥几乎是唯一会和我聊天的人，但在我内心深处，是否因有这样一个哥哥而感到丢脸呢？

忽然传来拉门被拉开的声音，几个二年级女团员走进教室，三年级的男团员及女团员也紧跟其后。教室突然热闹起来，长谷川琴美被几个学妹团团围住，大家在追问她黄金周都做了些什么。我孤零零一个人，像往常一样一动不动地站在清洁用品存放柜旁边。

得知柏木老师今天有事无法出席后，几个男生立即冲出教室回家了。虽然还有几个男生留下来了，但开始练习时，他们仍旧围成一圈，自顾自地模仿人声打击乐。所谓的人声打击乐，是一种模仿打击乐音色的口技，最近男生们很喜欢模仿各种音乐，几个人聚在一起表演。

向井圭介和三田村陆也是模仿打击乐团体中的一员，他们时而模仿鼓声，时而将手指放在唇边，发出类似刮东西的声音，时而用各式各样的声音打拍子。有人用舌头发出“叽叽叽”的声音，也有人发出难以形容的电子音。总而言之，他们正在演奏的曲子是被改编成嘻哈风的《超级马里奥兄弟》的音乐。

“开始练习了！别闹了！”辻惠理大声叫道，但男生们并没有停止演奏。如果换作往日，仲村荠一定会加入团长的队伍数落他们，甚至敲他们的头，但此时此刻的她正坐在教室的一个角落，望着那些男生及辻惠理。“中立”——我想起了长谷川琴美说过的话。

旋即，反对男生派的几个二年级女生也开始和辻惠理一起谴责男生，无奈之下，男生们开始演奏《超级马里奥兄弟》游戏结束时的音乐，然后跟着辻惠理她们练习去了。

仲村荠背对着大家，正仰望着窗外广袤的晴空。

○ ○ ○

我喜欢女声合唱时如玻璃般纯粹的声音。长久以来，我们只练习女声合唱，正因为如此才觉得男声的加入很异类。和缺乏练习的男声部合音时，那种违和感令我绝望，就像是拼命在倾斜的地基上搭建一座玻璃城堡。即便竣工，想来也不会有人觉得漂亮吧。既然如此，倒不如就统一成女声合唱，因为这样会更轻松些。

天气晴朗，放学后吹奏乐团在校园里练习吹奏。噗——铜管乐器的声音传向高空。吹奏乐团常在第一音乐教室活动，因为存放乐器的音乐准备教室就在隔壁。吹奏乐团的第一音乐教室与合唱团的第二音乐教室相距较远，可能是出于防止练习声相互干扰的顾虑吧。

好羡慕吹奏乐团，虽然他们也有几个男团员，但没发生过像合唱团这样的问题。因为是用乐器演奏，所以无论演奏者是男是女都没关系。但合唱团要用合唱者的身体演奏，男女身体构造有别，演奏出的声音也完全不同。如果合唱团没有男生，那合唱的方向也会大不一样。运动社团会按照性别明确区分比赛项目，这样倒也简单明了，总之，因男生的加入而备受影响的社团除合唱团再无其他。

自从男团员加入后，合唱团内出现了各类派系。大家的方向零散不统一，无法全身心投入指定曲目的练习。然而时间不等人，我们差不多该决定参加N赛的自选曲目了。

柏木老师站在聚集于第二音乐教室的合唱团团员面前，轻轻咳嗽了声后开始发言："接下来我们要商量自选曲目的事，大家都有什么针对性的建议吗？或者从这个纸箱里挑选也行。"

柏木老师的脚旁放有一个装满旧乐谱的纸箱，其实就是桑原悟之前搬来的那个箱子。我们聚集在纸箱周围，翻看一本又一本的乐谱，讨论到底该唱哪首，但找来找去都没有找到中意的曲子。另外说一下，初中部的自选曲目在演出时必须控制在四分三十秒内。

《无尽的海》《资格证明》《致未来》等几首候选曲全是信长贵富老师作曲的作品，我们合唱团内有好多信长老师的粉丝。但我们发现信长老师的作品几乎都不太适合混声三部合唱，如果是混声四部合唱的话倒是选择丰富，是否从这个角度重新考虑下呢？

柏木老师坐在钢琴前练习《信》的伴奏，但没一会儿工夫便厌倦了，她开始弹奏其他曲目。虽然这首曲子似曾相识，但却怎么也想不起来了。弹了一小会儿后，老师突然中止不弹了。

"老师，这是什么曲子来着？"我问道。

"对了，在我们第一次见面时，小荠你听到过。"

"啊！就是那首弹到一半中止了的曲子！"是那首开学典礼开始

前，柏木老师清晨在这里弹奏的曲子。

“为什么只弹到一半？”向井圭介问。

“因为在东京时我只写到了一半，后面就没再继续写了。”我们为此大吃一惊。

“也就是说这是老师作的曲子？！”

在纸箱旁挑选自选曲目的合唱团团员纷纷放下手中的乐谱，聚集到钢琴周围。在我们的请求下，柏木老师再次弹奏了一遍这首没有完工的曲子。老师的感性转移至指尖，指尖的动作经由钢琴化作音符，音符穿过我们的胸口，遗留下淡淡的惆怅。

讨论自选曲目时，团员可以举手说出想演唱的歌名，然后由辻惠理写在黑板上。从比赛中常见的曲子到从未听过的曲子，黑板上列举出了一长排歌名。

“还有其他的吗？没有了吗？”辻惠理询问道，此时向井圭介举手回答说：

“老师刚才弹的那首曲子。”

所有人都吓了一跳，其中最讶异的当属柏木老师。

“可是不能用自创的曲子参加比赛吧？”老师回过头来，望着辻惠理问道。

“好像并没有哪条规定特别指出不行，我记得以前也有学校拿着老师作词、作曲的曲子当作自选曲目参加N赛。”

辻惠理在黑板上写下最新提议的一首自选曲目——“老师未完成的曲子”，紧接着，我们开始当场表决，“老师未完成的曲子”超过了半数的支持。确切来说，应该是几乎全员一致通过。也许大家并没仔细考量太多，只是被当时的气氛感染到了。也许是前一刻听到的旋律还在大家脑海中回旋，以至于大家做出了这样的决定。总之，我们很想唱这首曲子。

“既然如此，那老师就请你尽快完成，要把曲风改编成适合合唱的才行哟。”辻惠理对柏木老师说。

“你说得倒是轻松，歌词怎么办？”

所有人陷入沉默。

“对了，小荠，你来写歌词吧。你不是很擅长写诗吗？”向井圭介说。

“啊？！”

“诗呀！诗！”

“诗？！”大家开始纷纷议论起来。他指的是我很早很早以前写给他的那封情书，瞬间我慌乱地说不出话。

“要不要把你写的诗读给大家听一听？”向井圭介扬起嘴角，浮出笑容，看来他完全乐在其中。

“你给我闭嘴！我写！我写还不行吗？！”如果我继续拒绝的话，他搞不好真的会公开那封令我颜面尽失的信。我败给了这股恐惧，不假思索地答应了。

走上楼梯，推开铁门，来到教学楼的屋顶平台，碧蓝的天空一望无际。屋顶的四沿装有栅栏，倚在栏杆上发呆的我一边眺望着在操场上享受午休时光的学生，一边叹气。被逼写自选曲目歌词这件事一直在我脑海中盘旋，挥之不去，向井圭介手中那封危险的信也是我的烦恼之一。我使劲儿琢磨盘算，脑袋却痛得要命，虽然刚吃了学校的配餐，但或许该摄取些糖分了吧。

确认周围无人后，我从裙子的口袋里掏出佐久间硬糖铁罐。学校明确规定不能私下带零食上学，要是被老师发现会被臭骂一顿的。我打开盒盖，将铁罐一百八十度翻倒，铁罐中的糖果当啷当啷随之跳至罐口，下一秒一颗薄荷味的白色糖果掉出罐口，我用手掌接住。正要把糖果塞入嘴内时传来铁门被打开的声音，我吓了一大跳，糖果掉在了地上。

出现在铁门那边的人是辻惠理。

“小荠，原来你在这里呀，害我到处找你。”

我迅速将铁罐藏入口袋，她走至我身旁伸了个懒腰，看来她并没发现糖果。

“好舒服噢。”

穿过树枝缝隙，一小段旧城石墙及护城河若隐若现。凉风徐徐，撩动着我们的发丝，地平线在操场对面延伸开。

“你最近有点奇怪哦，是不是有什么把柄在向井君手里？”

“……没有呀。”

“可你很偏袒男生哦。”辻惠理的双眼透过银框眼镜，正注视着我。

“那些男生一个个懒洋洋的样子，一点进步都没有，也从来不听指挥。”

“柏木老师也同样无视指挥呀。”

从音乐大学毕业的钢琴家的演奏要求与合唱伴奏的要求不太一样，因此柏木老师和辻惠理有时会发生争执。“这里我想这样弹。”“不行，老师要按照我的指挥进行伴奏。”“团长，你的指挥太过平凡了啦。”“老师，你的伴奏太过不羁了啦。”“至少独奏部分让我自由发挥下嘛。”“不行！”“这样很像戴着项圈的狗耶！”我不禁想起她俩在第二音乐教室的对话。

“不知 N 赛能否顺利通过。为了松山老师，我们也要加油哦。”辻惠理满脸愁容地说。

“你就这么担心 N 赛吗？”

“我是担心松山老师……”

“原来是担心松山老师呀，她一定会顺产的啦。”

“……嗯。”虽然辻惠理点了点头，但她脸上的不安并未消失。难道她在担心其他什么方面吗？

从屋顶眺望，天空清澈无垠，白云飘浮在蓝天间，这景色令我想起了吉卜力工作室制作的动画。

“那朵云好像《天空之城》里的云哦。”当我说出动画片的片名时，辻惠理的银框眼镜突然反射出白色的光芒。

“小荠，你是故意这样说的吗？”

“啊？你什么意思？”

“负责《天空之城》美术部分的人出生于五岛哦。”

“欸？这样子啊。”

“没错，《穿越时空的少女》的背景也是他做的哦。”

“是吗？”

“无论《天空之城》里的天空，还是《穿越时空的少女》里的天空，说不定都是以五岛的天空为原型创作出来的。”

“你想太多了吧？”

“或许他将儿时的记忆融入了动画。”

“是这样子吗？”

要真是这样的话，大部分日本人即便不知道五岛列岛的存在，也已在无意识间欣赏了这里的天空。想到这里，就觉得很开心。

“还有《萤火虫之墓》的美术制作者也是他。”

“你还真了解呢。”

我心生佩服的同时想起了刚才掉在地上的薄荷味佐久间硬糖，我将视线移至脚旁，发现有颗白色的糖果正躺在那里。

忽然间，很久很久以前的记忆得以苏醒。而打开记忆之门的，正是这颗躺在脚旁的佐久间硬糖。

“怎么了？”辻惠理望着我的脸问。

“嗯，没事，只是想起了一件奇怪的事。就算说给你听，你定然也会觉得无趣。”

“也是，那我们继续聊一会儿动画吧。”

“但我仍想告诉你，你让我说吧，虽然是件无所谓的事……”

那是我小时候发生的一件事。我摇着佐久间硬糖铁罐，倒出一颗糖果，但在将其放入嘴里之前，糖果掉在了地上。那是最后一颗，不管我再怎样使劲儿摇铁罐，都没有听到丝毫动静。不放弃的我很想捡起那颗糖吃掉，但尽管那时年龄尚小，还是觉得这样不太干净。于是，我慢慢将手伸向那颗佐久间硬糖。

“……就在这时，一只手从我身旁伸出。有个我不认识的小男孩正站在我身边，他毫不犹豫地捡起来，塞进了嘴里。”

“只是这样一个故事吗？”

“嗯，只是这样而已。那个男孩到底什么意思啊？”

因为最后一颗糖被抢走，年幼的我伤心地哭了起来。为了哄我开心，一旁的母亲不知说了些什么安慰的话，但我却始终哭个不停，根本听不进母亲的劝导。现下想想感觉很可惜，不是舍不得那颗佐久间硬糖，而是没有好好听母亲说话，因为事到如今我无法向一个已去世的人确认当时她说了些什么。

这时，楼顶的门哐当一声打开了。因为事发突然，我和辻惠理不禁被吓了一大跳，回头确认，发现福永洋子正气喘吁吁地向我们跑来。

“原来你们在这里呀！”

“吵死了，什么事？”

“第二音乐教室有人在打架！”福永洋子结结巴巴地说道。正在打架的人是向井圭介和二年级男生篠崎，正当大家在第二音乐教室谈笑风生时，站在角落说话的他们突然打了起来。

我们立即离开楼顶，奔赴第二音乐教室。赶到的时候，长谷川琴美已将打碎的窗户玻璃碴清扫干净了。在场的所有人一言不发，气氛就像参加葬礼般。篠崎被送去了保健室，向井圭介不知所终，下午没来上课。听目击者说，最先动手的人是向井圭介。

○ ○ ○

大家正在讨论十五年后的自己会做些什么。

那时我们还会在五岛吗？

或者是去了其他地方？

这座岛上的孩子大都会在高中毕业后离开岛屿，因为岛上没有大学，就职平台也很有限。其中有好几成的人在离开后便不再回来，他们会一直在他乡工作和生活。也有些人在考取一些资格证后，选择回到岛上。

自己是谁？要何去何从？

《信》的歌词中有这样一句话，但我知道自己是谁，也清楚将来要何去何从。我明白自己为了什么来到这世上，也知道将来会变成什么样。我明白自己情况特殊，与常人不同。

刚进合唱团时，老师布置了作业，让我们给未来的自己写封信。三田村陆说这道作业不用上交，所以哪怕不写也没关系。但既然好不容易拿到了稿纸，我决定还是写封信给十五年后的自己。写着写着，我发现一张四百字的稿纸根本不够写。我从书桌的抽屉中翻找出白纸，将写不下的内容写在了白纸上。

“小悟，乌冬面做好了哦！”

厨房那侧传来母亲的传唤声，我回答说：“知道了！”时针正指向正午，我站起身，折好信后把它夹在笔记本内。

走进厨房，母亲正将锅里的几人份乌冬面分别装进几个大碗。五岛乌冬面的面条偏细，侧面是圆形。星期天中午，就在一家人坐在一起吃乌冬面时，我向家人报告说七月末可能要去参加合唱比赛，也就是 N 赛九州区长崎县初赛。初赛预计会在谏早市文化会馆举行，长崎县内有二十多所中学会参赛，唯有成绩优异者才能晋级九州大赛，如果在九州大赛中也能取得好名次，就可以参加全国比赛。全国比赛将在东京涩谷区的 NHK 大楼举行，那里也是除夕夜举办 NHK 红白歌会的地方，而且电视台会进行直播。一旦进入全国大赛，就能站在只有从电视上才见过的艺人表演的舞台上了。不过感觉自己离那一场景还很遥远，完全没有真实感。

“那全国比赛的时候全家都要去看哦，还要带晃生去。”

母亲一边吃乌冬面一边说，但立马遭到了父亲的反对：“带晃生去？万一惹出什么麻烦怎么办？晃生还是留在家里好，你自己去看吧。”

“我觉得带晃生去不同的地方转转，对他有好处。”

在关于哥哥的事情上，父母的意见常常相悖。比如说开车出门买东西的时候，父亲希望把哥哥留在家，因为父亲认为：“万一在我们买东西时他突然走丢发生意外怎么办？所以还是留在家里比较安全。”但母亲不放心哥哥独自一人留在家，所以每次都是我或母亲留下来陪哥哥。

母亲认为应该让哥哥多体验体验，因此她开车出门买东西通常都会带上哥哥。在收银台结账时，母亲会尽量鼓励哥哥付钱，训练他买东西。托母亲的福，哥哥在十五岁时学会了独自买东西。

吃乌冬面的时候，哥哥不太会拿筷子，他的身体感觉与我们不同，似乎在他看来，他的手脚都在距离身体很远的地方，以至于他很难操控自己的身体。虽然大家常在饭桌上提起哥哥的名字，但他对此漠不关心。他不是听不见周围人的对话，与之相反的是，他听得真真切切，比谁都清楚，不过他无法像我们一样自主选择听或不听传入耳内的声音信息，就像台无法调整音量的收音机整天被开着一样。如果周围环境太喧闹，哥哥就会抓狂，要么蹲在地上，要么大吵大闹。

“现在还不知道我能不能上场参加比赛哦。”我对父母说道。

“是吗？”

“因为男生的练习还不到位。如果只有女生上场参加说不定能拿高分，所以有人觉得只有女生参加比较好。”

“那你为什么加入合唱团？既然无法参加比赛那就没有任何意义呀！赶紧退团，用功学习准备考试。”

父亲黝黑的手臂上布满了肌肉，感觉都快要撑破T恤了。如此强壮的父亲竟然会生出哥哥和我这样矮小瘦弱的儿子。我没有接话，继续吸食着乌冬面。如果搅乱了父亲的心情，他很有可能会挥起那对粗壮的手臂揍我一顿。一想到这里，我就变得不敢反驳。

这时，一直低头吃着乌冬面的哥哥嘀咕道：“……什么破合唱团……别去……别去了……”

这句台词很熟悉，是之前父亲冲我说过的话。

“……合唱能有……什么出息……有空唱歌……倒不如好好读书……”

我记得哥哥当时明明在看电视，原来他听见了父亲的话呀。哥哥的记忆之盖似乎打开了，他机械地一遍遍重复这两句话。

走进学校图书馆，正好与合唱团的一年级女生擦肩而过。虽然从没和她说过话，但我认识她，假如直接无视继续向前走，搞不好会给她留下“这个人真讨厌”的不良印象。于是当她经过我身旁时，我向她点了点头示意，但那个女生完全没察觉到我的存在，径直从我身旁走过去了，那个当下我觉得特别尴尬。

即便在合唱团我也很不起眼，甚至可以说是个无限透明的存在。要不是向井圭介和三田村陆主动向我搭讪，我很有可能会觉得自己根本不存在。

某天午休时分，向井圭介似乎在第二音乐教室与二年级学生篠崎发生了斗殴。我当时并不在现场，听说篠崎受了轻伤，窗户玻璃也被打碎了。关于打架的原因，迄今为止仍不明晓。尽管柏木老师与辅导员体育老师一起向二人问过话，但他们始终没说出真相。

“没有理由，只是看不惯那家伙。”

向井圭介如此回答后，被老师狠狠训了一顿。

我以为他们的关系会就此恶化，甚至其中一方会选择退出合唱团。然而几天后，他们又和往常一样聊起了天，就像没发生过任何事般。作为应急处理，被打碎的窗户贴上了硬纸板。假如窗户修好的话，估计大家都会忘记他们打过架吧。虽然两个人的友谊没有留下缝隙，但自从打架事件发生后，女团员对男团员的眼神就变得越发冷淡起来，她们貌似认定男生就是一种粗暴的生物。

“喂，小悟，明天下午有空吗？”向井圭介在校园里问我。第二天是星期六，学校放假不上课，“小陆有比赛，我们去看吧。”

第二天，向井圭介带我来学校观看三田村陆所属的柔道社团练习比赛。在校园的某一角落有栋名为武道场的建筑物，楼内有柔道社团的活动室及榻榻米房间。柔道社团的指导老师得知我们是合唱团的成员后，冲我们皱了皱眉头。也许他痛恨合唱团抢走了三田村陆练习柔道的时间，但实际上并没占用太久，我觉得他要是能再分些人才给合唱团就好了。

来自其他中学的柔道社团团员与本校的在武道场举行了比赛，身穿柔道服的三田村陆与他同样强壮高大的对手经过一番激战后，终于漂亮地取得了胜利。虽然武道场的窗户一直敞开着，但比赛结束后场内的气氛依旧浓郁热烈。

洗完澡换上便服的三田村陆在离开武道场时，一年级以及二年级的柔道社团团员一致向他鞠躬致意，与此同时，三田村陆也用洪亮的声音向晚辈们打招呼。我能感受到晚辈们对他的崇敬与仰慕，他与我属于完全不同世界的人。

三田村陆每天都要坐校车翻山越岭，而周末校车停运，他只能坐一个小时一班的公交车回家。学校给每位坐校车的同学都发了张类似通行证的证件，所以只要向公交车司机出示通行证就能免费坐车。

现在距离下一班公交车到达还有些时间，于是我们三人跑到附近的拉面馆吃拉面。这是我第一次和同学在外面吃饭。吃饭的时候，三田村陆向我们介绍了他居住的地区环境。据他所说，他居住的村落位于岛上一个十分偏僻的地方，直到数年前，因通往村落的山路过窄，以至于无法通车。正因为陆路的不便利，为了送孩子们上学，村落里的家长们只能恳求渔夫用船将学生们送到能通车的地方。

“现在山路都修好了，公交车也能顺利通行了。每次有公交车路过我家门口，奶奶都会双掌合十地拜拜公交车。”

因娱乐设施匮乏，三田村陆开始认真练习柔道。在家时，受哥哥的影响爱上了阅读。

向井圭介趁我不注意，偷吃了我的叉烧肉。三田村陆尽管点了一份大碗拉面，却好像并没吃饱，紧接着他又点了一份炒饭和饺子。

“合唱团的长谷川貌似也住得很远哦。”向井圭介说。不过我还真不知道她家住哪里。

“长谷川住哪里呢？”

三田村陆回答了我的问题，他说的那个地区确实很偏僻。清晨校车会从最远的地区开始依次接学生上课，长谷川琴美好像是第一个上车的学生。

“我记得她和神木学长住在同一个地区。”向井圭介说，三田村陆附和地点了点头。

“神木学长？”

疑问刚脱口而出之际，我便想起了那位比我们高一届的已经毕业的学长。

神木学长的长相很规整，但感觉有点坏坏的。虽然他的发型及服装与其他学生无异，但他整个人都散发出一股不良少年的气息。我还记得以前在走廊与他擦肩而过，心里发怵到不行的场景。

“那两个人还在交往吗？”三田村陆问。

“欸？”我反问道。

“你不知道吗？”向井圭介告诉我说，“因为他们两家离得很近，所以在当地从小就是青梅竹马哦。虽然在学校两个人都刻意保持距离，互相隐瞒，但这已经是公开的秘密了。”

第三章 ○

敬启　嫩叶已吐芽，不知过得怎样？虽然想写些季节寒暄语，但可能并不需要。因为当十五年后的你翻看这封信时，或许和现在并不同季。

我很害羞给自己写信，不过好在我的一切你都知道。既然机会难得，我想把现在的烦恼也写下来。因为书写的同时，我能顺便整理下心情。

我目前有三大烦恼。

第一个烦恼是合唱团的男生都不认真练习。如果大家不能齐心协力，那这次的N赛结果一定会惨不忍睹吧。

第二个烦恼是我很担心自己的指挥会出现失误。从我的角度而言，或许“希望大家这样唱”的意识太过强烈，以至于给大家带来了心理压力。希望今后我能敏感地察觉现场气氛，做到随机应变。

第三个烦恼是关于松山老师。老师现在请了一年的产假及育儿假，在得知松山老师怀孕时，起初我很高兴，但后来在教职工办公室听到关于松山老师身体状况的传闻，据说老师先天性心脏不好，虽然学生不知情，但迄今为止老师反复住院好几次，其他老师也很担心她分娩时身体能否扛得住。我亲自向松山老师本人确认过，她让我别告诉合唱团的人，以免大家为她担心。

听说老师在分娩时会有生命危险，医生及家人都希望她能考虑清楚，不过老师还是坚持要生下这个宝宝。而柏木老师之所以愿意放下东京的生活，暂时回到五岛当代课老师，也是出于担心松山老师吧。

我现在超级不安，之前还做了个梦。

我的梦境如下：

练习合唱时，柏木老师接到了来自松山老师家人的电话。柏木老师接电话时，我们中断合唱。正在接电话的老师的表情越发凝重起来，她抿着嘴唇，一动不动。“发生什么事了？”即便我们追问柏木老师，她也只是强忍住泪水，不告诉我们……

你一定已经知道最后的结果了吧？希望她们母子健康平安。

敬上

○　○　○

午休时分，反对男生派的女团员在辻惠理的带领下走向教职工办公室，尽管我不在现场，但事后听辻惠理本人讲述了详细经过。她们进入教职工办公室，围住呆坐在办公桌前的柏木老师，直接和她谈判男团员的事。

“自从男生出入第二音乐教室后，教室就变得脏兮兮的。”

“窗户玻璃也在他们打架时碎掉了。”

“我们不想再让男生进入教室了。”

辻惠理也提议道。

“以现在男生们的水平，参加 N 赛会丢大人的。是否变更为练习女声三部合唱呢？”

她们对柏木老师说，之前只有女团员时，练习进展顺利，合唱的完成度也很高，没必要特意让实力欠佳的男生和她们一起参加 N 赛。至于混声合唱，可以在校庆或其他校园活动时表演，为了在 N 赛中取得优异成绩，这次还是以女声三部合唱的形式登场比较好。

“原来如此，我了解你们的想法了。正好这里有 N 赛参赛报名表。”柏木老师听完大家的建议后，从办公桌内抽出一张表格，表格上的学校名、指挥者姓名、伴奏者姓名等多项栏目已填好，但唱歌人数、自选曲目名及演唱形式都还没填写。女团员们希望演唱形式是“女声三部”，柏木老师取出圆珠笔，在大家的视线下填写。

“这就是答案。”

“混声三部”——演唱形式那栏写上了这四个字。顿时合唱团的女生们在教职工办公室内惊叫起来，其他老师纷纷莫名地回头看着她们。

“我决定大家一起向前走，不舍弃任何一个人。”柏木老师这样说。

“为什么？”辻惠理问道。

老师露出夹杂着些许自嘲的表情说：“如果换作以前的我，应该会赞成你们的意见。为了获胜，这是唯一的出路。但要真这样做的话，我们又是为了什么而唱歌呢？

走出教职工办公室，女团员开始一个个抱怨起老师，当然她们也有她们的理由：“这样下去一年一度的 N 赛成绩一定会惨不忍睹。”“对三年级学生而言，这是最后一次参加 N 赛，这下全完了。”“听说柏木老师以前是天才少女，她根本不了解我们的心情。”“说到底，那些男生是为了老师才入团的，可为什么我们也要受牵连？”

辻惠理立即制止她们：“既然老师已经决定了，我们就只能听从安排。我不喜欢在背后说老师坏话的人。”

合唱团的女生都很敬仰戴银框眼镜的团长，她们再也没有说老师的坏话，然而问题没能圆满解决，合唱团内部出现了深深的鸿沟。

肯定男生派与反对男生派的内部分裂对合唱也产生了影响，比如当大家一起合唱，有时需倾听周围人的歌声，然后让自己的声音配合上大家的歌声，男团员的表现暂且不提，女团员明明早就学会了这部分，现在却突然失常，彼此之间不再相互配合，大家似乎在无意识中故意避开与自己持不同意见者的声音。人，就是这样一种生物。结果合唱完全没有统一感，就像是空中的飞机突然解体般。

星期天上午，家里的电话响了，祖父接起电话。

“原来是你啊！你现在在哪儿？是吗？那没办法了，你自己想招儿吧。”

祖父以冷淡的语气回答对方后，挂断了电话。无须多问，也知道对方是谁，父亲每隔一个月就会打电话来向家里要钱。虽然我和祖母在同一个房间，但祖父挂断电话后我们也没特别聊起父亲。我不禁思考，所谓的家人到底是什么？虽然我和父亲血脉相承，但我们还算是一家人吗？

我就当父亲已远走高飞，他为了和情人生活在一起，抛弃了包括我和母亲在内的家庭，就像是出生于五岛的孩子们在高中毕业后，为了上大学、就职而离开五岛一样。抑或像是在胎盘内孕育而出的生命离开了母体，像是走完人生之路后离开这个世界的我的母亲。

现在所在之处总会变成曾经所在之处，这就是生命。

记得很早以前有对亲戚夫妇还曾袒护过父亲，他们责备祖父母和我对父亲不理不睬，还忠告我们说："你们应该重修旧好。对小荠而言，她只有这一个父亲，难道不是吗？你们这样不接纳他，他是不是太可怜了？"每逢亲戚聚会，那对夫妇就会谴责祖父母和我，他们在我们面前表现出一副自己很有感情的样了，并且享受其中。我觉得他们很烦，但从某一时期开始他们突然不再提起父亲。

后来我才得知，那对夫妇主动联系了父亲，并把住在九州本岛的父亲叫回了五岛。顺带说一下，当时父亲似乎是孤家寡人的状态，他离开了那个宁愿为之抛弃家庭也要住在一起的女人。

那对爱管闲事的夫妇邀请父亲住进自己家，对被骨肉亲人决绝往来的父亲深表同情，一直耐心地安慰他。父亲一边落泪一边感谢这对夫妇，随后便想方设法地向他们借生活费。父亲虽然出门找了工作，但没有公司愿意雇用他。那对夫妇为了证明自己的善良，拿钱给父亲做生活费，当时父亲泪流满面地跪着向他们道谢。

然而，父亲只是在逢场作戏罢了。后来父亲会定期纠缠他们，向他们索要生活费。起初父亲要钱时会摆出低姿态，但时间一长，父亲的态度便转变成了要钱是理所当然的事。那对夫妇终于察觉出有些不对劲，可惜一切为时已晚。他们替父亲介绍工作，但父亲常常惹是生非，没过多久便被辞退了，令给他介绍工作的夫妇颜面尽失。后来父亲赖在他们家不走，白天一直躺在他们家看电视。尽管父亲看上去很贫穷，但却是个很难缠的人，他会和一些法律政策打擦边球，利用他人的善意为所欲为。

那对亲戚夫妇终于忍无可忍地发怒了，可父亲却回击说："当初是你们邀请我来你们家的，你们明明说过我要是遇到困难，你们会帮助我的。"因为父亲说的都是事实，以至于那对夫妇无力反驳。后来父亲又含糊其词地找了些托词，为自己那厚颜无耻的态度道歉，哭哭啼啼地说会反省，请求那对夫妇原谅自己，但他绝对不会离开他们家半步。就这样，父亲利用那对夫妇最初展现的同情心，继续在他们家好吃懒做享清福。

结果那位夫人忍无可忍地跑回了娘家，只剩丈夫与我父亲两个人在家。最后那位丈夫找来几位朋友，强行将父亲赶出家门，把他押上了前往九州本岛的渡轮。父亲号啕大哭地喊："你太过分了！我要起诉你！"

父亲在那对亲戚夫妇家住了好几个月，一想起那段时期父亲与我同住在一座岛上，我就不禁不寒而栗。非常幸运的是，我一次也没遇到过他。

虽然大家都没告诉我详情，但我估计父母之所以结婚，一定是因为母亲怀上了我。母亲是天主教教徒，无法接受堕胎，于是决定嫁给父亲。我觉得自己对不起母亲，好想痛哭一顿。假如时光能倒流，我会对母亲说你去堕胎也没关系，但千万别结婚。如要列举给母亲带来不幸的人，父亲自然是第一个，搞不好我的名字也会出现在列表中。比起感恩母亲生下我，我更觉得愧对于她，都是因为生下我才会变成这样。

“小荠，你要去哪儿？今天不是星期天吗？”

我不再琢磨父亲的事。当我换上学校制服时，祖母这样询问道。

“我去趟学校，老师找我商量社团的事。”

“是吗？还真是辛苦呢。”

我向祖父母打完招呼后走出家门，天空乌云密布，大海沉浸在一片冰冷的灰色中。

抵达学校后，我踏入几乎见不到一个人影的教学楼。穿过空无一人的走廊，快要接近第二音乐教室时，听见了钢琴弹奏的声音。柏木老师找我来学校是为了完成作词、作曲的艰巨任务，虽然老师觉得很抱歉周末叫我来学校，但我反正也无事可做，便痛快地答应了。

与柏木老师会合后，我们开始专心作词、作曲。老师最后完成了作曲，还将曲子改编成了适合合唱的音乐，时长也控制在了四分三十秒内。

我拿出写到一半的歌词，一边在老师的伴奏下试唱，一边当场改写。渐渐地，歌词的基本框架已出来，不过中途遇到“瓶颈”，最终没能顺利完成。

“我已经到极限了，这份工作超出了我的能力范畴，我想放弃。”我向老师央求，她很体谅我。

“是呀，你已经很努力了。剩余的部分就由合唱团全员一起来完成吧。”

“没错没错，这样很好。”

能卸下作词这一重任，我顿时心情舒畅。

“歌名怎么办？我要在 N 赛的参加报名表中填写自选曲目的歌名哦。”

N 赛报名截止日是六月初。虽然歌词尚未完成，但至少得想好歌名。紧接着，我们就歌名开始讨论，说着说着感觉肚子饿了。作为周末把我叫出来的犒劳，老师说要请我吃午饭，于是，我坐上老师的爱车出发了。

这辆小货车是老师的亲戚农作时的工具车，虽然能正常行驶，但因为没有擦车的关系，车身上沾满了泥巴。而且，车体比上次见到时又多添了几道凹痕，估计是柏木老师开车不小心的结果吧。

小货车驶入距离闹市区较远的聚集有很多柏青哥店的小道，这里的停车场全都停满了车。柏青哥是岛上人气很高的娱乐活动，一到假日，岛上的大人们几乎都会来这里放松消遣。就连其他岛的人，也会开车渡桥跑来这里玩几把。

“老师，那首自选曲目为什么之前没完成呢？”

我一边感受小货车引擎带给臀部的震动，一边询问老师。我很意外老师能完成这首曲子，估计她脑海中早有完整的音乐，只要愿意随时都能作出来吧。

“我本打算在晴子的婚礼上演奏那首曲子。”

老师握住方向盘，注视着正前方。从侧面看上去，她的鼻子很挺，就像一尊雕像。

“松山老师吗？”

“对呀，我在东京听说那家伙要结婚，记得当时我正好在新宿的热闹地带，她打我手机说自己要结婚了。”

“老师的婚期是在前年吧？那你在结婚典礼上演奏了这首未完成的曲子吗？”

“我演奏了别的曲子。一首普通的，适合婚礼的曲子。”

前方信号灯变红，老师停下小货车。车前的人行道上没有一个人。

“老师，你真是过分呢。你就这样把准备在朋友婚礼上弹奏的曲子扔至一旁不管吗？”

“因为晴子的结婚对象是我初中时期的男朋友呀。”

老师握住方向盘的手时而松开时而抓紧，感觉她内心很不舒坦。

我尝试刨根问底。老师回答说初中时，松山老师和她的老公及柏木老师属于三角关系，不过后来松山老师选择了退出。之后，柏木老师与那个男人分手，他又开始和松山老师交往，两人最终决定结婚。柏木老师听到他们结婚的喜讯后便开始编写曲子，但在那过程中不禁回忆起往事，以至于曲子作到一半半途而废。

“……老师我还真是看错你了，没想到你初中就和男生搞暧昧哦。”

“小荠，你对男女交往的看法还真够严格呢。”

“老师真是挺早熟的。”

“要对其他合唱团团员保密哦。”

信号灯变为绿灯，柏木老师一脚踩在油门上，小货车继续前行。拐弯后，我们来到有乌冬面店的那条路。我们去的这家店是当地有名的餐厅，我曾和家人、亲戚去用过几次餐。

“话说柏木老师，你是从以前开始就很漂亮吗？”

“我通常都是被表白的一方哦。”

“你一定甩了很多男生吧？”

“可那次是男方甩的我。”这里所谓的男方，是指松山老师的老公。

“他为什么要甩你呢？”

“他受不了我。以前在五岛时，我常常自以为是，这十五年来我一直很后悔，一直在后悔。”

“老师，请不要低头……车子偏离正道了……”我随即确认了下安全带是否系好。

“这十五年来，我做出了哪些成就？唯一的成就就是操控 Wii 遥控器的技术很到家……”

“老师的上半生真是浅薄呀。而且 Wii 也是最近才上市的呀。”

“我以前根本不了解合唱，现在觉得还蛮有意思的。”柏木老师像是突然想起了什么似的说，“合唱时，即便一个人再怎么努力也毫无意义。而且只听到一个人高声演唱的话，反倒有些刺耳。因此，大家必须步调一致地前行，必须和其他人一起让自己的声音绽放出光芒。另外最重要的是，要与他人保持同样的节奏。我必须带领全员一起向前，不能舍弃任何一人。”

“把那首曲子当作自选曲目真的适合吗？”

“要不当作自选曲目的话，我应该就不会去完成它了。另外，前几天我去了趟晴子家，她的肚子越来越大了，这次我一定要用那首曲子祝福她……”

柏木老师将小货车停靠在乌冬面店的停车场内，然后我们走进了这家小而整洁的店，这间店的装修风格颇具山林小屋特色。我居住的这座岛山地面积较大，气候不适宜栽种稻米。正因为如此，岛上的农民改种起了小麦，所以这里的乌冬面都是由小麦制作而成。就这样渐渐地，小麦乌冬面成为五岛的特产。

店内坐有看似游客的人。从发型、服装及整体感觉一下就能辨别出并非本地人。

“好久没吃乌冬面了呢。”

“我家倒是经常吃，假日午餐基本上都会吃乌冬面。柏木老师，你从东京回来后，对五岛有什么感觉吗？”

“感觉好像时光胶囊。”

“时光胶囊？”

“在东京，无论哪个地方无时无刻不在发生着变化，但这里一直都没变。上次回老家遇到小时候住我家附近的一位满脸皱纹的老婆婆，感觉看上去和我小时候没有太大区别，每天还是跟以前一样去地里干农活。”

这家店的乌冬面非常美味，饥肠辘辘的肚子一下便被填饱了。吃完我去了趟洗手间，出来时发现一位看上去像是游客的年轻男子正在和柏木老师交谈。

从那位男子轻浮没品的打扮来看，他似乎正在向柏木老师搭讪。当我走近时，他问柏木老师："这位是你妹妹吗？""差不多吧。"柏木老师回答道。搭讪男子看了看我的脸及制服，再打量了下柏木老师的脸及服装，进一步说道："你是本地人吗？我之所以和你说话，是因为我原以为你和我一样是游客。"他方才看我的眼神就像是在看一个红薯。"我们不是游客，你为什么会认为我们是游客呢？""因为你说话没有地方口音呀。""如果你想听方言的话，我随时奉陪哦。"随即，老师指了指这位游客的右耳，用方言说，"你右耳上的玩意儿真酷呢。"游客满脸茫然地问："你说什么？"在他的右耳上，戴了只可爱的耳环。"好了，我们差不多该走了。"老师起身去结账。

我们告别搭讪男，离开了乌冬面店，然后双方都默默地坐入小货车。系好安全带，发动引擎，正准备出发时突然觉得很搞笑，最后我们都哈哈大笑起来。一想到搭讪男一脸发蒙的神情，肚子都要笑痛了。

"话说，你知道向井和篠崎打架的原因吗？"在回程的路上，柏木老师询问我道。按理说，他们打架的事情已快要被人遗忘，事到如今老师为什么会突然提起这件事呢？

"圭介这个白痴最好给我去死，他不是说因为见篠崎很火大所以才动手打了他吗？"

柏木老师一边开车一边苦笑起来："不，虽然向井叫我别说出去，但其实我知道他们打架的原因。他好像也警告过篠崎，让他保密。”

“是吗？听上去感觉很有趣呢！”

向井圭介费尽心机想要守住的秘密到底是什么呢？我能否以这个秘密为筹码，让他销毁以前写的那封情书呢？

“那请老师告诉我，那个白痴打架的理由是什么？”

柏木老师瞟了我一眼，再叹口气说：“是因为你。”

“欸？”

“现在合唱团的男生和女生不是出现了嫌隙吗？那些女生都在说男生的坏话，男生也在说女生的不好。篠崎那家伙不知从何处听到了关于你父亲的事……抱歉，我也是从班主任塚本老师那儿得知你的家庭情况。然后篠崎借由你父亲的事说你坏话，不巧被向井圭介听到，他二话不说就揍了篠崎。”

○　○　○

我打算利用午休时间去趟图书馆多媒体室。我们学校的多媒体室内有用隔板隔成的单人座位，每个座位都配备有电脑显示器、CD及 DVD 播放器、录音机、耳机，学生们能视听图书馆内的音乐、媒体影像。

我坐在靠里侧的座位上，将在第二音乐教室拷贝到的录音带放进录音机。紧接着，耳机内传来歌曲的钢琴伴奏，这是已改编成合唱风格的由柏木老师作曲的自选曲目。老师要求合唱团全员一边听录音带一边帮忙想歌词。除了录音带，大家还拿到了仲村荠的笔记本复印件，上面印有她写到一半、多处仍旧空白的歌词。老师想多方面听取大家的意见，收集佳句，全员齐心协力完成歌词。

我一边听音乐，一边扫视仲村荠创作的歌词。虽然还没完成，但我能把握大致内容。我翻开自己的笔记本，思考没写完的歌词，在心中搜寻恰当的语句。那些语句如同被追赶的兔子，不停地东奔西跑试图逃窜，而我则拼命伸长手臂，将抓住的语句记录在笔记本上。但不管怎样，仍然觉得并不是那么恰当，我只好用橡皮擦擦掉这些语句，再努力去捕抓其他语句。

多媒体室内除我以外还有其他三人，他们全都趴在桌上。估计多半是因为在教室找不到容身之处，经过一番徘徊游荡后，决定来这里稍作休息吧。也就是说，他们与我属于同类。

截至现在，我想了大约三十分钟的歌词。视听室门的上半部分材质是玻璃，因此能看见想要进来的人。这时，我突然看见一张熟悉的脸庞，是长谷川琴美。见她推开视听室的门走进室内，我不由得选择躲在了隔板的后方。我正假装听音乐听到睡着，只要我挡住脸，她应该不会发现我，而是直接从我身旁走过去吧。

长谷川琴美正在和神木学长交往中。

自从在拉面馆得知此事，我顿时就食欲大减，甚至失眠了好几次。即便在学校，我也变得不太愿意开口说话，整个人都是一副郁郁寡欢的样子。因为我以前也是这个状态，所以同学们并没有察觉到我的变化。我每天都能感觉到自己胸口的疼痛。

我紧闭双眼，忽然感觉有人坐在了我身旁。我的后背不禁开始变紧张。多媒体室内压根儿没几个人，所以这个人也没必要特地坐到我身旁。我微微睁开双眼，发现长谷川琴美正坐在我旁边注视着我。马上，她露出了调皮的神情："你果然是在装睡，因为我看到你突然趴下了。"

她的脸就在眼前，我从她的瞳孔中看到了自己呆若木鸡的表情。

"看来桑原君很喜欢装睡嘛。"

"……什么意思？"

"你还打算继续装糊涂吗？"

我的心脏开始加速跳动。她一定是指前年的那件事，也就是说，那并不是梦。

她将视线移向我的桌面，原本撩至耳后的头发簌簌簌地掉了下来，它们在我眼前晃动。

"你在干吗？"

"填写自选曲目的歌词。"

"哦哦，就是那个呀。"

由于多媒体室内很安静，我们只能轻声细语，就像是在说悄悄话般。虽然神木学长的身影在我脑海中闪过，但我努力不将这份情绪表现在声音及表情上。尽管我以前说话总是结巴磕绊，但现在即便被这种心情左右，我也能顺利流畅地和她交谈。或许是拜练习发声所赐吧，喉咙每天都能得到锻炼："长谷川你呢？你为什么来这里？"

"当我想独自待一会儿的时候，我常来这里。"

“‘想要独自待一会儿’听上去真是个奢侈的烦恼呢。”

“是吗？话说，桑原君你不是常常独处吗？”

“因为我属于孤零零的那类人。”

“桑原君真是个奇怪的人。”

她也有想要独自待一会儿的时候吗？我不禁开始思考这个问题。

“刚才我进来的时候，你之所以低下头是不是不希望被我发现？我可是看得一清二楚哟。你是在逃避我吗？”

“没有呀……”

长谷川琴美将她的脸庞凑向我。与此同时，一股清香扑鼻而来。

她的嘴唇近在眼前，透过嘴唇间的缝隙，我能看见她那口洁白的牙齿。

“是因为我之前说过好烦或去死之类的话吗？”

“你在说什么呀？”

“我知道你那次是在装睡哦。因为当时你的制服微微渗出了汗渍。”

“……”

“我知道桑原君你是好人，因为你没有把那次的事告诉任何人，替我保守住了秘密。”

“……我原以为长谷川你是不会说那种话的人。”

她嫣然一笑。

“我只是尽量不说罢了，可最后导致大家都以为我是个温柔的淑女，夸我像天使一样。出于无奈，我只好继续演好人，想停都停不下来。”

“长谷川你还真是个表里不如一的人呀。”

“我本来就是八面玲珑呀。对了，可以给我看下这个吗？”

她将视线停留在我的笔记本上。她试图探头窥视，我立即合上了本子。

“让人家看看嘛。”

“不行，我不好意思。”

“反正大部分都是小荠写的。”

“话是没错啦。”

正当我犹豫不决之际，长谷川琴美以迅雷不及掩耳之势一把夺走我放在桌上的笔记本。我只能叹气放弃抵抗。

“既然如此，那你去图书馆看吧。你在我眼前看的话，我会觉得很丢脸。看完可以还给我吗？”

“可以！”

长谷川琴美捧着我的笔记本，走出了多媒体室。因为笔记本被拿走，我无法作词，只好重放一遍录音带，一次次地反复聆听自选曲目。

十分钟过去了，长谷川琴美还没回来。假如只是看作词部分的话，不用三分钟便能看完。难道她在看笔记本上除歌词以外的内容？好在我并没在笔记本上写一些见不得人的奇怪东西，所以就算被她看了也无所谓。但我总觉得好像写过什么重大的事，我的内心为什么如此忐忑？然后，我终于想起来了。

“啊　　！”

我不禁尖叫起来，就连在视听室睡觉的学生也被我吓醒了，甚至有人摔下了椅子。我冲进图书馆，拼命搜寻长谷川琴美的身影，很快我便发现她正坐在一个角落的椅子上。和我预想的一样，她摊开稿纸正在阅读上面的文字。

那是我写给未来的自己的信。直到上一秒，我还不记得自己曾将信夹在笔记本里。

长谷川琴美注意到我的视线，抬起了头。她已经翻到了最后一张稿纸。私自看我的信，真是太过分了。我很想生气，但看到她的表情后我压住了怒火。

她的脸上流露出既不像后悔也不像哀伤的复杂表情。

信上写有我无法告诉任何人的秘密，其中还提到了哥哥的事。因此，她应该也明白我之前说自己是独生子是在说谎。

“……我翻开笔记本，信就掉在了我脚旁。”

长谷川琴美折好信还给了我。我接过信，把它夹在笔记本里，然后转身想要返回多媒体室。我刻不容缓地想要逃离这里。这时，她突然抓住我的手腕。自打小学运动会参加男女混合舞蹈以后，这是第一次有异性触碰我。她的手指很冰很凉。

“桑原君……”

“怎么了？”

“信上写的都是真的吗？”

“嗯。但你别告诉别人哦。”

“……知道。”

“看完信，你是不是觉得我很恶心？”

“我没有这样想啦。只是觉得有些意外。”

从那以后，即便再和长谷川琴美聊天，我们也没再提及这封信。

五月下旬连续下了好几天的雨，天空乌云密布，室内光线昏暗。当闪电划过，排队站好的我们的身影被影射到窗户玻璃上。在充满湿气的第二音乐教室，仲村荠捂住鼻子，瞪视着我们这些男生。

辻惠理在指导男生时，显得比以前更热心了。既然老师已经决定要以混声合唱的形式参加N赛，那想要不丢人就只能想方设法提高男生的水平了。庆幸的是，虽然男生们常在练习时偷懒翘课，但这两个月他们的发声多少有了些许长进。映照在窗户玻璃上的我们的站姿，也越发有了合唱团该有的样子。

站立合唱，腰部以下要站稳，别太用力，直视前方。

那天分组练习时，男声部被分到技术室。因为柏木老师不在，男生们如往常一样懒懒散散，一直和关系不错的同学聊个没完。

“真是的！我们既然已经报名要以混声合唱的形式上场比赛，麻烦你们给我好好练！”辻惠理大叫道。

“团长，我们有好好练呀。你别生气，冷静一下哈。”

二年级的篠崎一边玩弄着手机一边回应道。虽然辻惠理提出了反驳，但马上又有其他男生跳出来反抗。技术室内的气氛剑拔弩张，最后辻惠理冲出教室，用力甩上门，那响亮的声音就连其他教室都能听到。所有男生哑口无言，其中有几人一边发出“噢——”的调戏声，一边回头看向篠崎。

“是、是我的错吗？”

篠崎冲三年级男生露出一副讨好的微笑。

我们在等辻惠理回来，但直到分组练习结束，也没见到她的身影。我们只好回到第二音乐教室，但她也不在那里。听到事情经过后，大部分的女生都在指责我们，就连最近对男生态度和善的仲村荞也忍无可忍了，她用冷漠的眼神说：“你们还真是无药可救了呢。我不管你们了，你们去死吧，然后滚入地狱。投完胎再死一回。”

平时会跳起脚来反驳的向井圭介只是紧紧咬住嘴唇，并没发言。

“团长的书包还在这里，所以她应该还没回家，你们赶紧找到她，向她下跪求饶。”柏木老师刚说完，辻惠理就出现了。她全身湿透，银框眼镜的镜片上附着有水滴，刘海上的水珠在不断地滴落。问过后才知道，原来她跑去了顶楼，站在雨中试图让自己冷静。虽然有几个男生想向她道歉，但她没有接受。

“我只是在分组练习时跑走了，我和这些男生一样。老师，我们赶紧练习和声吧，接送的校车马上就要来了。”

柏木老师让她先换上运动服。之后大家就像什么都没发生过似的一起练习合唱，虽然一天的练习结束了，但辻惠理似乎患上了感冒，第二天请假没来上课。

三年级一班提前下课了，我一边在走廊散步，一边透过窗户向三年级二班的教室张望，向井圭介正呆呆地看着窗外，长谷川琴美正在抄笔记，横峰香织正在打哈欠。室内有个空座位，那是辻惠理的座位。后来听三田村陆说，那天因辻惠理请假，她午餐套餐中的慕斯蛋糕剩了下来，想吃的男生围在一起猜拳决定由谁拿走。

“如果我也在三年级二班的话，应该也会加入猜拳争夺战吧。”

三田村陆遗憾地说。大家只是为了一块慕斯蛋糕，至于搞成这样吗？！虽然我是这样想的，但没说出口。

放学后，第二音乐教室的合唱练习非常恐怖，所谓的惨不忍睹应该就是指这种场面吧。这时大家才意识到辻惠理的存在有多么重要——她就是合唱团的秩序。有些男生和女生因为太过开朗活泼而旁若无人地谈笑聊天，另外一些团员因无法忍受这种场面而建议自行练习。或许是觉得这样下去不是办法吧，仲村荞建议柏木老师按平时的方式练习，但最后全员合唱指定曲目《信》时，声音极其不协调，让人有种在合唱《诅咒之信》的感觉。

“团长明天就会来上学了，大家要好好练哦。”柏木老师貌似也觉得现场气氛不太妙，她开始鼓励大家要努力。

然而第二天辻惠理也没来上学。我跑到隔壁教室窥视，发现她的座位仍旧是空的，我不禁默默地叹了口气。上小学时，她一直都和我同班，我从来没有像今天这样如此期待见到她。

辻惠理之所以会感冒都是因为合唱团的男生，于是，那些仰慕辻惠理的学妹开始视男团员为眼中钉。在这之前，合唱团男女之间本来就有隔阂，现在更是瞬间变成了一条深深的无法修复的日本海沟。就算是不经意间的对视，女生也会对男生不耐烦地咂咂嘴。

辻惠理的好友仲村荞一定也对男团员恨之入骨，向井士介担心会被她报复。

“大家要小心哦，搞不好她会用暗箭攻击你们，而且箭头还会涂满青蛙之毒。”

他警告其他男团员，说仲村荠是个危险分子。在他制服胸前的口袋里，一直都放有一张粉色的谜一样的信纸。他对自己说：“只要有这个就安全了。它能保护我逃过任何攻击。”虽然大家都不知那张信纸里到底写了些什么，但我猜应该是他的护身符吧。然而，当他在走廊遇到仲村荠时，她只对他说了句：“等惠理回来上课，你们可要好好向她道歉哦。”如此一来，反倒搞得向井圭介一头雾水。

午休时，向井圭介和三田村陆把我叫到教学楼旁的铁树前，也就是之前提到过的奇迹之地。此时的天空乌云密布，感觉雨滴随时都会砸下来。向井圭介和三田村陆一直在瞟视教学楼的那段铁制楼梯，但现在没有任何女生经过。一小会儿后，我们聊起了近期要上交的升学调查表。

“小悟，你决定好了吗？”三田村陆问我道。我点点头，说出了岛内一所高中的学校名。

“我也要去那里。”

“我也是。”

虽然五岛列岛上有好几所高中，但我不想每天搭渡轮或高速船去其他岛屿上学。而能从家直接就近上学的高中又没有几所，因此大部分毕业生都会选择那所高中。当然，也有一小部分人会去九州本岛上学，如果是那样的话，他们就要过上住校生活了。

“高中毕业后呢，上大学？还是找工作？”我问他俩。

“我不知道。”三田村陆摇摇头说。

“我也不知道。但我将来想去东京。嗯，既然要离开这里，那还是东京好些。”向井圭介说。

“你要追随柏木老师去东京吗？”

当松山老师休完一年的产假及育儿假后就会回校教学，那时柏木老师就不再是代课老师，她就要回东京了。难道说向井圭介打算像当初加入合唱团一样，决定跟老师去东京吗？

“这样子啊。你还真是专一呢。”三田村陆感动地点点头说。

“不是……”向井圭介挠了挠鼻尖，支支吾吾地说。

“其实我已经对柏木老师没有什么感觉了，原本为了老师选择加入合唱团就是件很荒唐的事，还不如去死呢。假如我以私心加入合唱团的话，也太对不起那些认真练习的同学了。”

我和三田村陆无一不大吃一惊。

“那你为什么不退团？”三田村陆问。

“因为合唱很开心呀，并非因为只是习惯而已。”

“合唱很开心。”

听到这句话时，我不禁开始思考。

当大家一起合唱，每个人的声音会在一瞬间毫无差距地重叠，形成浑然一体的趋势。刚加入合唱团时，我完全感受不到这个瞬间，但最近渐渐地感悟到了，就像是收音机的频道正好调对了般。虽然只是一刹那，但我能感受到大家的声音确实奇迹般地融合在了一起。那一秒，我觉得自己的声音不再属于自己。尽管声音确实是从我嘴里发出的，但那个歌声就像是后背被某股巨大的力量推动后才形成的。周围的声音不属于任何人，而是所有人的歌声合在一起后凝聚成的大旋涡。那种感觉很温馨，好想一直被这个旋涡包围。因为只有在那一瞬，我才能忘记孤独，忘记所有一切。然而，这个瞬间持续的时间并不长。尽管大家都希望能长久地维持，但还是失败了。或许是因为练习还不充分的关系吧，只要声音稍微跑调，魔法就会消失，我们又回到了一个人的状态。

也许他也有类似的感慨吧。

“今天早上我遇到柏木老师，她叫住我，我只好向她坦白说：‘抱歉，我当初加入合唱团确实是为了老师你，所以 N 赛最好还是由女生们参加吧。’可柏木老师原谅了我，她说：‘如果你觉得对不住大家，那你就从现在开始好好努力，绝对还来得及哦。’”

这时，搭建在教学楼外墙上的楼梯传来了一阵铁门被打开的响声，向井圭介和三田村陆一齐斜眼瞥向那边。有个男生和一个女生正从铁门内走出，看上去他们像是对情侣。这两个人我们全都不认识，所以应该不是三年级的学生。他们没有察觉到我们，而是相拥站在楼梯口处。他们的脸蛋越靠越近，看样子马上就要挨到一起了。

“唉！我们到底在干吗呀……”向井圭介叹口气说。三田村陆也跟着点了点头。

“看完感觉自己好可怜哦。要不要冲他们扔个小石头？”

“别闹了。”

终于，那个男生的嘴唇触碰到了女生的嘴唇。我第一次亲眼见到这种场面，感觉不知所措。他们明明还是初中生，竟然就已经干出了这种事，原来我们学校也有这类人呀。合唱团的男生与女生水火不容，从女生嘴里说出的，全是责备男生的话。我们的歌声无法重叠融合，只剩刺耳的噪声。

向井圭介徐徐站起身。

“喂，我决定了。”他一脸坚定地走向教学楼。

“你要去哪儿？”

“我要去叫合唱团的男生，你们给我在这儿等着。”

我和三田村陆四目相视。

○ ○ ○

辻惠理的感冒迟迟不见好转，她一直都没来学校上课。给她打电话，她表示很担心自己的课业及合唱团的练习。她的嗓音像相扑选手一样粗哑，她说还好自己不用唱歌，只是负责指挥。在她请假的这段时间，由我临时担任团长，处理合唱团的事务。

某天午休时，我找老师讨论放学后的课题，即练习方针。当老师拉开办公桌抽屉，我惊讶地发现里面放有很多新奇的小物件。不过这些东西并不重要，老师从抽屉里拿出指定曲目《信》的乐谱复印件，转交给我。

乐谱上写有大量备注，例如“唱到这里时，宛如在雾中漫步，声音混浊”，“张开嘴巴，释放出声音！”“要一边在心里祈祷一边歌唱”，这全是辻惠理的字迹。

“这是我去看望团长时复印的她的乐谱，那家伙记录了很多感想。在她回校前，你们先参考这个练习吧。”

然后，老师和我讨论了自选曲目作词的事。虽然老师让大家一起作词，但一半以上的人都没上交。

“我从交上来的语句中挑选了一些可以使用的句子……不过，我希望你能先看看这个。”

柏木老师递给我一张从笔记本上撕下的纸张，上面写满了缺乏自信的小小的文字，还有用橡皮擦擦过好几次的痕迹。这些字写得乱七八糟，所以我推断多半是男生的字。看完后，我看了眼柏木老师，她正托着脸颊望向窗外。

“我觉得好亏哦。早知如此，起初就让这家伙来写嘛。”

“我觉得是小荠你想出了歌词的骨架，桑原帮忙填写了血肉。”

走出教职工办公室的我打算去找桑原悟，我想告诉他你写的歌词被自选曲目采用了。可他既不在教室也不在图书馆，难道在户外？我向男生偶尔会站在那边发呆的铁树走去，发现一群男生正从操场某一角落走向大海。是那群合唱团的男生，个头矮小的桑原悟像往常一样低着头跟在他们身后。

该不会是？我的神经开始紧张起来。他不会被那群男生带去海边欺负吧？我之所以会这样联想，是因为桑原悟与这些人完全格格不入。在合唱团的男生中，只有他每天都坚持认真练习，难道是其他人看他不爽？为了确定真实情况，我决定偷偷尾随其后。

我们学校的正门筑有石墙，后侧面向大海，不过没有类似沙滩这种令人心旷神怡的地方，取而代之的是凹凸不平的岩石海岸。那群男生穿过操场，走在通往岩石海岸的楼梯上。

我弯下身子，躲到可以俯视他们的地方。向井圭介和三田村陆让桑原悟站到岩石海岸的边缘，背向大海的桑原悟似乎被逼上了绝境。一年级及二年级的男生团团围住桑原悟，一人对六人，真是千钧一发啊。

乌云密布的天空下，灰色的大海发出哗啦啦的海浪声，打在岩石上的海浪溅起无数白色泡沫。我越发觉得恐惧，在心里不停盘算要不要现在就冲出去制止他们。但是，男生们的表情一个个都很严肃，以至于我止步不敢向前。我的手机就放在口袋里，我躲至岩石后方，打开手机，准备向柏木老师求救。

突然，我听到了一个声音。是音调整齐的男生的声音。我停下摆弄手机的手，竖起耳朵。

“玛——利——亚——”

是圣母的名字。我从岩石后方伸出脑袋，想要一探究竟。

“玛——利——亚——”

他们用手打着拍子，用各种音阶重复歌唱圣母的名字。

这时我才意识到自己误会他们了。

我拨通过惠理的电话。

“喂，有什么事吗？”她那如相扑选手般的嗓音听上去柔和多了，差不多快要恢复正常了。

“惠理，你听得见吗？”

我将手臂伸向岩石海岸，对准那些男生。

“玛——利——亚——”

圣母的名字在海风中飘散。

合唱团的男生们正在练习发声。桑原悟之所以会站在那六个人的面前，是因为他要担任指挥员。在这些男生中，只有他一人坚持认真练习发声，可能是大家认为他比较懂怎么指挥吧。

“如何？听到了吗？”我将手机放在耳畔。

“听到了！”辻惠理回答说。

“可是，他们为什么突然认真起来了呢？”

“谁知道呢，反正男生的想法我理解不了。”

第二天，身体得以康复的辻惠理骑着自行车来学校上课。在朝阳的照耀下，她那白色的安全帽及银框眼镜不停闪闪发光。她刚走进教室，向井圭介就为之前的事向她致以歉意，而她只回答了句：“那我原谅你。”

放学后，为了指挥声部分组练习，辻惠理拿着CD播放器迈入空教室，而此时男生们已站好队，一副随时都能开始练习的姿态。尽管休息时，那些男生还是和往常一样白痴般地吵吵闹闹，但他们已经能分清认真和放松的场合了。哪怕在练习过程中，他们也不再窃窃私语。为了追回之前的进度，午休时他们会主动发起跑去海边集合练习发声。为了不给其他人添麻烦，他们似乎终于开始为N赛而一丝不苟地练习了。我听说这一切都是向井圭介的建议。

当男团员拿出干劲后，女团员间的赞成派和反对派也随之消失不见。福永洋子、横峰香织及其他几名女生仍然很迷恋二年级美少男关谷，他只需稍稍使出一个眼神，这些女生就会为之痴狂，不过只要男生在练习时不偷懒就没有什么问题了。以前一看见男生出现在第二音乐教室就觉得很违和，现在倒是越发习惯了。

柏木老师让大家一起想自选曲目的歌名，然后把名字填写在N赛的报名表上。校长签字后，直到报名截止日前，我们才提交至N赛长崎县初赛NHK长崎电视台“音乐赛”小组。

进入六月后，指定曲目的练习量慢慢减少，取而代之的是对自选曲目的勤加练习。大家一致认可自选曲目的歌词，开始练习后柏木老师也常常听取大家的意见，完善乐曲及歌词的细节部分。

一个雨天的下午，结束合唱团的练习后，我走出教学楼，雨不再下了，乌云消散得无影无踪。坐校车的团员在教学楼前的空地上上车，辻惠理戴上白色安全帽，脚踩自行车，与我在石墙外的道路上分别。我独自一人拿着雨伞，避开水洼，向家的方向走去。当我猛然抬头，发现向井圭介正走在前方。我跑上前去，叫住他：“圭介，我对你真是刮目相看。是你把那些男生召集起来的吧？”

“对呀，我找每个人谈过话了。”

“一定很费工夫吧？”

“还好吧。大家貌似都在等人开口引导呢。我提议说午休时集合练习，他们二话不说便答应了。我原以为他们会反对，真是扫兴。”

上小学时，向井圭介和我差不多高，现在走在他身旁却比他矮了一大截。我的视线正好与他短袖制服下的手臂同高，那是只与女生构造一样的手臂。

夕阳映照在沿海路上的水洼间，闪闪发光。乍一看宛如地上的一个个洞，洞内充斥着光芒。

“话说，你们为什么突然这么认真？”

“是不是有种刮目相看的感觉？”

“一点点吧。”

“有没有喜欢上我？”

“你脑袋生蛆了吧？”

几艘看似剪影般的船只正漂浮在海面上，海岸一直延伸至码头，小孩子们正跳入海内嬉戏。每个小孩都没穿泳衣，他们身穿短裤和T恤，义无反顾地跃入海水里。玩腻了，便穿着湿漉漉的T恤回家洗澡。

“不能再给团长添麻烦了。”向井圭介说。

“看来是惠理的感冒让你们清醒了。”

“没想到她会站在雨中淋得浑身湿透，辻惠理真是太可怕了……”

“这说明她热爱合唱呀。”

“我知道。而且其他男生也全都知道了。”

停站在海边的鸟儿展翅高飞，在空中盘旋一阵后，飞向了更高空。

“这个地方还真是令人怀念呀。”我注视着码头。

“我记得这里哦。上次被你推入海里，差点被淹死。”

“谁让你在那边发呆嘛。”

太阳下沉前一刻，世界的轮廓被清清楚楚地映照勾勒。他沉默不言，空气静到只能听见海浪拍打码头水泥墙壁的声音。

“我把那封信还给你，怎么样？”向井圭介像是突然想起什么似的说。他口中的那封信是指我小学二年级时写给他的情书。在他问我之前，我非常希望能夺回来烧掉，可当下不知为什么却给出了不同的回答。

“没关系，你拿着吧。”

他稍稍露出些许讶异的表情。

“我还以为你会想要拼命拿回去。”

“那封信已经不重要了。”

我犹豫要不要跟他谈谈前几天和篠崎打架的事，如果真如柏木老师所言，那我必须向他道谢。可快要走到家时，我也迟迟没能说出口。我们站在路口，闲聊了良久。有聊到学校、老师、同学，等等。总之都是些无关紧要的话题。夕阳西下，路灯在昏暗的天色下发出白色的光芒，有两只小虫正在灯泡周围打转。最后我们相互道别回家，那些感激之言我始终没向他坦白。我不太擅长和男生单独聊天，也不知该如何将想说的话表达出来。我独自行走在路上，不经意间叹出的气随着微风消失在五岛的夜空中。

七月梅雨季节收尾，天气忽然变得炎热起来。积雨云爬向高空，蝉鸣声从占据一大半岛屿面积的山林间传出。教学楼内没有装空调，同学们大汗淋漓地考完了第一学期的期末考试。虽然和以往一样考得一塌糊涂，但放学后大家还是会照常去第二音乐教室练习合唱。目前距离 N 赛长崎县初赛只剩一个月的时间，团员们无一不积极投入到练习中。在大家的努力下，指定曲目及自选曲目的完成度都大有提高。

准备运动结束后，正要开始练习发声时，发现有人正在敲教室门。紧接着，松山老师从门外探出头来，她似乎是特地来了解我们练习情况的。老师的腹部越来越大，连上下楼梯都很辛苦。老师允许我们抚摩她的肚子，当我伸手触摸时，肚皮内侧突然鼓胀起来，我被吓了一大跳。老师解释说，这是婴儿正在肚子里活动，说不定是在伸展手肘或膝盖。

“哇！好像《异形》耶！我记得电影《异形》中有这一幕！肚子突然出现鼓胀……”柏木老师刚说出自己的感想就被松山老师骂了一顿。

“肚子里的空间越来越小了，他想尽快出来吧。我要在这里向大家说声抱歉，你们参加 N 赛时我无法到场替你们加油了。”

松山老师的预产期是八月的第一周，七月底 N 赛长崎县初赛时，老师处于马上就要临盆的时期。此外，大部分的船运公司都禁止即将分娩的孕妇乘船过海，所以老师想去也去不了。

“反正我是劝你别去，万一到了会场突然要分娩就不得了了。”柏木老师说。

“对了，你们自选曲目唱哪首歌？”松山老师询问大家道。顿时，大家开始争先恐后地向松山老师汇报自选曲目的情况。合唱团的团员围站在和蔼可亲且大腹便便的松山老师身旁，我下意识地回头看了看柏木老师，她显得有些寂寞。十五年前，柏木老师爱上了这个婴儿的父亲，最后因自己的骄傲而分手。假如柏木老师没有被音乐之神眷顾，那现在挺着大肚子的人或许就是她了。

“你们要唱原创歌曲吗？我好想听听看哦。”

松山老师说她必须听完这首曲子才回家。

“还是别听了，你快回家吧。自选曲目还没练习充分呢。”

“人家要听完再回家嘛。因为我想知道那是首怎样的曲子。”

“全部完成后我们再唱给你听。好了，我们差不多该练习发声了哦。”

合唱团的团员立即排队站好，柏木老师开始弹钢琴伴奏。先呼气，然后再哼唱。辻惠理逐一确认大家的声音，并给予指导。松山老师坐在椅子上，温柔地抚摩着自己的肚子。不知在胎内打盹的小婴儿能否听见，钢琴声及我们的歌声能否穿过羊水传入小婴儿的耳朵里呢？

最后，我们还是没能在松山老师面前练习自选曲目。

“下次来的时候就会带小宝宝来了哦。”

当我们重复练习指定曲目时，松山老师准备回家。她就这样挺着大肚子离开了。当柏木老师走出教室，大家开始收拾书包时，一个学妹嘀咕道：“不知道松山老师能否顺产，我听说她心脏不好，分娩有风险。”

我怀疑自己是否听错。横峰香织反问道：“为什么？！”刚才一直在吵吵闹闹的男生们似乎听到了我们的对话，突然安静下来。

“教职工办公室里的老师都知道呀。”

学妹似乎是从和自己关系不错的老师那儿听来的。松山老师并没告诉我们她先天性心脏不好，分娩时的危险系数比正常人高出很多倍。

“没问题的！”辻惠理抿着嘴说，“松山老师和小宝宝都不会有事的！”

通过辻惠理的神情，我明白了两件事：一个是她早就知道这件事；另一个是这件事恐怕不是传闻，而是事实。

○　○　○

我们的世界在五岛列岛的内侧，我知道大海的另一侧是另一个世界，以前也曾造访过，但我们的日常生活仅限于岛内。我们从未独自坐渡轮或高速船去九州本岛游玩过，每次都是跟大人一起去。虽然岛上没有明文规定小孩不能独自出岛，但这是大家都遵从的一个原则。另外，我们也没有什么[illegible]要的事非出岛不可，绝大部分的事在岛内即可完成。我们对电视里的国会新闻没有丝毫真实感，反倒是诸如街上出现一只鹿或一头野猪这样令岛上居民不知所措的新闻更现实直接。然而终有一天，一起合唱的我们会出岛开启新生活。

七月下旬，毕业典礼在体育馆举行，这意味着第一学期告一段落。大部分的同学都收拾好书包踏上了回家的归途，合唱团的团员却在第二音乐教室吃完便当，练习了整整一下午。教学楼旁的树上传来秋蝉的吱吱声，窗外阳光明媚，我感觉自己全身热到快要点燃。N 赛长崎县初赛将于一周后举行，合唱团的练习正如火如荼地进行着。大家汗流浃背地放声歌唱，积极接受指挥员辻惠理及伴奏者柏木老师的指导。如果声音有跑调，她俩会立马投来瞪视的眼光，真是令人瞬间吓破胆。

休息的空隙，我们坐在教学楼后方的阴凉处放松。这里只有一面稍微肮脏的水泥墙壁，是个寂寞冷清的地方，不过我很喜欢这里。凉风徐徐，消散热意。我呆呆地仰视着空中的积雨云，有个脚步声正在靠近。

“你在干吗？”长谷川琴美靠站在我身旁的教学楼墙壁上。

“没干吗呀。”

“第一学期结束了哦。”

“真是个充实的学期啊。比起过去的两年，这个学期我遇到了很多事哦。”

“桑原君，暑假你会去哪里呢？”

“我应该会宅在家里打游戏吧。参加完N赛就无事可干了。”

“你不知道向井君和三田村君会出去玩吗？”

“他们都有玩得更要好的朋友，所以会和那些人一起玩吧。”

他俩的交际圈非常广泛，和学长、学弟都很熟。因此比起我，他们应该有一大把更健谈、更合得来的朋友。

“我觉得你们三个关系很好呀。因为你们常常一起观察教学楼外的楼梯。”

我不禁有些心虚，长谷川琴美却笑了笑。

“有学长跟我说过，铁树那边被称之为奇迹之地哦。”

“你说的学长，是指神木学长吗？”话一出口我才意识到自己说错话了，这是我第一次在长谷川琴美面前提及神木学长。

“原来桑原君也知道神木学长啊。”长谷川琴美有些惊讶。

“听说你们在交往。”我的胸口开始刺痛。

她稍稍犹豫了下后点点头：“对啦，我们两家住得很近，以前就认识了呢。啊，不过学长以为我是个淑女。”

“原来你在学长面前也伪装得很温柔啊。神木学长是个怎样的人？”

“色色的。”

“欸？”

“没事啦。”

她突然变得话少起来，而我也感觉不太自在。

“怎么了？”

我战战兢兢地问道。长谷川琴美回答说：“塞咔啦西咔！”

这句话是“烦死了”的方言。虽然在合唱团她被划分到女高音部分，但刚才这句低沉之声说明她的音域具备更多可能性。我似乎在无意间激怒了她，作为一名孤僻的尖子生，我无法快速察觉他人内心细微的变化，或许是因为提到了神木学长这一涉及隐私的话题吧。她稍稍皱起眉头，嘴里发出哼哼的不悦的声音。

我不敢再继续说话，正好赶上休息时间结束，我们回到第二音乐教室，在见到其他人的瞬间，长谷川琴美的脸色顿时变得柔和起来，刚才的不爽立马烟消云散。她抬头挺胸，声音如银铃般清脆，前一秒还如恶犬般低声怒吼的她已经不见了。

虽然表面上可以装作若无其事，但她的心情也能轻而易举地切换吗？她真的能驱散前一刻的乌云密布，让自己的内心在此时此刻阳光灿烂吗？当学妹们向她请教合唱的要点，她都会用平静的语气告诉她们。我担心她那些积存在内心深处的压力会突然冲破外壳爆炸而出。

N赛长崎县初赛拉开帷幕的两天前，我在自己的房间收拾行李，换洗衣物、随身听、迷你游戏机等物件被我一股脑儿地塞入包里。我们合唱团将在正式比赛开始的前一天从五岛列岛出发，然后在长崎县佐世保市的酒店住一晚。三名带队老师分别是指导顾问柏木老师、教务处主任及负责体育课的兜谷老师。

母亲从房间门口探出脸来搭话道：“我们后天也会去现场看比赛哦。”

“不用勉强去啦。”

“我们要去的。说不定这辈子都不会有机会再次目睹你在众人面前唱歌哦。”

“哥哥怎么办？”

“晃生也跟着去，只是可能没法进会场。”

哥哥不懂如何察言观色，他很有可能会在我们合唱的时候突然站起身大吼大叫。要果真如此，那比赛就会被他影响了。

“晃生和你父亲在外面等，只有我进去听你唱歌。真遗憾，晃生明明对合唱饶有兴趣。之前聊起合唱团的事，你不是跟他解释说合唱就好比是教堂的唱诗班吗？”

“对呀。”

“他一直在重复你当时说的话哦。”

当哥哥对某件事有兴趣时，他就会不停地重复之前听到的话。我想起了哥哥在教堂时的身影，他深深痴迷地望着穿过彩色玻璃照射进来的阳光。虽然哥哥的表情没有太多变化，但我能感受到他那喜悦的心情。当他眺望彩色玻璃时，身后总会传来唱诗班的合唱声，因此哥哥对合唱抱有良好印象。

“父亲怎么说？”

“他说难得休假，想去玩柏青哥。没事没事，我会说服他的。”

既然没法进入会场，那哥哥和父亲过去的意义又何在呢？难道对母亲而言，全家一起出门是件意义非凡的事？

“哥哥很久没出岛了，他和以往也不同了，应该不会给人添麻烦的。”

经过母亲的耐心教导，哥哥的性情变得越发平稳。和以前相比，他抓狂的次数似乎减少了很多。

“谁知道呢。搞不好又会把别人家小孩弄哭。”

“他曾弄哭过别人家小孩？”

“不过是很久以前的事了。”

以此为引子，母亲开始说起了往事。那是哥哥十岁左右的事。那天，母亲带哥哥去教堂参加弥撒。从那时起，哥哥恋上了教堂的彩色玻璃，当由小女孩组成的唱诗班开始合唱，他也一直沉醉在穿过彩色玻璃投射进来的阳光中。唱诗班即将结束时，趁母亲稍不留神之际，哥哥突然失去了踪影。

“这时，我听到后方传来小女孩的哭声。”

循声望去，只见一个六岁左右的小女孩正在啼哭，而哥哥就站在她的身旁。母亲不知哥哥到底对小女孩干了些什么，瞬间吓得脸色苍白，她立马追赶过去。正好小女孩的妈妈也在场，于是母亲向她打听发生了什么事。听完才知，原来是小女孩的糖果掉在地上，哥哥一把捡起后就将糖果塞入了嘴内。或许是因为哥哥的出现太过突然，吓得小女孩不知所措吧。

“那时我还没教晃生掉在地上的东西不能吃，所以他连想都没想就直接伸手捡起来吃掉了。我连忙向那孩子的妈妈道歉，幸好对方没有深究原谅了我们。”

说着说着，母亲流露出很是怀念的神情。

深夜，我路过哥哥的房间，当我稍稍向里张望，发现他正笔直地躺在被窝里。被子旁整整齐齐地摆放着哥哥明天要穿的衣服。母亲在哥哥十岁时教他这样做，而他也一直坚持不懈地做到了今天。只要对哥哥说过一次的话，他永远都会记得。这就是我的哥哥。

我想起了向井圭介在学校说过的话，他打算以后去东京。能自己决定将来的去向还真是伟大，可我从来都没期待过离开五岛。因为在我出生前，我的未来、我的人生就已经被决定好了。

晚安，我对哥哥说。接着，我回到自己房间，钻进被窝。

我没做梦，眼前确实除了黑暗还是黑暗。

第四章 ○

致十五年后的自己：

现在我有件事很苦恼。

神木学长毕业后升入了佐世保高中。

他离开五岛，借宿在亲戚家，每天从亲戚家出门上学。

我们只能用邮件和电话取得联络。

他前几天给我发的邮件有点奇怪。

“下周日有空吗？要不要一起去哪里玩？”

另外还加了很多表情符号。

我感觉这不太符合他发邮件给我的风格。

他会如此轻轻松松地邀约这个住在岛上的我吗？

应该是要约别人，误将邮件发给我了吧。

我打电话问他，他反驳说是要约一个男生朋友，叫我别多想。

可是，给男生发邮件需要用心形符号吗？

我们住在五岛较偏僻的地段，我一直视他如己兄，非常尊敬他。

现在神木学长在我心中的地位突然变得不重要了。

为此，我很担心他电脑里的那些文件。

正在看这封信的你，是不是觉得十五岁的我很白痴？

没错，我就是很白痴，我替自己的愚蠢感到悲哀，好想哭。

要是时间能倒流就好了。因为这样我就能忠告从前的自己。

不如死了干脆，

我的胸口像是要炸裂开了。

一个人时，我会突然蹲下来呻吟，

但有旁人时，就会假装没事。

无论在教室还是在第二音乐教室，我都活在面具下。

刚才我想到一个计划，

尽管我不知道能否成功……

但总比坐以待毙强。

我打算在N赛长崎县初赛的前一天执行这个计划。

不知结果会如何。

○ ○ ○

七月末的某一个上午九点，我们在码头候船室集合。家里离码头远的同学都由父母开车接送，合唱团全员都背着帆布包或旅行包。明天比赛上场时要穿制服，但现在穿便服即可。而我的包包中装有制服及上台表演时要穿的平底皮鞋。为了防止给他人通行造成不便，教务处主任在候船室大厅内的广场上给我们讲述注意事项。柏木老师一点也不像带队老师，她露出和我们学生同样洗耳恭听的表情，聆听教务处主任的教导。大家领完渡轮船票后，从码头登上全长六十五米的白色渡轮。

天空万里无云，到点开船时，船只缓缓远离五岛列岛，整条船都被马达引擎声及其震动所包围。有些同学正趴在窗前，有些同学则站在甲板上手抓栏杆眺望渐行渐远的陆地。对没怎么出过岛的我们而言，搭渡轮过海是件特别的大事，所有人情绪高涨。但带队的三位老师正坐在沙发席上闲聊，他们甚至没有回头看一眼窗外。对大人来说，出岛是件习以为常的事吧。

正如所料，男生在船上因太过吵闹而被体育老师兜谷训斥了一顿。当然女生也因热衷于聊天，没注意说话的音量，而被教务处主任用嫌弃的语气挖苦道：

“真不愧是合唱团的，嗓门儿都好大啊。”

我跑到甲板上打发时间，衣服被海风吹得吧嗒吧嗒作响。无论是天空还是大海都是广袤一片，随着船体的移动，一条长长的轨迹在船只的后方延伸，海浪也变成了白色的泡沫。渡轮出发后约两个半小时，地平线的前方出现了陆地。蔚蓝色的天空下，最先跃入眼帘的是山脉的绿色。渡轮驶进深入陆地的港湾，布满建筑物的街道景象在前方铺展开。那是佐世保港，港湾中停有自卫队的船只及美国军舰。第二次世界大战后，美国海军及海上自卫队基地就此建立在佐世保港，美军的航空母舰偶尔也会在此停泊。话说，航空母舰真是太巨大了，让人有种它能装载五岛所有岛屿的惊叹感。

正午过后，渡轮抵达码头，与此同时，船内的广播也在播报到港通知。舷梯将渡轮与陆地相连起来，此时此刻，我正站在 N 赛长崎县比赛会场所在的九州本岛大地上。当我对这片土地深有感触之际，福永洋子、横峰香织及其他合唱团团员背着她们的旅行包一股脑儿地拥了上来，以至于我无法继续细细品味这座岛屿。

在老师们的带领下，我们穿过候船室，沿着停车场旁的道路向前走。五岛没有高速公路和电车线路，所以在见到高架桥上川流不息的车辆时，我不禁感慨万分。在高楼密布的街上走了大约三十分钟后，我们终于抵达了住宿的老酒店。这是一家以天然温泉为宣传点的酒店，建筑物及酒店设备都充满了昭和时代的气氛。

我们被分成好几个小组分别入住，进入房间后将行李放在榻榻米上。顺带一提的是，房间颇具温泉旅馆特色。辻惠理确认房间设备及浴衣件数的同时，我负责确认桌上摆有几杯茶及几份点心。当我发现点心是佐世保有名的九十九岛仙贝时，我毫不犹豫地伸出了手。在我品尝加有很多花生且咬起来松松脆脆的仙贝时，长谷川琴美用热水壶烧好热水，帮我倒了杯茶。

酒店给我们准备了午餐，合唱团团员和带队老师一起享用了这顿吃得有点晚的美食。午休后，我们在宴会厅集合。出于好意，酒店同意我们在此练习合唱。

一见到宽敞的榻榻米房间，男生们就开始犯傻地你追我赶。有柔道经验的三田村陆给向井圭介来了个过肩摔，被兜谷老师叱责后才停下来。尽管我们女生的表现没有男生那么喜出望外，但看到宴会厅舞台上的卡拉OK机时，也立马热血沸腾起来。“小荠，你想唱什么？”横峰香织一边询问一边打开卡拉OK机电源，但下一秒便被教务处主任挖苦说：“打开卡拉OK机电源之前，请先关掉你们疯婆娘般的电源。”

柏木老师对我们的行为只是耸了耸肩，并没多说什么，唯独教务处主任和兜谷老师显得很不耐烦。顺便提一下，合唱团的女生都在私底下讨论说这两位老师之所以愿意来带队，完全是为了柏木老师。就算她们的言论纯属流言蜚语，但毋庸置疑的是，这两位老师对合唱团没有偏爱。合唱团一年级女生曾听见他俩在渡轮自动贩卖机前的谈话。

“不就是个合唱嘛，竟然要耗费好几天的时间，真是要命。”

“这也是工作的一部分啊。所谓的工作，大都是要人命的事。”

我们开始在宴会厅做伸展运动时，兜谷老师及教务处主任无一不露出纳闷的神情。他们貌似无法理解为什么合唱团要做准备运动。今天我们的练习跳过了发声练习及不同声部的练习，大家把所有时间都用在了合唱上。

为了模拟正式比赛的场景，我们在宴会厅舞台旁集合，然后一起入场开始练习。团员们呆板地走上舞台，在舞台上排好队伍，宽敞的榻榻米房间内只有教务处主任及兜谷老师两个孤零零站立的身影。让惠理向他们二人鞠了一躬，然后转身面向我们，开始指挥。柏木老师站在舞台右侧，即正式比赛时放大钢琴的地方。遗憾的是，酒店无法伴奏。不过好在柏木老师经验丰富，所以就算突然参加正式比赛，应该也不会弹错。在此之前，柏木老师不太习惯伴奏，弹起来很吃力，但最近即便不看乐谱，她也能轻松完美地替我们伴奏。

我们的歌声在宴会厅内回荡。我们需在十分钟内唱完指定曲目和自选曲目。歌声终了时，教务处主任和兜谷老师不约而同地为我们鼓掌。但不知他们的掌声是基于礼貌还是真正发自内心。

练习结束后，在晚餐前几个小时合唱团团员可以自由活动。我决定待在房间看电视，横峰香织、福永洋子及其他几个女生围着二年级男生关谷君，一起去了步行街。佐世保市步行街的直线拱廊长度位居日本第一，因此非常有名。这条街原本就很热闹繁华，再加上附近的美军基地，常常能见到外国人的身影。但凡搭渡轮来佐世保的人，都一定会来见识下这条步行街。

佐世保汉堡是佐世保特产之一，第二次世界大战后，美军在此设立基地，自从有美国海军在佐世保街头出没后，这里开了很多家专门为美军服务的商店。不久后，美国海军向店家传授做汉堡的食谱，于是佐世保的手工汉堡一夜成名。听说三田村陆领着好几个男生准备好好利用这段时间去几家佐世保汉堡店大吃特吃，原以为向井圭介也会跟着一起去，但没想到他竟然留在了酒店。

“小荠，你在酒店吗？我有话跟你说，你来下游乐场。”正当我在房间看电视的时候，向井圭介给我打来电话如此说。

“有什么话？”

“见了面再说。电话里很难说清楚……”

“什么事？有关感情的事吗？”

我半开玩笑地追问。他开始有点结巴，害我反倒心情紧张起来。

“……是很严肃的事啦。你十分钟内到游乐场来。”

挂断电话后，我不禁开始思考所谓严肃的事到底是什么事。我走出房间，把脚伸入鞋内，然后突然停顿住，跑到卫生间的镜子前整理了下头发，顺带抚平衣服上的皱褶，检查衣服有没有污渍。这些行为自然没有什么特殊的含义，更不可能是为了见向井圭介而做出的刻意举动。

我沿着贴有壁纸的走廊走向游乐场。以前我很讨厌男生，但最近似乎没有那么反感了。换作从前，我对向井圭介的态度只会更差，即便他来找我，我多半都会无视他。难道是我变了？难道我已忘记自从父亲那件事以后，自己一直排斥异性的决心？难道是因为我们在同一个地方一起唱歌、一起邂逅音乐，以至于内心的所有憎恨和排斥都被净化了？要是果真如此的话，母亲会原谅我吗？

游乐场位于前往大浴场的路上，里面摆有新型抓娃娃的机器、有点老旧的桌上曲棍球及基本上可以称之为古董的游戏机。而向井圭介正坐在游戏机前的椅子上。

“哦，你来了？”

“你要跟我说什么？”我尽量让自己显得冷淡。

向井圭介流露出不知从何说起的表情：“来，你先坐下。”

他指了指身旁供客人玩对战格斗游戏坐的椅子，我坐下来。我们面对面，即便没有投币，游戏机也会播放游戏的影像画面，五颜六色的影像光芒在向井圭介的瞳孔上反射。他满脸僵硬呆板地开口说："我和你认识很久了，从幼稚园时开始就常常互相串门来往。自打你父亲那件事后，你就开始躲避男生，你自己意识到了吗？"

"……多少也意识到了吧。"

"所以我很高兴能这样面对面地和你说话。"

虽然出于害羞，我假装拉下脸不愿意接话，但我心里不禁点了点头。

"虽然很难开口……"

"什么事？"

"我想表白。"

"等……等一下，你说的表白是恋爱的表白吗？"

向井圭介点点头。

"你是认真的？"

"自然是认真的。"

瞬间涨红脸的我不敢正视向井圭介，自然而然地，我低下了头："你、你真的要告白？"

"这是我慎重考虑后的结果。"

"可是，你不是喜欢柏木老师吗？"

"现在回首，我觉得我只是崇拜老师而已。那种感觉或许和喜欢是两码事。"

我抬起头瞟了他一眼，他害羞得躲开了我的视线。

“你、你喜欢哪一点呢？”我鼓起勇气询问道。

“一定要说吗？”

“嗯，因为我想听。”

“对待合唱态度认真……”

“还有吗？”

“还有呀，我想想……”

他稍作思考后，继续说：“……戴眼镜的样子很好看。”

我立马冷静下来。

我的视力超过常人，因此从不戴眼镜。

“难道你……”

“起初我觉得她很讨厌，但那家伙却超有毅力。我说，你和团长关系不是很好吗？等 N 赛结束，我们一起去哪儿玩一下吧，你能帮我约一下团长吗？”

向井圭介害羞地说。此时此刻，我的脑海中浮现出各种思绪。首先，眼前这个男生太令人生气了，我好想把他打倒在地然后转身离去，正当我想要抬手揍他时，又觉得自己完全没有理由愤怒。我说服自己深呼吸，告诉自己要冷静。

“好、好呀……”我如此回答道。

“我很感谢你愿意帮我，如此一来我有信心多了。儿时的小伙伴真是人生瑰宝啊。”

见他满心欢喜，我心中的不满顿时消散得一干二净。

○ ○ ○

老师说宴会厅的练习结束后，距离吃晚饭还有几个小时的自由活动时间。我返回房间，从旅行包内取出科幻小说，津津有味地读了起来。这本书是三田村陆借给我的。此时他和几个学弟跑去了佐世保汉堡店，不在房间。虽然他也邀请了我，但我不想在晚饭前吃汉堡，再加上我很想知道这本书的结局，所以就委婉拒绝了。此外，向井圭介也不知跑哪儿去了，房间只剩我一人。

正看到兴头上时，我听到了敲门声。我夹好书签，打开房门，发现长谷川琴美一脸紧张地站在门口。见到我后，她露出了安心的神情。

“太好了，桑原君你在屋里呀。”

“有事吗？”

“我有事想拜托你。”长谷川琴美坐立不安地左顾右盼，似乎很怕被人发现。

“什么事？”

“我想去个地方，但一个人不敢去，你能陪我去吗？”

尽管我完全摸不着头脑，但我仍然对她说了句：“你等我下。”回房收拾好背包后，和她一起走了出去。一旦我出门屋里就没人了，所以我顺带锁好了房门。

“你想去的地方在外面吗？”

“嗯，总之你跟我走就是了。”

下到一楼，我将钥匙交给前台人员。走出大门后，长谷川琴美开始沿着酒店前的陡坡往下行走。天空放晴，阳光穿过树叶间的缝隙，在坡道上留下斑驳陆离的光点。路的两侧种有茂盛的植物，佐世保的街景在坡道下方若隐若现。

“抱歉，突然把你叫出来，你是不是很吃惊？”

长谷川琴美边走边问。身穿便服的她比平时显得更成熟些，而且很漂亮。

“我们要去哪里？”

虽然我这样问，但只要能和她一起外出走一走，无论去哪儿我都愿意。话说，她为什么会找我陪同呢？为什么不和其他女生朋友去呢？尽管我充满了疑问，但心里却因为她的邀约而欢喜不停。

“……即便你知道我要去哪里也不会中途返回酒店吧？你会愿意陪我一起去吧？”长谷川琴美担心地问道。

“那我们是要去哪里？”

“我想去神木学长那儿。”

我停下脚步。当我们彼此陷入沉默时，周围只剩吱吱吱的蝉鸣声。她迎合我的动作也停下脚步，枝叶的影子映照在她的身上，留下斑驳琐碎的各种形状。

“也、也就是说……你们是要约会喽？”我假装平静地问道。

“我想和学长谈一谈，但我不认识路，很担心，所以希望你能陪我去。”

原来神木学长住在佐世保市的亲戚家，每天从那儿前往市区的高中上学。他亲戚家距离我们的酒店大约需徒步三十分钟。

我打心底不想去，我想转身回到酒店的房间，我想继续看我的科幻小说。可是，我又不忍心拒绝长谷川琴美那不安的眼神。

“嗯，好吧……”

“真的吗？！太好了！”

“但你为什么找我陪你去，其他人不行吗？”

“我不想拜托其他人这种事，因为太丢人了。”

我再次迈开步伐，心情却得不到疏解。为什么拜托别人会很丢人的事偏偏要拜托我呢？我百思不得其解。在她眼里，我属于哪种分类？是即便遭遇这种事也毫无怨言的理想聊天对象吗？我一边向前走一边不停地叹气，脚步也随之变得越发沉重起来。

长谷川琴美取出事先准备好的地图，走到十字路口或岔路口时，就微微皱起眉头凝视手中的地图。稍作思考后，只见她歪着个脑袋纳闷：“咦？好奇怪哦。”她一会儿将地图来个上下一百八十度翻转，一会儿对着阳光高举起地图。我借过地图，确认神木学长借住的亲戚家的具体方位后发现我们不仅走错了路，还往北走出了很远。

冒着七月的酷暑，我们在街上左右穿梭，寻找神木学长借住的亲戚家。靠近目的地后，发现周围的房子全是独栋独户型。在我居住的岛上，无论是这种排列整齐的住宅区，还是有一定间距的房屋规划设计，都是绝对看不到的。

我不禁感慨自己竟来到了如此遥远的地方，同时又觉得很空虚，不明白自己为什么要来到这里。由于我心情不太好，所以话也自然变少了，但当她发现自动贩卖机，请我喝了瓶果汁后，我们又如往常一样聊起了天。

“学长知道你会去吗？”用果汁补充了水分的同时，我这样问道。虽然现在确认这件事为时已晚，但对方很有可能不在家。

“我给他发了短信，他应该在家的。”

“我以为你想突然造访，给他一个大大的惊喜。”

“神木学长原本说约在外面见的，比如带我去逛商店街，因为他阿姨在家。”

“那为什么现在又改在家里见面呢？”

“因为我想看看他的房间。”

“嗯，这样子哦。”

好痛，胸口好痛。难道是因为我一口气喝下果汁岔气了吗？

从酒店出来走了一个多小时后，我们终于抵达神木学长的亲戚家。那是一栋普通的两层住宅楼，并不是很新，但也没有特别老旧。玄关旁建有车库，里面停了辆小汽车。

“真的是这里吗？”

“应该没错。”

长谷川琴美确认门牌后点了点头。门牌上的姓氏与神木学长的亲戚一致。

她摁了下门铃，对讲机那边传来一个女人的声音。不一会儿后，一个体形偏胖的阿姨打开了房门。她应该就是照顾神木学长的亲戚吧。阿姨见到长谷川琴美后，立即展露出温柔的笑颜。

“你是长谷川吧？”

“是的。”

“到得还真是挺晚的呢。”

她应该是听神木学长说长谷川琴美要来拜访家里吧。见我站在长谷川琴美身后，阿姨纳闷地偏着头。

“他是我的朋友桑原。”

长谷川琴美将我介绍给她，我微微鞠了个躬。这时，从玄关深处走出来一个高个子男生，他绕过阿姨走了过来。这个男生身段细瘦，五官精致。尽管发型有所改变，但我记得直到去年曾在学校的走廊常常遇到他。他就是长谷川琴美交往的对象——神木学长。

“你是迷路了吗？这么晚才到，我挺担心你的。”他的声音很低沉，听上去男人味十足。

“我看反了地图。”

“你还是这么马大哈。”神木学长说完摸了摸长谷川琴美的头，然后这才注意到我的存在。坦白说，见学长摸她的头，我内心刺痛到了极点，只差当场受伤吐血。我已经到极限了，我的生命指数已无限接近零。能不能就这样让我死去，将我埋入地下？然而，神木学长向我投来讶异的眼神，我微微欠身向他打了个招呼。

“啊，你好……”

神木学长指着我问：

“这家伙是谁？”

“合唱团的桑原君……因为我很害怕，所以请他陪我一起来的。”

这里所谓的害怕，是指迷路吧？神木学长貌似也是这样理解的。

“我不是说了去接你吗？你非不让，现在又找了个人陪你来，什么意思嘛。”

这时，阿姨插话道：“总之先进屋吧。来，一起进来吧。”

我摇了摇头：“我先回去了。我已经陪你到这里了，我可以走了吧？”

不等长谷川琴美回复，我便向大家鞠了个躬，转身离开了。我没有留下的理由，万一他俩在家里行为亲密，恐怕我这辈子都会一蹶不振，说不定当场就会体衰暴毙。

走了一段路后，差不多距离神木学长亲戚家二十米处时，我听到身后传来脚步声。长谷川琴美跑上前来，缓缓拉住我的手腕。

“等一下！”她气息紊乱地说，“抱、抱歉，能否请你再陪我一会儿？”

“不行，我得回去和大家会合了。”

“我很快就完事，你先别急着回去。”

她要处理的事情，难道就是和神木学长谈笑风生吗？

但长谷川琴美脸上的神情显得有些紧张，这和与恋人见面的那种兴奋感截然不同。

“我为什么要留下？你不认识回去的路吗？让神木学长送你回去不是更好吗？”

“一点都不好！反正我现在也跟你说不清楚，但我希望你能留下！”

她的瞳孔中流露出担心的神情，而抓住我手腕的手指也不知为什么冰凉冰凉的。我迟疑了一小会儿后，叹了口气，向她点点头表示愿意留下。虽然我也觉得自己是个一厢情愿的老好人，但我不放心她独自回酒店。她的状态，似乎不太对劲儿。

“好了我留下，你放开我吧。”

“你愿意留下？”长谷川琴美松了口气。我见神木学长在玄关处等她，而且他正注视着我们这边，我担心我们的行为举止会让他心生误会。

“不过我不进屋，我就在附近等你。”

“谢谢，这样就可以了。但你要站在我看得见的地方，万一发生什么意外状况，你要跑过来救我哦。”

“欸？”

长谷川琴美转身离开我身旁，走向神木学长。我很在意她最后说的那句话，但我想尽快逃离神木学长的视线范围，于是假装要回酒店，很快地走开了。

几分钟后，我又回到了神木学长亲戚家门口。隔壁邻居家的树枝从庭院里延伸出来，我坐在树荫下乘凉休息。不经意间已临近傍晚时分，但夏日里的太阳仍悬挂在高空。躲在阴凉处的我倚靠在围墙上，同时注视着长谷川琴美及神木学长所在的那个家。汗珠沿着额头往下滴落，我用衬衫的袖口擦了擦。

此时长谷川琴美正在装有空调的神木学长的房间吹冷气，说不定正在谈笑风生。不过好在亲戚阿姨也在家，所以他们应该不会做什么太过亲密的事。但我没有资格评论他们的关系，因为我和长谷川琴美只是同属于一个社团而已，除此之外，我们几乎没有关联。我只是她的聊天对象，对她而言，我只是她众多朋友中的一员。不，归根结底我们算朋友吗？刚才学长摸她头顶的画面在我脑海中浮现，我感觉胸口很痛。平时无论是在教室、毕业旅行，还是上体育课时，我都体会过孤独的状态，而且我早已习惯孤独，但今天的孤独感太过强烈了。

我在树荫下眺望着他们所在的那间房子，独自侧耳倾听蝉鸣声，不由得，我想起了哥哥。我现在很想见哥哥，我希望他能帮我。尽管哥哥对这件事无能为力，也无法理解我现在的处境，但我觉得只有哥哥的身边才是我的归宿。碧蓝的晴空着实澄净漂亮，或许我此生都不会遗忘这片蓝天及当下内心的苦楚。突然，神木学长借宿的那家房子的二楼窗户传来玻璃被敲碎的声音。

玻璃碎片在空中飞落，反射着夏日的阳光。

紧接着，碎片掉落在一楼突出的屋顶上，玻璃发出碎裂的响声，然后在屋瓦间滑落，掉向地面。

难道是因为酷暑和疲劳，以致我产生了幻觉？

二楼随即传来神木学长的怒吼声。

当我回过神来，才发现自己正在奔跑。神木学长对长谷川琴美动粗的画面在我脑海中闪现，也许她预料到了这种结局才恳求我在此等她吧。我冲至玄关，幸好门没锁。飞奔入屋后，我没脱鞋便进到了内室，而楼梯就在眼前。这时，二楼传来了咆哮声及惨叫声。我连忙拔腿奔上楼梯，刚上到二楼便看见刚才的阿姨正背对着我站在房间门口不知所措。我从她身旁经过，冲入房内。

那应该是神木学长的房间，屋里有床、电视、书桌，桌上放有一台台式电脑。木制的地板上洒了一摊水，而玻璃杯正侧躺在地板上。那摊水貌似是橙汁，估计是阿姨端上来给他们喝的吧。室内很凉爽，但热气正从床后方打碎的玻璃窗外钻入。咚！室内响起一阵脚步声，神木学长正从长谷川琴美的身后架住她大吼道："你想干吗？！住手！"

"我就不！"

长谷川琴美高抬起腿，试图踢桌上的电脑，不过并没踢到，于是她又踢了一脚，这次她踢到了电脑屏幕。屏幕顺势倒下，连着电线一起掉落在地上。屏幕旁是长方体的电脑主机，这个倒是没被牵连。不知为什么，连接主机和屏幕的电线已被拔下。

我站在一旁摸不着头脑，察觉到我的长谷川琴美立即尖叫道："桑原君！你赶紧帮我拿走电脑！"

"欸？什么？"

"你怎么会在这里？！"

神木学长愤怒地说。趁他手臂放松的瞬间，长谷川琴美挣脱出束缚，一把抱住电脑主机。可就在她如橄榄球选手般抱住电脑时，神木学长立即冲了过去。我毫不犹豫地蹿到他跟前，用肩膀撞击他的身体，当我被撞得反弹时，一不小心踩到了地上的玻璃杯，就这样，玻璃杯被踩碎了。神木学长也被撞在书架上，书架上的书全部倾倒在地。

"你们！到底在干吗？！"

阿姨大叫起来。没错，他们到底在干吗？我完全搞不清状况，更不知发生了什么事。

长谷川琴美抱住电脑主机跳到床上，她想将电脑主机从打碎的窗户扔出去。

“住手！”

神木学长朝长谷川琴美的后背踢了一脚，她被踢倒了。随着她的惨叫声，电脑主机掉在地上。见到这一光景时，我的理智彻底断了线。我乱叫一通，狠狠拉住神木学长，将他推倒在地，这是我第一次打人。他也向我投来反击，我再次揍他，他再次回打向我。不知从何时开始，鼻血流了出来，滴在衣服上，嘴里也净是血腥味。当阿姨将我和神木学长拉开时，长谷川琴美已不在房间。

她不知什么时候抱着电脑主机，站在了打碎的玻璃窗外。一楼的屋顶突出在窗户下方，她站在铺有瓦片的屋顶上，缓缓举起电脑的主机，朝房子前的道路扔去。在室内拉拉扯扯的我、神木学长及他的亲戚阿姨都听到了电脑主机摔落在柏油路上的声音。

长谷川琴美的头发和衣服全都乱成一团，但回过头来张望我们的神情却神清气爽。

“啊！好痛快！”

窗帘外，明媚的阳光照耀在她的脸上，美丽至极。但下一秒她便不见了。我和神木学长爬到床上，透过打破的窗户向外眺望。虽然没见到她的身影，但从屋顶下方传来了呻吟声。她好像不小心打滑掉下去了。

“你、你还活着吧？”我战战兢兢地问道，却没有得到回复。嘴内被打破的伤口正在渐渐发热。

○ ○ ○

房间窗外的佐世保街道浸染在夕阳中，外出自由活动的团员们一个接一个地回到了酒店房间。辻惠理独自一人去了趟佐世保有名的步行街，只见她拎着个星巴克的纸袋回来了。

“你去了星巴克？！”

“人家紧张死了。我帮你带了好喝的哦。”她从纸袋里端出一杯冰拿铁递给我。顺便说一下，五岛没有星巴克。尽管我知道佐世保步行街有星巴克，但因为不知该如何点单，所以害怕得不敢进店。我喝了口拿铁，深有感慨：“啊！原来这就是星巴克的味道啊！”

“小荞，你刚才干吗去了？”

“在房间看电视呀。”

“没出过房间？”

“没有呀。”

辻惠理向上推了推她的银框眼镜，透过窗户倾泻而入的夕阳反射在她的镜片上。她的嘴角露出心怀鬼胎的笑容，像是有话要说。

“……怎么了？”

“我听一年级的女生说，看见你和向井圭介在游乐场，似乎在谈什么严肃的事。”

我无力反驳，看来果真被人看到了。我摇摇双手，拼命从喉咙里挤出声音说："你、你误会了啦！"

"我能误会什么？听说你俩很害羞，都不敢直视对方。"

"那是因为……"

"没事儿没事儿，小荠你的春天终于也来了。"她用手肘捅了捅我，看来事情变得复杂起来了，难道辻惠理以为我和向井圭介在交往？

"等一下！你听我解释！"但我又不知该从何说起，我私自将向井圭介的心意说出来好吗？正当我犹豫不决时，房间门突然被猛地推开了，福永洋子和其他几个女团员蜂拥而至。尽管她们住在其他房间，但似乎都听说了我和向井圭介的事。她们模仿媒体采访，以遥控器做麦克风，将其伸到我眼前问："请问传闻是真的吗？！"我用手捂住脸庞，如同站在电视机镜头前拒绝采访的艺人般躲闪着说："请你们别这样！请不要私自拍我！"

我放任误解不管，晚餐时分，柏木老师来到我们的房间。

"大家都在吗？我们要去餐厅吃饭了哦。"

我们回答说都在后，大家一齐走出房间。这时，辻惠理歪着脑袋说："咦？我们房间的女高音不见了。"

长谷川琴美不在，她从来都不迟到。辻惠理试着打她手机，但没人接听。酒店替我们在餐厅准备好了座位，晚餐也都做好了，所以我们没法一直等下去。最后我们决定先去餐厅，说不定她很快就回来了。

餐厅位于这家老旧酒店的最顶层，除我们之外还有其他很多房客。酒店为我们合唱团安排了靠窗的座位，一长排椅子整齐地摆放着，大家的餐食已全都端上桌。当合唱团的女生及男生落座后，除去老师的座位，还有两个空位。一个是长谷川琴美的，另一个是桑原悟的。原来桑原也不在呀。这次并非他太不起眼而变成透明人不在，而是真的不在。

太阳已完完全全沉落了，窗外一片漆黑。因酒店建在小山丘上，放眼望去，城市街道的美景尽收眼底。尽管眼前的夜景并没有非常辉煌璀璨，但与五岛的夜景相比，灯火的数量多出了很多。

我们用餐时，三位老师四下打电话寻找失踪的学生。等我们吃完饭，他们二人也没出现。老师觉得他们可能是在街上迷路了，但不太能确定长谷川琴美是和桑原悟在一起呢，还是分开的。

用完餐，我们去大浴场泡澡。那些喜欢聊八卦的女团员在更衣室及泡澡间讨论这两个没有回来的人，有人说最近看他们常常在一起说话，也有人说曾看到他们在教学楼后方发呆，但众所周知的是，长谷川琴美正和神木学长交往中。和神木学长相比，桑原悟绝对不是学长的对手。最后大家讨论的结果就是，长谷川琴美和桑原悟之间并不存在暧昧的关系，多亏这件事，大家才暂时忘记了我和向井圭介的事。

泡完澡后，我们去一楼大厅旁的礼品店买点心。在走向礼品店的路上，酒店大门被推开了，我下意识地回过头去看了下。玻璃自动门外漆黑一片，但两个熟悉的身影出现在了门外。他们正是长谷川琴美和桑原悟。

“琴美！”

我冲琴美喊道，当她看到我们时，露出了惊讶的表情。

紧接着，她咧开嘴笑了笑，冲我们挥挥手：“我回来啦。”

“还说什么我回来啦，你害我们担心死了！”

说完，我们飞奔向他们，但一看到桑原悟的惨状后又立马停下脚步，其他女团员也跟着倒吸了口气。在这数小时内，到底发生了什么事？他的衣服上残留有好几处血迹，脸上还有一大块瘀青。

○ ○ ○

夕阳穿过卫生间的小窗照射进来，镜子里的我被余晖映照，我的脸已不成样子。左眼周围有一大块瘀青，鼻血染在衣服上。我借用了神木学长亲戚家的卫生间，漱口时，吐出来的水呈微红色。我洗干净鼻血，走出卫生间，神木学长正好从外面走了进来，手里抱着残破不堪的电脑主机。他捡回了长谷川琴美扔出去的电脑。我们四目相视，尴尬地沉默了数秒后开始相互道歉。他脸上也有瘀青，头发及衣服全都狼狈不堪。

“你把电脑捡回来了？”

“被这样扔过后，不知道还能不能用。”

“长谷川为什么要扔电脑呢？”直到现在，我仍是一头雾水。

“我跟你说，你来二楼吧。”

我跟着神木学长上了楼。

“长谷川呢？”

“她在阿姨的房间冰敷。”

她从屋顶失足摔落时，不小心扭伤了脚。值得庆幸的是，除此之外并无大碍。

神木学长的房间就像被龙卷风扫过般，夕阳透过打碎的窗户射入房内，屋子里一片金黄。神木学长再度看了眼屋里的惨状，不禁叹了口气。把电脑主机放在桌上后，开始连接主机和屏幕。

“那家伙趁我离开房间时，拔掉了所有的电线。当我发现质问她时，就突然变成了修罗场。”

她的目的是破坏电脑，神木学长想要阻止，结果两个人扭打在一起。就连神木学长也不知窗户玻璃为什么会被打破，有可能是在拉拉扯扯中被谁的身体撞破了，也有可能是谁砸东西时被打中了。

“她为什么想破坏电脑呢？”

“因为她想删掉里面的照片。在发生撕扯之前，她叫我删除照片。”

“照片？什么样的照片？”我想起她很早之前曾请教过我如何删除电脑里的资料。

神木学长将插头插入插座，摁了下电源开关，我们默默地注视着电脑。因椅子倒靠在房间角落，所以我们只好站着。这时，主机箱内传来机器驱动的响声，紧接着屏幕亮了，画面上出现一大串文字后响起了系统启动的声音。

“好像没坏。”神木学长终于松了口气。长谷川琴美为了破坏电脑，将电脑从屋顶扔下去，难不成她的努力全白费了？我转过头去，看着学长的侧脸。

“你想知道是什么照片？”

“……对。”

在等待电脑系统完成启动的这段时间，神木学长将长谷川琴美想要删除照片的内容告诉了我。尽管他没有直言相告，但那似乎是不能让别人看见的私密照片。虽然当时也征求了长谷川琴美的同意，而且拍摄的动机只是觉得好玩罢了，但现如今长谷川琴美认为那是她的黑历史。在听学长解释的同时，我的胸口深处感到明显郁郁不快。

“她也许是担心我手里留有这些照片会对她不利吧，比如害怕我将它们公之于世，或以这些照片为把柄威胁她与我复合。”

说到这里，电脑系统已成功完成启动，现在可以用鼠标进行操作了。神木学长打开电脑内的数个文件夹，似乎正在确认文档数据是否有损坏。因为没有椅子，他只能弯着细瘦的身体注视屏幕，但我更在意他刚才说过的话。

“什么叫复合？”

“你不知道吗？那家伙刚进屋就跟我说要分手，所以才让我删掉照片。”

“为什么要分手呢？”

“可能是我劈腿被发现了吧……反正都无所谓了……”

我不由得开始思考，难道说长谷川琴美起初就打算向神木学长提分手，并破坏电脑？也正因为如此，她才不愿意在外面见面，非要跑到学长房间来。而她之所以恳求我待在学长亲戚家附近，多半也是猜到会和学长大打出手吧。

神木学长回过头来看着我说：“你想看那家伙要我删掉的照片吗？”

屏幕上出现了名为“kotomi”的文件夹。

鼠标的光标点了两下文件夹。

这个文件夹存有长谷川琴美想要删除的照片。

“我不会告诉那家伙你看过。”

答案自然只有一个，我迟疑了一会儿后点点头。咽下口水，我回答说：“……好、好的。但我想自己操作，请你让一下。”

神木学长从电脑前挪开，我右手抓住鼠标，在名为“kotomi”的文件夹上点击鼠标右键，然后选择了“删除”项。神木学长的视线这时正在别处游离，所以他并没察觉到我的举动。我将关于长谷川琴美的所有照片文件夹放入了电脑回收站。

“我帮你清理一下回收站吧。”

我故意这样说，同时时刻观察着神木学长的反应。学长发现我的行为后顿时慌了手脚，他抓住我的肩膀，试图让我停止对鼠标的操控。

“你在干吗？！”

原来如此。看来学长并没对这些照片进行备份。

我松了口气，推开神木学长后，果断清空了回收站。照片的数据从回收站内消失，除非用特殊软件，否则无法恢复这些被删除的数据。不过在我和长谷川琴美离开后，说不定神木学长会去找特殊软件。鉴于此，我跪在神木学长面前。

“学长，对不起！请你不要恢复这些数据！”

由于事情太过突然，神木学长还没缓过神来。

“你、你别这样！我知道了！这事儿到此为止！”

正当我向学长磕头时，脚踝裹有绷带的长谷川琴美走至门前，看到我这番光景，着实被吓了一大跳。

“……桑原君，你在干吗？”

“长谷川，你最好赶紧向学长道歉，否则他会索要分手费或损害赔偿之类的费用。”

“就算要付，也是我付吧？和桑原君你没关系。”

说完，她跪坐在我身旁，向神木学长深深鞠了个躬：“真的非常抱歉。”

被夕阳染红的室内，大家都没有说话。神木学长深叹口气，看上去貌似已被折腾得筋疲力尽。

我们也向神木学长的阿姨致以深深的歉意，总之，我们一直在道歉。长谷川琴美在一楼房间接受冰敷时，将事情的来龙去脉都一五一十地告诉了阿姨，同时也将神木学长电脑里的照片、他可能劈腿及提分手的事坦白相告。阿姨答应长谷川琴美不会将这件事报告给学校及其家长，但她最后还是斥责了长谷川琴美，忠告她今后不能再莽撞做这类危险的事。尽管阿姨说不用赔偿打碎的窗户玻璃，但长谷川琴美仍然坚持给了相应的费用。

我们离开时，神木学长送我们到家门口。他脚踩拖鞋，双手插在口袋里，一副很生气的样子。他没有看我，而是一直注视着长谷川琴美。长谷川琴美则没特别和他交谈什么，微微欠身后便离开了。我很讶异他们没有多说什么就这样分手，但长谷川琴美看上去显得轻松了很多。

傍晚时分，天空宛如紫色的宇宙。我抬头仰视天空，发现星星的白色光点正在一闪一闪。凉风吹拂，云朵飘移。昏暗的道路被两侧房子窗户中透射出来的模糊的黄色灯光照亮，耳畔则传来做晚饭的动静及婴儿的啼哭声，我们饥肠辘辘地行走在街道上，排风扇排出的菜香味扑鼻而来。自由活动的时间早已结束，这时大家都在吃晚餐吧？然而因长谷川琴美的脚被扭伤，我们只能慢慢行进。

“那台电脑没坏吗？”她刚才在神木学长的房间看到那台被摔得狼狈不堪的电脑竟然还能启动。

“嗯。不过我已经删掉了照片。”

“……你看了照片吗？”

“没看哦。”

“你肯定看了吧？”

“我真的没看。”

“你真的没看？”

“没看啦。”

“为什么不看？没有兴趣看吗？”

“我拼命说服自己别看。”

“啊，有人给我打过电话了，还发了短信，叫我们赶紧回酒店。”长谷川琴美一边向前走一边翻看着手机，“我们得快些回去。”

她立即加快步伐，但马上又紧皱起眉头。

“……要我背你吗？”

我小心翼翼地提议道。长谷川琴美立马面露喜色地说：“虽然不好意思让你劳累，但真是个好主意哦。”

在街灯的照耀下，我背起她，沉重、柔软、温暖一并压在我的后背。在闻到一阵香味的同时，也能闻到冰敷的气味。天色昏暗，我那因害羞而涨红的脸因而变得不那么明显。我背着她，行走在点亮盏盏街灯的路上。

“有你背我，感觉很舒服。”

“我快累死了，你好沉哦。”

“我才不沉呢，我算轻的。”

“但你摔落时的响声很大，整座房子都在摇晃。”

“你骗人，人家明明是像羽毛一样飘落下去的。因为很轻，所以落地时都是轻飘飘的。”

“那为什么会扭伤脚？要是轻飘飘地落地，怎会扭伤？”

“那是我起身时扭到的。”

“是吗？”

“是呀。”

我想起刚才在神木学长房间的骚动闹剧，不禁觉得好好笑。

“你笑什么？”她追问道，但随即她也笑了起来。

我原本体质就羸弱，所以体力并不充沛，没法一路背她回酒店。走到中途我投降喊累，便改为搀扶她一起前行。当体力恢复，再次背起她，就这样反反复复我们走回了酒店。

走完陡坡，我们终于来到酒店门口。穿过玻璃门时，正好遇到几个刚泡完澡的女团员，她们见到我们立即奔了过来。有几个人看到我的惨状后，不禁“呃！”地倒吸口气。三位老师询问我们遭遇了什么事，长谷川琴美骗他们说我们在街上被不良少年纠缠，还被他们毒打了一顿，在逃跑时不小心迷了路。以前我就隐约察觉她很有说谎的天赋，再加上演技又好，为谎言增添了不少真实性。原以为肯定会被训斥，但她说明情况时一副受了惊吓的样子，以至于三位老师全都面露同情。老师问我们要不要报警，我们推说太过麻烦，反正也没受什么重伤，直接摇头拒绝了，幸好老师们也没再继续追究。

我和长谷川琴美吃完冷掉的晚餐，从浴场泡完澡差不多就该睡觉了。我回到自己房间，钻入被窝，同房间的向井圭介、三田村陆及其他几个男团员都跑来问我发生了什么事，因太过疲惫，我没多做解释便睡着了。

睁眼醒来，今天正是 N 赛长崎县比赛的当日。

○ ○ ○

在酒店吃完自助早餐后回房准备出发，我换上制服，穿好裙子，注视着镜子里的自己。

停车场停有租来的大型巴士汽车，和当年毕业旅行时用的汽车类似，我们迅速上车，确认大家都到齐后，巴士开始驶向会场所在地——谏早市谏早文化会馆。一路上，佐世保汉堡店在窗外一闪而过，巴士拐上高速公路。虽然我们有些紧张，但也很享受旅行的快乐。学妹们一边吃着零食一边你一句我一句地关心着长谷川琴美：“学姐，你没事吧？”“昨天真是太倒霉了呀……”“这块点心给你吃，吃完要健健康康精神百倍哦。”

“嗯，谢谢你们，不过我没事。”

长谷川琴美弱弱地笑了笑，但她的神情充满了勇气，这样反倒令人更担忧。所有团员都知道她昨晚被一群不良高中生纠缠，当那些男生拦住她，若不是桑原悟偶然路过，后果定是不堪设想。他发现长谷川琴美遭遇麻烦，立即现身挡在那群强行拉长谷川琴美喝茶的男生面前。尽管他被揍得头破血流，但他拉着长谷川琴美的手逃离了现场，好不容易才摆脱了那些人渣。长谷川琴美在逃跑的途中不慎跌倒，脚踝被扭伤，再加上他们一心想着逃命，压根儿没有仔细认路，所以导致回来得晚了。

桑原悟脸上的瘀青貌似很痛，他在合唱团几乎不太起眼，团里很多女生都没怎么和他说过话。虽然常在一起唱歌，但并不了解他的性格，更不知他是个怎样的人，总感觉他充满了神秘感。然而，现在桑原悟因为这件事被大家视作英雄，尽管他的外表看上去很弱，但关键时刻还是会挺身而出，守护身边的女生。

桑原悟独自坐在巴士后方的座位上，他正眺望着车窗外。这时，二年级的女生走过去向他搭话道：“桑原学长，你吃巧克力吗？”

紧接着，好几个一年级的女生也相继围在他身旁，把糖果、软糖、吸油纸等东西递给他。他似乎不太习惯这种场合，顿时不知所措。

从佐世保市到谏早文化会馆走高速公路的话大约需要一个半小

时。辻惠理在车上轻闭双眼，想象自己指挥时的场景。中途她曾经起身跑到坐在前面的柏木老师那边征求意见，当她返回座位时，满脸一副疑惑纳闷的样子。

“怎么了？”

“柏木老师的状态有点奇怪，她好像很紧张，表情也很严肃。”

车内热闹声不断，其他人并没听见我们的窃窃私语，只有坐在我和辻惠理身后的向井圭介正在侧耳倾听。他探过头来，加入我们的对话：“老师怎么会紧张呢？她见过的世面可比我们多多了。”

在这之前，我们一边安心地听着老师的钢琴伴奏一边合唱，但正如辻惠理所言，老师会因为紧张而弹错音。

在遇到无法想象的事时，人会陷入慌张。而慌张是种会传染的情绪，它会导致最后致命的失败。老师的失误很有可能会成为导火线，带我们走向彻底的挫败。

无论怎样，我都不相信辻惠理的话，我坐到柏木老师的斜后方，暗地里观察她。老师今天确实和往常不太一样，当她喝矿泉水时，甚至不小心扭掉了瓶盖。她弯下身子准备捡起瓶盖，手上的矿泉水瓶也随之倾斜，最后瓶内的水全都倒出来了。除此之外，她拿出一本书来看，可过了许久也没翻页，视线一直注视着窗外。一年级女生撕不开零食包装袋，请她帮忙，结果她太过用力，把零食撒了一地。

“不知为什么，老师今天像是丢了魂一样……”

回到自己的座位后，我把观察到的情形转述给辻惠理及向井圭介。虽然柏木老师平时是个会跟大家说自己以前是尼特族的怪胎，但她总是抬头挺胸，即便清晨遇到她，也是一副精神饱满的样子，可今天她的注意力感觉特别涣散。

巴士车上充斥着合唱团团员的欢声笑语，当有人唱起时下正流行歌曲时，其他人也不再聊天，而是跟着一起哼唱起来，歌声在车厢内跳跃，可我心中的不安却在剧增。

汽车从闹市区驶向绿意盎然的地方，沿着斜坡行驶一段路后，终于顺利抵达谏早文化会馆。这栋由钢筋水泥建成的白色长方形建筑物一共有四层楼，地下一层，地上三层，后方则是枝叶茂密的山丘。我们到达时，手表的指针正指向上午九点半。虽然正式比赛将于下午举行，但上午需要排练。

大巴车缓缓停下，我们趴在车窗前向外张望。周围停有好几辆和我们相同的大巴，来自全县各中学的合唱团团员随处可见，我们不禁开始评论那所学校的制服更好看，这所的很难看。大家都拎着自己的便当和水壶。在今年的参赛学校中，只有我们来自五岛列岛，其他都是居住在九州本岛的初中生。

走下大巴，夏天的烈日耀眼灼热，头顶立即感觉有些发烫。我们在老师们的带领下走上楼梯，穿过大门处的自动门，踏入开着空调的文化馆。文化馆内有大礼堂和中礼堂，今天的比赛将在大礼堂举行，于是，我们决定先去参观大礼堂。

举行 N 赛各地区都府县的初赛时，一般民众也能免费入场观看。顺带说一下，之所以不称都府县初赛为都道府县赛，是因为北海道单独形成了一个北海道区域，大家会在北海道内的各地区进行初赛。

大礼堂的出入口处没有人检票，我们可以自由进入参观。踏入大礼堂的那个瞬间，太过巨大的空间让我们不由得感觉自己像只微不足道的蚂蚁。礼堂内还有很多空位，红色的座椅将舞台围成了个扇形，一楼及二楼的座位合计有一千多个。

“好大啊……”

柏木老师今天的发言也很不霸气，刚才走路时还被绊了好几次，差点跌倒，有时还会不小心撞到路人，频频道歉。就在刚才还差点一个人跑去了中礼堂，总而言之，她明显很不在状态。

舞台上设有供合唱团团员站立的楼梯台，台子后方的墙上挂着一个巨大的牌子，上面写着“NHK 全国学校音乐比赛 · 长崎县大赛”这几个大字。站在观众席看向舞台，大钢琴就放在舞台的左侧。我和站在我身旁的辻惠理交头接耳道：“只要惠理你指挥不出差错，比赛一定不会有问题的。即便老师弹错，我们也不会唱得乱七八糟，大家都会听从惠理你的指挥。”

辻惠理紧张地点点头。

○　○　○

上午十点左右，各校按顺序登台排练。N 赛在时间管控上非常严格，绝对不允许有打乱日程表安排的事情发生，各参赛人员必须记住从观众席到上台的流程。我们跟随工作人员从后台走廊进入舞台侧面，稍等片刻后，跟在前面一所学校的后面走上舞台，并在楼梯台上排好队伍。从舞台上眺望大礼堂的视野比昨天宴会厅要开阔多了。主办方允许大家上台后练习五分钟，于是我们唱了指定曲目和自选曲目的开头部分，目的是为了熟悉站在舞台上的感觉。

登台排练结束后进入自由时间，老师们给大家发放订好的便当和矿泉水。有人返回大巴车车内吃便当，也有人在会场附近的树荫下吃。我和向井圭介、三田村陆及其他几个男生一起来到谏早文化会馆馆后，在树林中找了块类似广场的地方，然后大家围坐在角落吃便当。虽然阳光很炙热，但躲在树荫下还是能感受到徐徐凉风。

不一会儿，其他学校的女生也拿着便当来到了广场。她们应该和我们一样，是合唱团的人。这群身穿我们不太熟悉的制服的女生坐在离我们不远处打开便当盒，三田村陆冲她们微笑并挥挥手，她们则露出讶异的神情，和朋友们围在一起偷笑。

“哦哦，感觉不错哦。圭介，快冲过去，这可是交朋友的绝好机会哦。”三田村陆推了推向井圭介的后背。

“别闹了，我才不干这种事呢。”向井圭介没有理会他，继续吃着手中的便当。

“真无聊，你有女朋友了吗？”

“啊？”

“我什么都知道的哦，你和仲村荠关系非同一般吧？”

“仲村？你是指小荠吗？你是不是误会了？”

“怎么可能会误会呢！大家都在传，对吧？”他开始征求在场的二年级及一年级男生的同意，大家都齐刷刷地点点头。很遗憾，我还是头一回听说这件事。

“欸？！你们都在胡说八道些什么啊？真是莫名其妙！”向井圭介打心底觉得惊讶，他放下便当站起身来。

“别害羞了嘛。你这个臭小子，我们倒是很羡慕你呢。”三田村陆也跟着站了起来，他打算对向井圭介施以柔道。

“别闹啦！”向井圭介四下躲闪，其他学校的女生见到这一幕后忍不住哈哈大笑起来。

集合时间到了，我们回到谏早文化会馆旁，将便当盒放进老师准备好的垃圾袋里。在与女团员会合时，向井圭介对仲村荞说：“喂，你知道大家对我们的奇怪的误会吗？”

“知道呀，但现在不是说这件事的时候，正式比赛马上就要开始了。”

我听到了他俩的对话，因此判断三田村陆刚才说的话应该是场误会。正如仲村荞所言，现在不是说这件事的时候。大家在会场后方的空地上排好队，练习发声。当全员一起发声，浮躁的心渐渐得以平缓，喉咙的状态也不差。结束练习后，我们一起前往大礼堂。

谏早文化会馆的周围比刚才要热闹拥挤很多，有很多赶来加油助威的家长。大礼堂的入口处正在发放出场一览表，除标有学校名外，还有自选曲目歌名、作词及作曲人员的名字及指挥、伴奏人员的名字。而我们演唱的那首自选曲目的作曲者部分印有柏木老师的名字，作词者部分印有“仲村荞等人”的字样。

步入大礼堂，工作人员带我们来到座位旁。一楼前方的座位是给参赛者专用的，后方及二楼的座位全都开放给了观众。当比赛的时间一分一秒接近，座位也慢慢坐满了人。以防万一，我决定先去趟洗手间。可刚走出大礼堂，便被叫住了：“小悟！”

走出大礼堂后的那片空间被称之为休息区，只见父亲身穿正装站在那边。

“你脸上的瘀青是怎么回事？！”父亲惊讶地问道。空旷的休息区内摆放着一排排的椅子，母亲和哥哥坐在椅子上。父亲貌似是先开车到码头，然后搭渡轮过来的。

“你怎么了？！”母亲也惊叫起来。

“昨天在街上被不良少年揍了一顿。”我安抚父母后，走向哥哥。他第一次来这里，似乎有些不安，他在椅子上一个劲儿地晃动着身体。

“哥哥，来这一趟很不容易吧？”

哥哥瞟了我一眼，虽然表情没有什么变化，但他摇晃身体的同时，开始嘀嘀咕咕念念有词。他呢喃的内容好像是很久以前在教堂听神父念过的《圣经》，或许在哥哥的脑海里，他把教堂的唱诗班和今天举行的合唱比赛联想在了一起。

“你们几点上台？”

“我们是第十二组，上台时间大概是下午三点。”

见他们手中没有出场一览表，于是我给母亲拿了份来。

“在你们上台表演前，我们和晃生就在外面玩一会儿好了，等你们快上台的时候，我一个人去看。”

“哥哥和爸爸呢？他们去哪儿？”

父亲回答说：“我们就待在这里，那边的电视可以看到里面比赛的状况。我们还是不敢带这家伙进去，万一他突然大吼大叫或站起来会影响到比赛的吧？”

休息区的角落处放有一台液晶电视，电视里正在转播礼堂内舞台上的表演。即便待在这儿，也能观看到我上台后的表现。如此一来，我宽心了不少。

假如一定要进入礼堂也不是不可能，因为如果主办方拒绝哥哥入场的话，搞不好会被指责歧视残障者。但一想到合唱时哥哥突然大喊大叫，就不禁觉得毛骨悚然。如果因为这个而导致合唱中的学生注意力分散，发挥失常，即便事后再怎样道歉也无济于事。

大量的人流从我们身旁擦肩而过，他们有的直接前往礼堂，有的冲上了通往二楼的楼梯。我看了眼手表，放弃了上厕所的打算，还是先回到大家身边去吧。

“那我先回去了。”

哥哥的身体仍然像钟摆一样左摇右晃，嘴里则在念诵《圣经》的某一章节。

我向家人挥挥手，走回大礼堂。

○ ○ ○

随着主持人的开场白，NHK 全国学校音乐比赛长崎县大赛静静地拉开了帷幕。主持人说完比赛宗旨后，继而介绍了每位评审人员。

五位评审一字排开地坐在会场一楼中央地带，他们都是音乐界的知名人士。紧接着，主持人又说明了注意事项，指定曲目和自选曲目衔接的空当大家不能鼓掌，台上有人在合唱时，禁止出入礼堂。

“请大家协助配合，让学生们能轻松愉快地充分发挥，展现练习的成果。”

主持人致完辞后，第一所学校的合唱团随即走上舞台。这所学校的合唱团人数与我们相当，但没有男生，全都是女生。指挥和伴奏则全是成年女性，有可能是音乐老师或从校外聘请来的专业人员。主持人向大家介绍了即将表演的学校名字，指挥者面对观众，深深鞠了个躬，然后转身面对站在楼梯台上的学生们。当下的礼堂鸦雀无声，到处都充斥着一股浓郁的紧张感。

我坐在观众席上祈祷“希望一切顺利”，我不是为自己祈祷，而是为现在站在舞台上的那些女生祈祷。今天在这里进行合唱表演的二十所学校中只有两所能荣获金牌，晋级九州大赛。她们是我们的竞争对手，但听合唱时，没有人会希望别人失败。坐在观众席上的所有人，都希望能听到奇迹般的音乐。

指挥者抬起手臂,《信～敬启　给十五岁的你～》的女声三部合唱就此拉开序幕。

高透明度的、宛如玻璃般清脆的歌声在礼堂内回响。

听同年级的其他合唱团唱《信》还真是有趣，不过理所当然的是，不同的合唱团会因指挥者的喜好而唱出不一样的音质，歌唱的方法也不尽相同。就算是同一首曲子，既可以唱得很男性化，也可以唱得很女人味；既可以唱得张力雄厚，也可以唱得温文尔雅。有时能从歌声中感受到宛如彩虹般的鲜艳亮泽，有时又能感受到纯粹的一片白。柏木老师和辻惠理一起调整了我们的歌声，就像雕琢宝石般，去除杂物，努力使之纯洁无瑕。不知观众在听到我们的歌声后，脑海中会浮现怎样的色彩。

指定曲目《信》的长度为四分半到五分钟，长度会因指挥者的不同而稍有变化。不过指定曲目没有具体的时间限定，只是说自选曲目必须控制在四分半钟以内，即便超时一秒，也会被扣分。每个合唱团必须在十分钟内演唱完两首歌。

第一所学校的合唱结束，团员们在掌声中退场。他们刚刚下台，第二所学校的团员们就走上了舞台。

距离我们上场的时间越来越近，尽管忐忑紧张，但仍会被眼前的合唱表演所吸引。就连数月前不知何为合唱的男生们也都聚精会神地注视着舞台，特别是当其他合唱团合唱自选曲目时，大家都会不禁惊叹原来这世上有这么美轮美奂的曲子呀。对在座的全员来说，这是第一次在如此舒适的环境倾听现场合唱。音符的颗粒、歌声的波浪带着压倒性的透明度扩散到我们身旁。

第五所学校合唱结束后，工作人员过来招呼我们。我们是第十二所上台表演的学校，虽然距离上台还有段时间，但我们得先去排练室练习。排练结束就要正式上台比赛了，等舞台表演完才能回到座位。我们慌慌张张地脱掉运动鞋，换上平底皮鞋。尽管也有学校的学生直接穿运动鞋登台，但穿平底皮鞋是我们合唱团的传统。而之所以在准备上台前换鞋子，是为了防止穿不惯平底皮鞋，以致双脚不舒适，而且这是松山老师坚持多年的作战策略。虽然今天松山老师无法到现场，但我们会记住她的指示，并转告一年级的学妹及男团员。

我们离开座位，跟随工作人员走出了礼堂。休息区内有各种各样的人正在走来走去，比如参加比赛的合唱团团员家属、校方人员，还有热爱合唱、从N赛初赛就开始追随捧场的热心观众。已完成比赛的合唱团团员全都聚集在休息区的角落，他们正在聆听老师就刚才表演讲解的点评指导。在这些人中，有个二十多岁的驼背青年，他正晃动着身体坐在椅子上，坐在他身旁的体格健硕的人应该是他的父亲。青年小声嘀咕的同时在一个劲儿地摸自己的耳朵，从那个场景来看，他应该是个发育残障者。

谏早文化会馆一楼中央位置有个名为展厅的空间，里面陈列有古老的座钟及类似母子像的物件。此外，那边还贴有一张写了“集合地点”字样的纸张，工作人员要求我们在那儿稍等片刻。排练室基本上每时每刻都有人在里面练习，排在我们前面等待排练的学校还有两所。

排练室的入口位于展厅旁，当前一所学校的合唱团出来，后一所就得立即进去练习。工作人员就站在馆内固定位置，他们通过对讲机沟通，争分夺秒地引导学生。之所以要严格管控时间，是因为这次大赛的全程录音、录像将在本地的NHK电视台、广播电台播放。按照今年的规定，每个合唱团只能在排练室练习八分钟，假如练到一半时间到了，也要立即撤出排练室。每位工作人员的计时方法都不同，有人会从合唱团一进入排练室就开始计时，有人会等合唱团进入室内做好准备后开始计时。这次的工作人员不知会用怎样的计时方法，如是前者，就要快速冲入排练室，尽量不浪费时间。重中之重是必须全员到齐，因为有时会发生有个别学生跑去卫生间整理头发或照镜子以致迟到，无法进入排练室的状况。

“大家都到齐了吗？”

辻惠理大声问道。这时第六所学校正在舞台上合唱，我们差不多要等第七所学校唱完后才能进入排练室。第六所学校唱完后大家可以稍微休息会儿，因此我们大概要在这等待二十分钟。

“那个……”一年级的女生战战兢兢地举手道。

“柏木老师不在……”

我们环顾四周，脸色被吓得惨白。由于展厅内挤满了人，我们压根儿没有察觉柏木老师不在。排练室内有钢琴，柏木老师也要练习伴奏，但现场只有我们这些学生，教务处主任及兜谷老师此刻正在礼堂内看管我们座位上的行李。

“我去找！”说完，我立即飞跑起来。

“我也去！”辻惠理说。

“没事！你留在这里！”

谏早文化会馆的正面庭院内有个类似荷兰风车的巨大风车，尽管没有什么实际用途，但通了电的风车叶片会旋转。在四周绿色花草的衬托下，模仿红砖建筑的风车景致让人几乎忘记正身处日本。从开有空调的馆内走出，温暖的夏日空气将身体团团围住。

我找遍馆内所有通道也没见到那位黑发美女，我想难道老师不在室内？当我走出会馆，发现我的猜测是正确的。

柏木老师正站立在风车下。看到她那苗条的身形后，我总算松了口气地走过去。老师正在通电话，虽然我没想要偷听，但还是听到了她们的谈话。

“……还没吗？真是够久的呢，都过去好几个小时了？好吧，那我先挂了，马上就轮到我们上场了。嗯……你跟她说别担心，一旦生出来了马上联系我……”

柏木老师说完后挂断了电话，正当转身准备返回会场时，她发现了伫立在她身后的我。

“小斉……”

“老师，你在给谁打电话？”

柏木老师面露尴尬：“一个学妹啦。”

“你骗人！你是不是在给松山老师打电话？”

“不能偷听别人打电话哦，而且我并没有打给晴子，我刚说的学妹也不是谎言。”

“那是谁？”

“是晴子的妹妹啦。她叫松山明里，是我初高中时的学妹……晴子羊水破了，现在在医院。”

顿时，会场四周的树林里传来的蝉鸣声好像变轻了。

夏日的阳光把谏早文化会馆的白色墙壁照得闪闪发光。

“昨晚深夜，我接到了她妹妹的电话，说已经把她送去了医院，晴子的丈夫貌似也陪伴在她身旁。因为担心，她妹妹睡不着觉，所以打电话给我，她妹妹不知道我为了 N 赛的事不在岛上。”

松山老师现在在妇产科的住院部病房忍受着每隔一段时间便来一次的阵痛，只有阵痛的间隔越来越短，子宫口张开后才能进入分娩室。

谏早文化会馆似乎建造在树木繁茂的山丘间。

微风吹过，树木的沙沙声便会将我们包围。

“明里那家伙好像被晴子臭骂了一顿，晴子问她为什么要打电话给我。”

松山老师因先天性心脏不好，分娩时的风险要比常人高出好几倍。

“假如松山老师的身体无法承受……”当我说出这句话时，心头立即涌现一股可能会成真的恐惧感。

“原来你知道呀？”

“大家都知道。”

现在礼堂内是怎样的歌声在飘荡?

我们决定立即回到大家身边。

排练室非常宽敞，但什么也没摆设。有部分墙壁上装有镜子，舞者可以在镜子前确认自己的舞姿。排在我们前面的那所学校的学生走出排练室，待过道上的人流被疏散后，工作人员随即带领我们进入室内。在早就预定好的位置排好队，柏木老师端坐在钢琴前。今天的工作人员似乎从我们进入排练室的那一瞬便开始计时，所以我们没有闲聊，马上投入了指定曲目的练习。

假如再晚几分钟返回会馆，我和柏木老师都将无法进入排练室。

虽然大家很想知道老师刚才去了哪儿，但还没来得及追问便到了我们排练的时间。

我们排练的状况很差，首先是柏木老师的伴奏弹得太快，因为焦急，伴奏声就像四处逃窜的兔子般，把我们大家远远地甩在后面。然后辻惠理没能及时应对，最初还试图挽回，但渐渐地放弃抵抗，指挥变得越来越缺乏底气，手臂在挥动时更是畏畏缩缩。合唱团全员心不在焉地凭直觉唱完了指定曲目和自选曲目，工作人员打开排练室大门，排练就此结束。

大家穿过过道回到展厅，下一所学校的合唱团团员正走向排练室。他们每个人都胸有成竹，与沮丧落魄的我们截然不同。第八所学校的合唱结束了，我们不能返回礼堂，必须在展厅待命，直到正式比赛开始。工作人员引领我们来到展厅的指定位置，指示我们在此等候。待第九所学校开始演唱，我们就得移动到舞台后方的后台走廊。现在离我们登台比赛只剩三十分钟。

“抱歉……”柏木老师无力地向我们道歉道。

二年级女生福永洋子追问老师道：“老师，你怎么了？！”

横峰香织也咄咄逼人地说：“对呀，老师，请你告诉我们到底怎么回事？！刚才的失误对老师而言根本就是不可能的事！”

其他团员也拥上来，围住柏木老师。

“……正式比赛时我会尽全力的。”柏木老师不知所措地言辞闪烁着，可她的回答无法平复大家的心情。然而，我能理解老师不直接说出理由的立场。如果在正式比赛前坦白松山老师的事，大家定会军心不稳，很可能会像刚才的柏木老师那样发挥失常，犯下低级错误。

“老师！”

围住柏木老师的合唱团团员继续向老师逼近，这种景象还真是不太正常。突然，传来手机振动的响声。柏木老师神情大变，从口袋里掏出手机，然后看了眼液晶显示屏。她推开合唱团团员，在稍微远一点的地方背对着大家接听了电话。

佩戴对讲机耳机的工作人员走至老师身旁，提醒她这里不能打电话。

“对不起，马上就好。”老师快速说完电话，挂断后回头望着我们。我们在等老师开口，然而老师沉默了几秒，似乎是在犹豫要不要说明真相。

“……是松山老师出事了吗？”开口询问的人是辻惠理。她会这样问，我感到很不可思议。

柏木老师面露无奈：“好吧，我跟你们说哦，晴子她……松山老师刚才被送进了分娩室……”

○ ○ ○

第九所学校的合唱结束了，一长排学生从后台走廊走过来。每个团员的脸蛋都兴奋到红通通，他们在展厅和家长及朋友会合，大家全都松口气地露出了笑颜。这时，工作人员来到我们跟前，请我们转移战场。柏木老师点点头，第一个走向后台走廊。我们见状也跟了上去。

在前往后台走廊的路上，几个女团员开始啜泣起来。就连我们这些没有上过松山老师课的男生也开始为之担心，更何况那些曾和松山老师一起合唱过的团员呢。之前我们就听女生们说过，松山老师分娩时可能会有生命危险。

“别把事情想得太糟糕。”仲村荞对正在啜泣的女团员说。

“老师一定不会有事的，她一定会顺利生下小宝宝的。即便出于担心，老师也不希望你哭成这样。就算哭，也要等唱完歌再哭。”

也许柏木老师是因为担心松山老师，才会注意力不集中，排练心不在焉。现在合唱团全员都得知了这个消息，尽管这不是松山老师希望看到的画面，但大家确实没有心思合唱了，所有人都神情恍惚地走向后台。

“怎么会碰巧就是今天呢？”三田村陆边走边嘀咕。

虽然之前就知道总有一天会为松山老师的身体担忧，但这天竟是N赛举行的日子，真是太倒霉了。在最不该得知这个消息的时候知道了这个消息，没有人能保持平静。柏木老师本想将这件事藏在心里吧，她一定是打算在比赛后告诉我们，但我们逼她说出了真相。

后台走廊位于谏早文化会馆深处，抵达时，工作人员指示我们在那儿待命。并不十分宽敞的通道上站了二十多个人，通道的另一侧有几间休息室和男女卫生间，对面则是通向大礼堂舞台的出入口。我们站在舞台右侧的入口附近，这里装有一扇隔音门，小声说话的话并不会影响舞台上的表演。

“抱歉。我应该成熟稳重些的，至少得瞒住你们才对。”柏木老师低头细声细语地说道。

“我的心情已经调整好了，正式比赛时绝对不会再弹错了。”

第十所学校开始合唱。后台走廊的里侧是通往舞台左侧的出入口，那里没有门，歌声隐隐约约从那儿传出。这里和舞台只有一墙之隔。

“柏木老师，谢谢你。”辻惠理说。

“我觉得大家应该都没事了，因为刚才的合唱太丢人了，我们的表演不可能比那个更糟糕了。所以，我们的心情反倒轻松不少。刚才已经失败过一次，没有什么好怕的了。”

柏木老师的嘴角浮现一丝笑意：“团长，谢谢你。还好你是团长，我觉得自己刚才好像是故意弹错般，目的就是为了让你们心情变轻松。”

“老师，请不要得寸进尺哦。”

紧张感随着时间的流逝，一分一秒地在内心膨胀，我几乎能听到自己心脏跳动的响声。长谷川琴美和几个学妹一起深呼吸，她的脚上仍缠着绷带，我有些担心，希望她上楼梯台时不会摔倒。一年级女团员和男团员都是第一次参加大型比赛，他们兴奋地东张西望，再不然就是走来走去，貌似完全静不下心来。

向井圭介站在我面前，他双手环抱在胸前，紧皱眉头沉默不语。

“大家要把紧张转化为集中力哦！”仲村荠对学妹们说，“要好好展现迄今为止的努力，不要留下遗憾！”

学妹们不安地点点头。虽然我没参加过运动社团，但我觉得合唱与运动比赛差不多，都要训练肌肉，一次次地练习，为了避免紧张带来的动摇而让身体完全记住比赛内容。

今天来到这里后，我对合唱的认识又有了些许变化。尽管之前也没轻视过合唱，但刚才坐在观众席听其他学校演唱时，我身临其境地感受到歌声在礼堂内缭绕，使我领悟到了新的认识。尽管我知道声音来自于站在舞台上的合唱团团员们的身体，但有一瞬间我完全无法相信这个事实。二十多个人的声音像是编织出了一个新世界，音乐的旋律中唯有伴奏及人的声音。大家一起发出的声音消除了个体的存在，它创造出一个巨大的音乐生物，如同神话中神圣伟大的音乐生物。

我逐一扫过每个团员的脸，有曾搭讪过的团员，也有从没说过话的学妹。托辻惠理及老师方才一番话的福，大家多多少少放松了些，不过不安的影子并没完全消失。尽管辻惠理说已经失败过一次所以没有什么好怕的，但团员们的心情无法立刻调整好，就在大家都还为松山老师的事无法释怀时，始终默不作声的向井圭介举起手说："……老师，我想到一个好主意，请借电话给我用一下。"

走廊上挤满了人，虽然身体很难动弹，但所有人全都转过头去看他。

"干吗？"柏木老师问。他瞥了眼工作人员后回答说：

"我要给松山老师打电话。"

仲村荠杵了下他的后背。"都快要上台了，你胡闹什么呀！"为了不影响舞台上的表演，她刻意压低嗓门儿说。

“现在时间不多了，有意见待会儿再说。”向井圭介一边注意工作人员的举动，一边拉住柏木老师的手臂走出后台走廊，不多会儿便消失在展厅方向。舞台上隐约传来的指定曲目告一段落时，只见向井圭介一人回来了。

“柏木老师呢？”辻惠理问道。

“在那边打电话，马上就回来了。团长，咱们借一步说话。”他走到辻惠理身旁，背对着工作人员说起了悄悄话。辻惠理露出惊讶的表情，然后点点头，用手指摆出 OK 的姿势。紧接着，向井圭介又开始和三田村陆交头接耳，与此同时，辻惠理也在仲村荠耳旁窃窃私语了一番。就这样，听到的人将话传给身旁的另一个人，消息被不间断地重复传达。挤在后台走廊上的合唱团团员全都背对着工作人员窃窃私语，而工作人员则一脸茫然地看着我们。

“小悟，你知道了吗？”向井圭介询问道，我摇摇头。

“来，我说给你听。”

向井圭介小声地将计划告诉了我。

“我们上台表演时会和松山老师通电话，我们的歌声会传到岛上去哦。”

○ ○ ○

这并非我第一次在大舞台上合唱，迄今为止，我曾参加过很多次 N 赛及由全日本合唱联盟、朝日新闻主办的歌唱比赛。上台前，我常常和队员一起在舞台下小声相互给予鼓励或谈笑风生。不可思议的是，我们从来都不会去复习歌词或琢磨哪段应该怎么唱。

在脑海中唱一百次，每次都可以唱得一模一样，但真正站在舞台上，却无法每次都一样。一百次当中，有九十五次表现一般，四次表现失常，唯独一次如同被神灵庇佑般。而大家都在祈祷，希望那奇迹般的一次能出现在正式比赛的舞台上。勤加练习，做好万全的准备，最后的最后，只有祈祷。

我们站在设置于舞台侧面的音箱反射板后方聆听第十一所学校的合唱，四周光线昏暗到看不清自己的手脚。一旁的监视器发出光亮，正在比赛的合唱团团员的身影出现在屏幕上，大家情不自禁地凝视着画面。没有人说话，传入耳内的指定曲目的节奏与我们的不同。为了防止受影响，有人用手捂住耳朵，也有人用手掌轻拍耳朵，目的都是为了不去听那些旋律。

我们想要回应众人的期待，但又担心万一失败怎么办，正面与负面思考纠缠交织。监视器的光亮映照在一年级学妹的脸上，她的嘴角在颤抖，估计她的脑海此时是一片空白吧。我一年级时和她一样，虽然事先想好了“要这样唱”，但真到比赛这一刻就会将所有的计划忘得一干二净。现在我是三年级的学生，心理状况又会如何呢？我能感受到自己正在努力将紧张转化为动力，这一定是最后一次参加比赛，所以我希望能在完美的状态下将精神传承给学弟学妹们。

终于，第十一所学校的自选曲目结束了，观众席立即送上热烈的掌声。第十一所学校的合唱团团员在工作人员的带领下，穿过舞台左侧的出入口来到后台走廊。

轮到我们上场了。

大家离开音箱反射板的后方，走向舞台上的楼梯台。视野从上下左右拓展开，我们站在超级宽敞的空间内。一楼和二楼全都座无虚席，无数张脸似乎都齐刷刷地注视着我们。方才的掌声已停下，会场内鸦雀无声。

不能发出声音，要成为音乐这张大拼图中的一块小拼图。登上楼梯台，尽量不发出任何声音，抬头挺胸地慢慢移动，避免平底皮鞋发出咚咚咚的响声。

柏木老师站在右侧的大钢琴旁，虽然乐谱架上放有乐谱，但老师从不看，也没有人给她翻乐谱。

辻惠理独自走至我们跟前，她的身影仿佛一道防波堤，替我们遮挡了来自观众席的无数视线压力。

我们只要跟随她就好。

舞台从左到右按男声、女低音和女高音的顺序排成三排，主持人介绍了我们的学校名字，指挥辻惠理向观众席鞠了一个躬，然后转向我们。柏木老师也跟着行了一个礼，落座在钢琴前。

站在男声部的向井圭介突然打了一个十分夸张的喷嚏，他的声音响彻礼堂，很多观众及 N 赛主办方的工作人员都不禁回头看向他。这个喷嚏是他故意打的，站在舞台左侧的他借这个喷嚏吸引了大家的视线，目的是为了避免他们察觉位于右侧大钢琴那边的动静。柏木老师趁机拿出藏在衣服里的手机，将其搁在自己脚边。折叠式的手机呈く字形横躺在地上，然后老师再用长至脚踝的长裙下摆将其挡住。柏木老师利索地用观众看不见的左手完成了这一系列动作，就算有人发现，也会以为她是在整理裙摆。不过万一要是被主办方发现将通话中的手机带上舞台，恐怕就不是靠扣分能解决的小问题了。不过好在没听见任何制止的声音。

柏木老师的电话和松山老师的妹妹明里的电话保持着在线通话的状态，在五岛某家医院的妇产科内，陪伴分娩的松山老师的丈夫会将电话放在老师耳畔。直到快要比赛时，向井圭介提出了这一计划，而柏木老师也当机立断地表示赞同。当向井圭介在后台走廊把这一计划一一转告给团员们时，柏木老师正在给明里小姐打电话，拜托她把手机放在松山老师身边。

担任指挥的辻惠理逐一巡视我们每个人，她的脸上没有了刚才的不安，取而代之的是想要挑战命运的决心。她的神情如一股电流般流通到站在楼梯台上的我们的身上，大家齐心协力，目标一致。这次比赛的氛围与我之前参加过的每一场都不一样，我既没有争取金牌、让自己更上一层楼的愿望，也没有担心失误的恐惧。此时此刻，我们拥有的是更纯粹、更坚强的心，我们只想传达歌声给那个位于大海彼岸的重要的人。

“别忘记要‘用嘴唱歌，曲调开朗’哦！”

我想起了松山老师的嘱咐。没错，即便感到痛苦，即便遭遇不幸，即便犹豫彷徨，即便悲伤难受，只要不忘记唱歌就能度过。我们可以擦干泪水，随时展露笑颜。

辻惠理的手臂开始挥动，钢琴弹奏出的清澈音符在礼堂内反射出灿烂的光芒。

指定曲目《信～敬启　给十五岁的你～》。

○　○　○

张嘴发出的第一个声音既不能跑调，也不能过大。一旦过了这关，后面只要专心跟着指挥走就好。我对自己站在这种地方合唱感到不可思议，几年前的自己应该完全没想到会有这一幕吧，一直以为自己这辈子都会孤零零一个人，没想到现在竟然还能和别人一起唱歌。

我目不转睛地看着辻惠理的手势，同时倾听着全体歌声及周围人的歌声。我的声音融入到了男声部所有人的歌声中，然后和其他声部的歌声交织在一起形成音乐。松山老师能听见吗？我们的歌声传到她耳内了吗？

我同时感受到了努力唱歌的自己及俯瞰着这一切的自己。唱指定曲目时，突然想起老师曾布置家庭作业让我们写信给自己，而长谷川琴美看到那封信时的表情至今仍深深地烙印在我脑中。那是既不像惊讶，也不像怜悯的复杂表情，确切来说，应该是看了不该看的东西，踏入别人人生的后悔的表情。原本不打算给任何人看的信里写了不打算告诉任何人的事，有哥哥和我，以及未来的事……

敬启　十五年后的我。

我总是孤单一人，

交不到朋友，

为什么会有这种沟通障碍呢？

或许是我无意识地躲避着别人。

很久以前我就知道自己与其他人存在决定性的不同，

我就像是闯入人类村庄的怪兽，

即便有同学向我搭讪，我也会在自己与对方之间画一条线，让彼此保持距离，

我无法和任何人顺利沟通，也没有人对我有兴趣，我就这样变成了这种人。

但这对我来说是件好事，

因为如此一来，心里会觉得哥哥就是我的唯一，

我会加倍感谢他，

因为假如哥哥没有自闭症，我就不会来到这个世界。

在得知哥哥患有自闭症之前，

父母本打算只生一个孩子。

可当他们撒手人寰，只剩哥哥一人时，他可能没法独自生活，于是父母下定决心：

要为哥哥生个弟弟或妹妹，方便他们离开人世后有人照顾哥哥。

就这样，我来到了这个世上。

假如哥哥是个健康的孩子，那这世上就不会有我的存在。

有无遵守父亲嘱咐我的事？

有无在工厂好好工作，顺带照顾哥哥？

有无对雇用我们兄弟俩的亲戚叔叔心怀感激？

现在的我对未来没有丝毫不安，

因为我非常清楚自己存在的理由。

教室里即便没人理我也没关系，

因为哥哥是我的精神支柱，他会支撑鼓励我。

我有我的使命，我有我存在的意义，

我身负重任来到这世上，

就是为了陪哥哥一起去工厂上班。

我有明确的未来，

正因为如此，母亲才在十五年前怀上我。

我的人生已被决定，

父亲也是我的创造者，我会遵从他的意愿。

但偶尔也会羡慕别人，

羡慕他们为了寻找活着的理由而离开岛屿，

羡慕他们不像我一样，带着目的来到人世，他们才是纯粹的爱情的结晶。

我并没怀疑父母间的感情，但偶尔情绪低落时免不了会这样想。

我对长谷川说了谎，

我说自己没有兄弟姐妹，是独生子。

我之所以在刹那间决定隐瞒哥哥的事，是因为我心里觉得哥哥很烦吗？

是觉得没有哥哥，我就能活得更自由自在吗？

我不愿相信……

即便我有这种想法，我也该陪哥哥走到最后。

我要接受爱、接受恨、接受所有一切，和他一起生活。

因为我们是一家人。

○　○　○

希望永远都不要结束。

当大家的歌声融为一体时，我常常这样想。

希望歌声能持续到最后，希望我别毁掉这美妙的歌声。指挥员辻惠理的一举一动看上去就像慢动作，帅到令人不禁感动落泪。

指定曲目终于演唱完了，礼堂内一片寂静。

指定曲目和自选曲目间有段无声的时间，我能清楚地听见自己的心跳。站在我前面的一年级学妹的肩膀正在微微颤抖，来自观众席的视线压力巨如山倒。我对自己说，要冷静。

“大家笑一笑。”

松山老师的话浮现在脑海。一年前及两年前的N赛也和今天一样，指定曲目与自选曲目间有段无声的时刻，担任指挥的松山老师冲我们微微一笑，用观众席听不见的声音对我们说了这句话。在极度紧张时，在手脚快要发抖时，我想起了这句话，以至于差点哭出来。

“笑一笑。”

我站在楼梯台上小声嘀咕道。或许没法让大家都听到，但站在我周围的团员们应该能听见。

“大家笑一笑。”

我听见横峰香织在不远处呢喃，我瞟了她一眼，正好与之四目相对，她的嘴角上扬成笑容。她听到了我的话，而且还将这句话转达给了离我较远的团员。

“笑一笑。”

女高音部也传来了长谷川琴美的声音。

顿时，仿佛玩传话游戏般，松山老师的话在楼梯台一步步被传开。

一年级学妹的肩膀渐渐停止颤抖。

辻惠理看着我们，稍稍抬起放在胸口附近的双手手掌。这是我们事先约定好的暗号之一，就像棒球暗号一样，这个动作表示“要再大点声”。她和柏木老师交换眼神后，老师在大钢琴后方点点头，辻惠理高举双手，整个会场都被紧张感充斥着。随着她的这一动作，自选曲目拉开序幕，柏木老师的手指开始编织音乐，那是观众首次听到的旋律。

我们的歌声响彻礼堂。

加入合唱团后交到了新朋友，只要一有时间我们就会放声高歌。

自从我的生活变成这样后，有好几个同学都问过我一个同样的问题，那便是我为什么会对合唱有兴趣。像“因为我喜欢唱歌”这样的回答未免太过无趣，想来也很难说服大家，所以我总是这样回答：

“因为和大家一起唱歌时我常常会想起母亲。”

当我第一次接触合唱，母亲就陪伴在我身旁。

那时的我马上要上小学。

那天，母亲开车带我去隔壁的镇上，道路沿着弯曲的海岸线向前延伸，每次拐弯，窗外的景色就会由山变成海或由海变成山。当我的身体随着惯性倾斜，手中的糖果罐就会发出哐当哐当的响声。

汽车驶入医院停车场。母亲接受诊察时，我必须待在她身边，不能随便乱跑，但不知为什么那天的看诊时间很长，母亲迟迟没有起身，觉得无聊的我悄悄走出诊察室，跑去外面散步。

住院的患者在种满鲜花、绿树的明亮庭院内散步，我行走在阳光下，不知从哪儿传来了美妙的声音。

我发现距离医院不远处有座古老的教堂。我们居住的区域也有不少教堂，当时的我并不了解天主教历史，以为那是风景的一部分。呈弓字形的大门微微敞开，歌声从门内传出。我口中的糖果正好撞在牙齿上，发出咯嗒咯嗒的声音。

我走到门前向内张望，只见教堂里有成排的木制长椅，数不清的人正坐在长椅上侧耳倾听。长椅前方墙壁上挂有一个巨大的十字架，一行身穿修女服的唱诗班正站在十字架下方引吭高歌。

听信奉天主教的朋友说，中学、小学的女生会去参加唱诗班，并在弥撒时唱赞美歌。那我当时看到的，也是由附近天主教教徒女生组合而成的唱诗班吗？

阳光穿过教堂的彩色玻璃，将地板染成了红色、蓝色及绿色。我站在入口处，聚精会神地沉浸在歌声中。唱诗班的歌声撞击在教堂的墙壁和天花板上，形成连续的回声，在场的人被歌声围绕，就像水彩颜料滴入透明的水中，颜色瞬间如烟雾般扩散。女生们发出的声音如同水彩颜料，在教堂内飘散回荡，那是任何一位画家都调不出来的颜色，也是任何一位诗人都无法言喻的颜色。

突然，有人碰了下我的肩膀，回头一看原来是母亲。

“小荠，我找你找了很久哦。”

歌声穿过高远的天花板，飘向空中。沉浸在歌声中的我们也仿佛被歌声牵引般缓缓升起，一点点，一点点，穿透天花板，飘向上帝所在之处。

回首当时，会想起硬糖的甜味，而太阳穴却在隐隐作痛。在我上幼儿园时，母亲曾动过一次手术。上小学时，她又动了第二次手术，可那时我的命运已被决定。母亲会去世，父亲会离开，我会留下合唱的记忆。

大家的声音交融在一起，在被歌声的旋涡包围时，我感觉母亲就在身旁。

当时我很悲伤。

但现在的我不会再悲伤。

因为有和我一起唱歌的小伙伴在身旁。

自选曲目的合唱渐渐接近尾声，钢琴的旋律扣人心弦。我打心底祈祷我们的歌声能传到遥远的岛上，传到那对母子的耳朵里。随着辻惠理的手部动作，我们的歌声越来越小，最后融化在了黑暗中。

寂静。

属于我们的十分钟结束了。

尾声 ○

无声中只听得见自己心跳的响声。

失败了吗？

在观众席给出反馈前，我的内心充满不安。

数秒后，大礼堂内响起掌声。我们在掌声的欢送下走下舞台，有个女生失去平衡差点摔倒，好在其他女生扶了她一把。有的女生哭了起来，不知是总算松了口气还是因为太感动。我的脑海一片空白，几乎失去真实感。为了防止被人发现，柏木老师正偷偷捡起手机藏入衣服里。因会场里有工作人员，所以现在还不能马上打电话。老师无言地穿过通道，来到谏早文化会馆展厅时，她停下脚步。展厅的墙边展示了一个有人赠予的座钟及一座身穿和服的女人怀抱婴儿喂奶的母子像，老师拿出手机放在耳边。松山老师还在分娩台上吗？我们的合唱有没有传到五岛上去呢？我们围住老师，屏住呼吸地看着她，但老师只是听着电话，没有说话。突然，一丝不安涌上心头，不过柏木老师的嘴角很快出现了笑容。

老师把电话面对我们。

男生、女生全都争先恐后地伸长脖子注视手机。

屏幕上显示的通话时长已超过十多分钟，说明通话没有中断过。

手机的扩音器内隐约传出婴儿的啼哭声。

二十所学校的合唱全都结束了，在等待评审结果的这段时间，舞台对外开放，也就是说，想唱歌的合唱团团员可以站在舞台上唱自己喜欢的歌。大家在与比赛无关的歌声中获得自由，感受幸福。这时，有人发现向井圭介和仲村荠不见了，就连团长都忍不住嘀咕说：“他们两个关系真要好呢。”

评审结果出来了，评审委员宣读总评。很遗憾，我们没法晋级九州大赛。之后，礼堂内的所有人开始合唱指定曲目，N 赛长崎县大赛就此落幕。

走出谏早文化会馆，很多学生都在拍纪念照。大家依依不舍，不愿离去。我们没有立即登上大巴车，而是稍微在户外溜达了会儿。现在离老师规定的集合时间还早，教务处主任用相机给大家拍完纪念照后，学妹突然奔过来说：“桑原学长，可以和你一起拍张照吗？”我慌乱地点点头，学妹站在我身旁，我们以谏早文化会馆为背景，用手机拍了张合影。

“小悟！”

当我独自在大门口转悠时，突然有人叫住了我。回头一看，父母和哥哥正站在人群中。

“刚才的合唱太棒了，你是不是很紧张？在这么多人面前表演，你一定很努力吧？”母亲兴奋地说。

“是很紧张，但好在不是我一个人表演，所以还好吧。”

父亲通过电视屏幕看到了我们的合唱。

“可惜你们没能进去会场看。”

“没关系啦，我们打算回家了，你是坐大巴回去吗？”

“嗯。晚上会到家的。”

哥哥有点坐立不安，好像是想上厕所。

“你们在这等一下，我带哥哥去厕所。”

我交代父母站在原地等候，然后挽住哥哥的手肘带他去卫生间。周围人山人海，有的人在和赶来助威加油的家人聊天，有的好几个挤在一起，正对着手机镜头微笑留影。每当相机的闪光灯闪动时，哥哥的肩膀就会抖动一下。

大礼堂周围人很多，我打算带哥哥去里面中礼堂的卫生间如厕。和我预想的一样，这边没什么人，当周围趋于安静，我听见身后传来脚步声。回过头去，发现长谷川琴美正站在离我们不远处的后方。

“啊，被你发现了呀。”

“有事吗？”

“正好看到你，所以就想跟过来看看。这位是你哥哥吗？”

“嗯。他是我哥哥。”

长谷川琴美对哥哥欠了个身：“你好，我叫长谷川。”

哥哥没有反应，也没正眼看她一下，就像她压根儿不存在似的。但他会听见所有的对话，然后如录音机般存储进记忆。

我们走进男厕，长谷川琴美在外面等候。我让哥哥独自进去一间空间较大的卫生间后，关上门。托母亲的福，哥哥现在可以自己上厕所了。除此之外，他还学会了上完厕所要洗手，然后用手帕擦干手。比起那些上完厕所不洗手的人，哥哥要干净多了。我和长谷川琴美在卫生间外等哥哥时，顺便聊了起来。

“今天辛苦了。”

“嗯，你也是。”

“他果然是你哥哥，因为我看到时就这样觉得。”长谷川琴美看过我写的信，知道哥哥患有自闭症。

“他一直坐在礼堂的出口处。”

“我哥哥很招眼吗？”

“我还担心是不是工作人员不让他进去。”

“是我父母决定不带他进去的。”

我们肩并肩倚靠在墙上。中礼堂前的通道上有一扇通往停车场的玻璃门，与室外明媚的阳光相比，我们站立的通道很昏暗。

“刚才我看见你父亲和母亲了。你信上写过的，你是父母商量后来到这世上的。”

这是我们第一次聊起信。

“嗯，我是写了。”

“但完全没有那种感觉呀，你父母看你的眼神很温柔哦。”

“我知道，谢谢你提醒。”

虽然我道了谢，但并非发自内心，多半是基于礼貌。说不定她也察觉到了。

“桑原君，你根本就不知道，因为你就是你，不管你出生的理由是什么，都不重要，你现在就站在这里，你只需心存感激就好。不管怎么说，十五年前你确确实实来到了这个世上。”

“我、我知道了……”

“话说，你刚才很受女生欢迎嘛，感觉好好笑哦。”

“还不是因为你之前的谎话。”

“受欢迎不是很好吗？”

“可那不是事实，所以没什么好高兴的。”

“不过差不多啦，横竖都是在我遇难时你赶来救我了，难道不是吗？”

“那次不管怎么看都是神木学长遇难才对吧……”

“啊，也是哦。”

我侧耳倾听室外的喧嚣，然后看了眼坡璃门外。很多学生正漫步在灿烂的阳光中，就在我的视线离开长谷川琴美一小会儿的间隙，她的眼眶不知怎的突然变红了。我听到她吸鼻子的声音，回头看时，发现她就快要哭出来了。我不知所措地反复询问：“欸？你怎么了？”我是不是说了什么伤害她的话？“反、反正对不起啦！”不管三七二十一，我连忙道歉。

“你干吗道歉？”

“因为你在哭呀！”

“人家才没哭呢。”

“可你的眼睛都红了。”

“这是因为睡眠不足。”

“那你还吸了鼻子。”

“我有花粉过敏症。”

“现在的季节哪儿来的花粉。你到底为什么哭？”

“……我很想对你说谢谢，为了昨天的事，可一直都说不出口，然后就……抱、抱歉，让你陪我干那种白痴的事……”长谷川琴美哭丧着脸。

“原来是这件事呀，没关系啦，昨天的事又不是什么大事。对了，你知道吗？我一直很喜欢你哦。”

阳光从玻璃门外倾泻而入，她的瞳孔及被打湿的脸颊在阳光下闪闪发光。她停止哭泣，露出惊讶的表情。这时男厕传来“哗——”的水流声，我们的紧张感似乎也被一下子冲走了般，两个人不由得扑哧大笑起来。

“桑原君，你真的好白痴哦。”

长谷川琴美擦干眼泪露出笑容，我觉得这样子就很好。

○ ○ ○

“来，茄子！”

大家笑呵呵地对着镜头，闪光灯咔嚓一下，我们站在谏早文化会馆前的纪念合影被记录下来了。拍完集体照后，横峰香织、福永洋子和其他几个女团员团团围在二年级关谷身旁，死活不肯放他走，关谷自然也是一副春风得意的样子。那些女生还真是一点儿长进都没有。三田村陆及几个男生说要去围观其他学校的女生，反正现在也是不知去向。因现在距离集合时间尚早，于是我邀请辻惠理去散步。

“终于顺利结束了，真是太好了。”辻惠理轻松愉快地说。

“松山老师和小宝宝也都平安无事，真是完美的结局啊。”柏木老师用手机联系五岛后，得知松山老师母子平安。

“结局哪里完美了？”辻惠理用手指杵了杵我的侧腹说。

“欸？不完美吗？”

“我们没能晋级九州大赛呀，难道不遗憾吗？”

即便比赛早已结束，但很多学生都还没离开。大家对这个地方流连忘返，不肯离去。在经历了一场盛大的庆典后，估计大家此刻的心情会很落寞吧。谏早文化会馆北侧的山丘树林间修了段楼梯，我手指楼梯，对辻惠理提议说：“我说，我们要不要上去看看，不知道上面有什么哦？”

尽管辻惠理看上去并没多大兴致，可我还是拉着她走上了楼梯。走至拐角处回头居高临下时，能看见聚集在谏早文化会馆周围的大片人群，那种感觉真是超级棒。

我们继续向上登爬，喧嚣声已渐行渐远，四周是片只有蝉鸣声的树林，再往上些的楼梯上，向井圭介正坐在那儿。

“啊，向井君，你怎么在这儿？”辻惠理有些讶异。

“团长，今天辛苦了哦。”他站起身，从上面走下来。辻惠理则一步步走向他，眼见两个人的距离越来越近，可我一动不动地站在原地，于是她回头看向我说："小荠，你怎么了？"

"圭介说有话要对你说，我先回去找大家。"

"欸？"

我和向井圭介四目相对。

"我欠这家伙一份人情！"

"谢谢啦，小荠。"

我转身奔下楼梯，辻惠理一定觉得莫名其妙吧。不过一旦她听完向井圭介的话，就会明白我只是个领路人，之前的误会自然也会消除。

刚才在等 N 赛评审结果时，向井圭介把我叫出来交代了这件事。

"待会儿我打算向团长表白，你能不能带她来见我？我在外面的楼梯上等你们。"

因为大家都在散布谣言说我和向井圭介在交往，为了尽快澄清事实，他临时决定要在今天表白。

我快速奔下楼梯，每下一步就离后面的他们更远一步。我觉得胸口一阵绞痛，我知道自己不会再回避心中的感情，因为父亲而憎恶异性的日子已经结束了。

我回到谏早文化会馆的大门前，靠在墙上看眼前的人来人往。我从行李包内拿出佐久间硬糖罐，在手心倒出一颗红色的糖果。塞入嘴内，草莓的味道随即在舌尖扩散。我长叹口气，抬头仰望天空，空中飘浮着积雨云。糖果的甜味渗透至全身。

我察觉前方有人正在注视着我，定睛一看，原来是长谷川琴美，她正站在不远处。不过她并非一人，桑原悟及其家人也站在她身旁，他们一家人的长相很接近。母亲看上去很温柔，父亲像头茁壮的熊，另一个高高瘦瘦的哥哥看上去很眼熟。啊，就是那个N赛进行时，一直坐在休息区椅子上的那个人。从他的言行举止来看，他应该是个发育不全的残障者，难道是因为这个原因没能进入会场？还是过去看看吧，我将行李包搭在肩上，跑向他们。

“惠理不是和你在一起吗？”长谷川琴美问道。

“我们走丢了。”

“这几位是桑原君的父母，还有哥哥晃生。”她介绍说。桑原悟站在后方，貌似有些腼腆。

这是我第一次和桑原君的家人见面，我和他们打招呼寒暄了几句。桑原悟的父母也向我点了点头，听完他们对合唱的感想后，我觉得诚惶诚恐，害羞到不好意思。谏早文化会馆的正前方铺有水泥楼梯，桑原悟的哥哥坐在那边，双臂环抱着细瘦的双腿，猫着背，他晃动身体的样子就像随风飘动的热带植物叶。

“你哥哥刚才一直在礼堂外吗？”我问桑原悟。

“嗯，因为怕给大家添麻烦。”

“添麻烦？你哥哥不是很乖吗？”

桑原悟的哥哥从刚才到现在一言不发。

体格健硕的桑原爸爸向我解释道：“他一点都不乖，从刚才到现在一直在念《圣经》。如果遇到不如意的事就会抓狂，搞不好会在合唱时突然大吵大闹。”

桑原爸爸的语气有些简短。

“也就是说，桑原哥哥没在现场听合唱？真是太可惜了呢。”

后来听说只有桑原悟的母亲进入礼堂内观看了表演，他的父亲及哥哥一直守候在休息区。他们特意从五岛渡海赶来现场，却只能通过电视屏幕看转播。

“很可惜哦。”

“没事，这样就够了。”

虽然桑原爸爸这样说，但我还是为他们愤愤不平。

“不，合唱一定要听现场。”

“这家伙不同于正常人，我们也是无可奈何呀。”

“真的是无可奈何吗？”

“对呀，无可奈何。”

我开始思考桑原悟的哥哥迄今为止的人生，他去过小学、初中的校园吗？他有没有通过和各种各样的人接触，体悟不同的生活乐趣呢？我很想为他做点什么，带着这个想法我回头看了眼长谷川琴美。

“怎么了？”

“原来这里有女高音呀。”

我将视线移向桑原悟。

“也有男声部，我是女低音，那我们来唱一首吧！”

“欸？在这里吗？”桑原悟问道。

“当然啦。”

“真是拿你没办法。”长谷川琴美苦笑起来。尽管没有伴奏和指挥，但还是能勉强唱起来。我们站在桑原悟的哥哥的面前。

“唱什么好呢？《信》吗？”长谷川琴美问。

“今天已经听了好多遍这首歌，还是换首其他的吧。”我提议道。

快速讨论一番后，我们选了首家喻户晓的名曲。

即便不练习也能唱下去。

“别唱了，好丢人呀！”桑原爸爸略带生气地说。但抱歉的是，现在只好无视他的意见，桑原妈妈倒是很好奇地接受了。太棒了！我们三个并排站好，就站在坐在楼梯上的桑原的哥哥面前，不过是在比他矮五阶楼梯的位置。我将行李包及糖果罐放在脚边。

“准备好了吗？”

长谷川琴美及桑原悟点点头。

“那就开唱喽。一、二、三，唱！”

因为没有伴奏引导，我们直接唱了起来。可是三个人的声音很不整齐，刚开口就乱到参差不齐。不过好在不是比赛或表演，无须在意这些细节，只要尽情地歌唱就好。由于只有三个人的关系，所以与刚才礼堂内的响亮歌声相比，也许我们的声音显得很无力，但这是我们发自身体深处的音乐。

周围的人一个个将视线移向我们，他们的眼睛里充满了好奇。路人停止聊天，放下脚步，目光全都聚集在我们身上。人群渐渐向楼梯聚集，没多久，骚动声趋于安静，唯有歌声在回响。

我发现自己的胸口有些疼痛。

事到如今，怎么还会这样伤痛呢？

心如刀绞，痛苦到快要落泪。

长谷川琴美察觉我一直憋住气息，热心地握紧我的手。

她用力地、使劲儿地握住我的手。

无法再唱下去了。

我已发不出声。

这样下去，合唱将就此作罢。

就在这时，有人向我们伸出了援手。

刚才比赛时，桑原悟的哥哥一直坐在礼堂外，所以应该有很多人都看到了他，也很在意他的出现。或许有人得知我们的歌声是为他而唱，在了解我们的用意后，察觉我们是想要唱给无法进入礼堂的他听。

因此，在不远处有其他声音的加入。

是其他学校的不认识的合唱团男生。

在另一个方位，两个准备回家的女生果断地将书包扔在地上，毫不犹豫地加入了我们的合唱。

一些正在和家人拍纪念照的学生也走了过来，他们豪爽地开口高歌。

位于声音中心的桑原悟的哥哥侧耳倾听，他那纯粹的表情给人一种身心完全陶醉于音乐的感觉。

合唱的规模大到即便我不唱也没关系，在场的素不相识的合唱团团员们全都即兴加入合唱，当人数越来越多，声音渐渐融为一体，音乐的魅力及震撼力显得尤为突出，歌声中充满了大家对音乐的感激与喜悦。

我会带着这份伤痛活下去吗？聆听合唱的同时，我不禁这样思考。为了苦中带甜的当下，我必须长大。

这时，放在脚边的佐久间硬糖罐被我绊倒了，哐当、哐当，糖果罐从楼梯滚落。受到冲击，糖果罐的盖子打开了，几粒色彩艳丽的糖果飞蹦出来。有柠檬黄、葡萄紫、薄荷白，明媚的阳光将这些在楼梯上弹跳的糖果照耀得特别美丽。话说，糖果罐的声音不会影响到合唱吧？

桑原悟的哥哥站起身，他目不转睛地凝视着掉在楼梯上的糖果。

“……小荠……”他呢喃道。他在说话时嘴巴微微张启，虽然听不太清声音，但我清清楚楚地听到了自己的名字。桑原悟停止歌唱，露出讶异的神情，说不定我的表情也是如此吧。桑原哥哥是什么时候得知我的名字的呢？刚才自我介绍的时候，我记得我只说了姓呀。

他表情不变地注视着那些糖果，同时还自言自语地嘀咕。

“……别哭啦……没关系……回家……”

合唱仍在持续。

站在音乐中心的他缓缓走下楼梯。

他与我们擦肩而过，然后伸手捡起楼梯上的糖果，塞入嘴内。

“哥哥，很脏的哦。”桑原悟站在他身旁，担心地提醒道。

记得小时候，我趁母亲看诊时偷偷溜出医院，跑到教堂听唱诗班唱歌。我想起了那之后的事。

合唱结束时，我嘴里的糖果也完全融化了。

我摇一摇佐久间硬糖罐，出来的糖果不巧掉在了地上。

之后不管我怎么摇，都没有糖果飞掉出来。这是最后一粒。

正当我准备捡起来吃时，身旁突然伸出一只手，一个少年捡起糖果并放入了嘴里。

我开始哭泣，很悲伤，因为最后一颗糖被吃掉了。

听到啼哭声的少年的母亲立马奔了过来，向我和母亲道歉。

母亲安慰着难受落泪的我。

可我哭个不停，根本听不进母亲的劝导。

我不记得母亲当时都说了些什么。

“……回家吧……别哭了……”

桑原悟的哥哥不停地重复着这句话。

我们生活在同一座岛上，或许曾经还擦肩而过。终于，我恍然大悟他就是当年那个在教堂吃掉我糖果的少年。

母亲在教堂搂紧我。

手拿空糖罐的我似乎没有停止哭泣的意思，母亲不厌其烦地开导我。

从桑原悟的哥哥口中说出的话突然变成母亲的声音传入我耳内。

“别哭啦，小荠，没关系的。来，我们回家吧……”

○ ○ ○

敬启　当春风带来新绿之季，是否身心都还安康？

曾经凛冽刺骨的寒风已被和煦温暖的微风取代。

前几日的花骨朵儿已灿烂绽放，朝霭中的花儿鲜艳欲滴。

自从那日在港口道别至今，已过一段时日，

一直想写信感谢你，今天终于提起了笔。

听闻你平安分娩，我打心底开心。

得知你在生下孩子的那一刻暂时进入危险状态，我吓得面色苍白。

或许是因为你从手机里听到了那些孩子的歌声，他们帮助你的心脏撑过了千钧一发的瞬间。

坦白说，我一直在犹豫。

我一直在寻找返乡的理由。

当你找我做代课老师时，我觉得这是一个极好的机会。

而且我很担心你能否顺产。

即便当初约定的一年之期已过，我也能选择继续留在岛上。

好多次，我都在琢磨这件事。

不去东京貌似也没关系，

我是为了什么而去东京？

可最终我仍决定在东京生活，

我要在那儿重整旗鼓。

通过朋友的介绍，我现在在一家远离闹市区的钢琴教室帮忙。

有时在塞满人的电车里与人你拥我挤，有时在斑马线十字路口差点撞到人，总之每天的生活都很忙碌。

这种时候，我选择突然停下脚步，站在高楼间仰望天空。

五岛的天空一定也很清澈吧。

最后请多保重。

○　○　○

我站在敞开的窗户前。

天空中飘浮着淡淡的云，就像是被奶油刀轻轻地抹了一下。

窗外吹入的凉风很惬意。虽然已入春，但风仍旧有点冷。

大多数人都走了，但校园里还能看见学生及家长的身影，他们正在正门前拍纪念照，因为那儿有证明这里是古城堡的石墙及瓦屋顶。

母亲已经到家了吧？我回想起刚才和母亲的对话。

“我还有事，没法和你一起回家了。”我说。

“嗯，我知道了。吃晚饭前记得要到家哦。我今天做了很丰盛的饭菜。小悟，你长高了不少呢。”妈妈这样回答后便回家了。

毕业典礼顺利结束。作为会场的体育馆周围热闹非凡，不过现在清静了不少。

“桑原学长！”

合唱团一年级学妹从走廊前方向我奔来。原本举行毕业典礼这天，一年级的学生是可以不来学校的，只需二年级学生作为在校代表出席典礼。不过吹奏乐团和合唱团的团员得来学校，因为他们要在典礼上表演。

“找到柏木老师了吗？”

“还没呢。”我摇摇头。

“要我帮忙吗？”

“嗯，谢谢。”

老师不在教职工办公室，也不在吹奏乐团活动室第一音乐教室，顶楼露天台及图书馆也没发现她的踪迹。学妹和我肩并肩走在走廊上时，对方开口道：“学长，虽然道喜道晚了些，但还是要祝贺你毕业哦。”

学妹说话的语气正好与我相反，听上去精神抖擞。我点点头说：“谢谢。”刚进合唱团的那几个月，我基本上没和学妹说过话，直到N赛结束，才慢慢和她热络起来。

“毕业真是让人感慨颇深啊……那个，学长，我一直想问你，你和长谷川学姐在交往吗？”

“……你觉得呢？”

“你们常常在一起，看上去蛮像是在交往的，不过学长你配不上长谷川学姐哦。”

话说，柏木老师到底跑到哪里去了？难道已经回家了吗？我打算去停车场看下柏木老师的那辆小货车还在不在。我一边在鞋柜前换鞋，一边对学妹说：“抱歉，能麻烦你给团长打个电话吗？看看其他人那边是什么情况。”

学妹拿出手机，拨通了过惠理的电话。

“大家都等不及了。”挂上电话后，学妹这样说。看来柏木老师并没在我离开第二音乐教室后返回。

我和学妹一起走出教学楼，寒冷的空气冻得我们直打哆嗦。

“啊，柏木老师的小货车还在，说明她还没回去。”

视野正前方的教职工专用停车场内能看见柏木老师的爱车。

与此同时，我在操场较远处看见一个静止不动的娇小人影。那是面向大海的方向，我和学妹两人立即走了过去。

海面风平浪静，阳光反射在海面，波光粼粼。海面微微隆起时，反射的阳光粒子瞬间跃入眼帘。柏木老师站在岩石区，呆呆地眺望着大海，她的黑色衣服随风飘起，苗条的身材曲线清晰可见。

“老师，原来你在这里呀。”

我打了个招呼，老师这才察觉到我们。

“咦？你们还没回去？”

“我们在找你呀，有客人在第二音乐教室等你。”

“客人？什么客人？”

“我也不清楚。”

“是个男的，应该是老师的朋友吧？”学妹说。柏木老师似乎实在想不出会有谁来找她，正歪着个头纳闷。不过也难怪她会一脸茫然，因为我们在骗她。

我们三人一同走向第二音乐教室。路上学妹向柏木老师搭话道：

“老师，谢谢你这一年来的指导。”

松山老师将于四月重返学校，柏木老师在这所学校的代课身份会持续到三月底。和我们毕业生一样，柏木老师也会离开这所学校。学校里还有很多崇拜老师的男生，他们一听到这个消息竟忍不住哭了。

“是我该谢谢你们，谢谢你们接纳我这个笨笨的老师。”柏木老师有些害羞。

“对了，你们中考那天很辛苦吧？雪下得那么大！”

“小荠睡过头了，差点在大雪里发生意外。”

“仲村学姐说她将来要上东京的大学哦。”

“欸！那说不定以后可以在东京遇到她呢。”

“她好像现在就在计划要偷袭柏木老师家。”

“是吗，这样子啊。那看来我要装西科姆[1]系统喽。”

进入教学楼，我们顺着走廊来到第二音乐教室前，柏木老师拉开拉门。

随即，老师停下脚步。合唱团全员正排列整齐地站在教室里，怀抱婴儿的松山老师也在。

“欸？怎么回事？”

辻惠理迎向满脸困惑的柏木老师：“老师，请坐这里。”

她请柏木老师坐在事先准备好的椅子上。柏木老师似乎也已猜出接下来会发生什么，不由得腼腆起来。

1　西科姆现为日本最大安保公司。

“你们别这样啦，我很不擅长处理这种状况。晴子，是不是你出的馊主意？！”

松山老师担心吓醒睡着的婴儿，小声回答说：“团员们私底下练了很久哦。”

之前松山老师曾提议，在毕业典礼结束后，作为惊喜，全体合唱团团员要为照顾指导大家一年的柏木老师唱首歌，然后今天猜拳输掉的我负责把老师带来这里。

“等一下。”

松山老师提醒的同时，将臂中的婴儿轻轻放在地上的携带式小垫毯上。为了不吵醒小宝宝，老师一而再，再而三地小心翼翼，就像在处理爆炸物般。将婴儿放在垫毯上后，老师把手从婴儿的后背抽出来。见放下婴儿且没有吵醒他，所有人顿时松了口气。

我和学妹也赶紧加入队伍。就在这一刹那间，我与长谷川琴美的视线不约而同地聚集在一起，我能听见她内心的疑问：“欸？怎么会和学妹混在一起呢？”说不定事后会被她盘问半天吧。

松山老师坐在钢琴前，辻惠理面对我们。

窗户微启，窗帘随着透过缝隙吹入的风儿上下摇曳。

室内一片寂静。

辻惠理的手缓缓举起，我们开始合唱。

收紧下巴，视线慢慢上移，

放松肩膀，手臂自然垂直，

收缩腹部，挺直胸膛，

微微张开双脚，把体重平均地分配至双腿。

我终于不再摇摇晃晃，而是有模有样地站稳了。

协助方　　齐藤智子

（东京都国分寺市立第三中学校教师）

法村雅典

（长崎县新上五岛町立若松中学校校长）

青山真优

古木　望

钓卷　创

山下文也

本作品纯属虚构。

作品中描写的NHK全国学校音乐竞技赛与现实比赛没有任何关联。

序　　谢谢

女儿隔着卫生间的门说："刘瑶同志，米娜写你的那篇文章出来了，要不要看看？"

饱含着浓浓睡意的我坐在马桶上打开了那篇文章。

咦，图片拍得还真不错，文字也实在，不花哨。

此时是深夜12点，以这坐在马桶上的姿势，看别人写的关于自己的文章，有点迷糊。生来第一次被媒体述及，有点恍惚。看的是有关自己的东西，却有局外人的感觉。

米娜图选得好，我虽然迷糊，但还是被吸引着看了好几遍。不停地问自己：是我拍的吗？真是我拍的吗？反反复复，终于把自己看清醒了，真的是自己拍的图片呢。

“哈，点击率还蛮高的呢！”女儿隔着门又说，“有两万多哎。”

啊，点击率两万多？

两万多，是很多的概念吗？我感觉是。两万多哎。

那时候的自己不会想到，这篇文章的热度会在之后的一段时间里持续发酵。从登上各个网络平台的头条、电视媒体新闻，到被真人秀邀约。

一波波的关注目光扑向了我。

时至今日，回忆一下当时的心境成了一件很有趣的事情。

一开始是兴奋的。慢慢地，高兴的劲儿渐渐淡去。不安，怀疑，甚至惶恐，这些负面情绪一股脑儿地向我袭来，折腾着我，让我不知所措。

那颗安于现状，敏感又脆弱的心脏似乎接受不了这突至的网红“荣耀”。

就是现在写这些文字时，想想那些发生的，那些中央的、地方的电视台，那些媒体、广告公司、出版社、书店等各路人马，纷至沓来……

恍惚……恍惚……没出息的我……现在还是……恍惚！

那晚，沉醉在兴奋中的我，一直刷屏至凌晨 4 点。

文章下面的留言出乎意料地友善、励志。我一遍遍地看着那些文字，想象着这些文字主人的样子与神态，内心有了一种从没有过的满

足和安慰，愉悦。

啊，谢谢！谢谢……

只是，来势太猛了啊。我真的很受宠若惊，很惶恐啊……

2016 年 1 月因为甲状腺癌开刀，我的精气神好像也被带走了。

医院诊断为轻度抑郁。那段时间一直期望着有个能让我兴奋、振作起来的事情发生。

后来就接到出书的消息。一个普通的市井女人，仅仅因为一组图片便被邀写书，感觉就像做梦一样。像小说里虚构的故事。

情绪低落消沉的我，突然就被激励了。

做学生时，我就向往过、热烈追寻过“作家”梦。所以写书这事让我激动，也让我忐忑。我自知文笔拙劣，担心无法把自身经历和内心情绪很好地表述出来，不能让别人看明白、看透彻，恨不得将读者摁进我的脑子里，去目睹我的那些经历。那段时期，我也曾犹豫纠结自己是否真的有能力来写书。

女儿见我焦虑烦躁，劝慰我说怎么发生的就怎么写，怎么想的就怎么写，就算原始的记录吧。或当作一本自传，力求尊重事实。这些话让我轻松了许多，是啊，我不需要斟字酌句，因为我没那境界。老老实实回忆，写真实的文字即可。

这本 7 万多字的书在 12 月终于结稿。

它写得很不顺利，是在非常困难的境况下跌跌撞撞写出来的。特别是童年那段，是趴在医院的病床上写的。

回忆很艰难，所有不快乐的经历被强行从记忆里给翻倒出来，那些伤人的对白，嫌弃、冷漠的眼神，人生过程中所感受到的冷酷、无助，被动带来的痛心、失望、后悔、遗憾，以及病痛带来的心理压力……各式各样的情绪交织在一起，这是一个非常折磨人的痛苦过程。

那段时间，情绪又再次低落消沉，跌入低谷。任何事情都激不起我的兴趣，感觉活得好累好没趣。写写停停……后来发展到有些段落写好后去复看时，莫名地感到害怕、心慌，以至于不敢去看那些文字。

再次抑郁。

我不得不删掉那让我极度敏感的近万字的段落。

米娜写我的那篇文章，有很多朋友的留言，让我非常感动。我很想在书里给他们一个非常阳光、朝气向上的形象，好不辜负他们对我美好的想象和祝福。但是，一下笔，我脑海里更多浮现的是那些沉重、困惑、不堪和无奈的生活过往。

写下这些，虽然压抑，但有起伏，竟然出乎意料地流畅顺利。也许我生来就倾心于悲悯怆然的心境，写至动情处，忍不住流泪悲戚。

我也很想写些高兴的、让人振奋的故事，以此来让读者得到正面积极的激励。朋友圈里看到一些很美很积极的文字，也跟朋友打了招呼，说要借来用在我的书里。

然而，最终我还是放弃了。

那不是我写作的风格，不是我的。放进我的书里只会让我汗颜，不安。

生活中，我是直来直去黑白分明的人，写文字，仍喜直来直去，仍喜黑白分明。

我，还是做自己吧。但我还是挺惶恐，觉得惭愧，辜负了那些善良、怀揣友爱的人，辜负了他们对我的期望。

生活就是这样的，人要真，要顺着自己的心走，活得才踏实。

我想做个踏实的人。

刘瑶

2016 年 12 月 30 日于南京

序　　我和摄影

儿时，兄妹四人，家境中下。父母常有不和。父亲脾气不好，常欺负母亲。长大一些的我为了保护母亲与父亲打了一架，从此父亲不再打母亲。

虽然父母关系一般，但是他们都深爱着自己的子女，也有着自己的生活情趣。搭假山，种花，做衣服，画画，织毛衣，都是我从父母那里学来的。父母也爱打扮我们，虽然生活艰难，但仍然让家里的两个姑娘穿得体面。

我生来皮肤黑，长得也不像父母，经常被人叫“马来西亚华侨”“越南人”“非洲人”。

天生倔强，傲气，有悲情主义。

初中时候和老师打架，从窗户跳下。高中时候认为老师不好，于是为其招惹事端。学生时代，因为穿着与众不同时常被指手画脚，工作以后也是如此。但我内心是得意、开心的。认为因为美才会被别人这样谈论。

情感丰富，若有美好便急于展示，但不善言辞。组装过电视机，做过放大镜。喜欢跳舞，因为怕别人说丑，就躲在门后跳。喜欢悲悲苦苦的白毛女。

想学画画，但没有人教。想当作家，写小品、写剧本，最后却不了了之。

学生时代爱看电影，特别是悲情电影，常常幻想自己是悲情的女主角。

婚后，我一心扑在家庭上。爱布置家里，经常搬动家具。爱打扮女儿。

由于与丈夫彼此都个性太强，兴趣不同，离婚。

2009 年买了单反，从此投入其中。一方面内心自卑，觉得自己不好看，另一方面又认为自己特别，一直在这两种观念里挣扎。自拍让内心的自己找到了出路，也认识了很多朋友。觉得惶惶然又理所应当。

2011 年至 2016 年，经历过三次手术。非常害怕，但坚强地熬过来了。

2015 年末突然成了“网红”。一时不知道如何应对，谢绝了很多邀约及媒体采访。但是偷偷地在家里刷留言，好奇大家是如何看待我的。欣赏的话语让我很开心，反反复复地看。

目录

CONTENTS

Part.1 童年纪

Part.2
我和摄影

046-108

Part.3
在病中

Part.5
翠花的幸福时光

187-229

Part.4
与女儿的日常

144-186

Part.1
童年纪

Part 1 / 童年纪

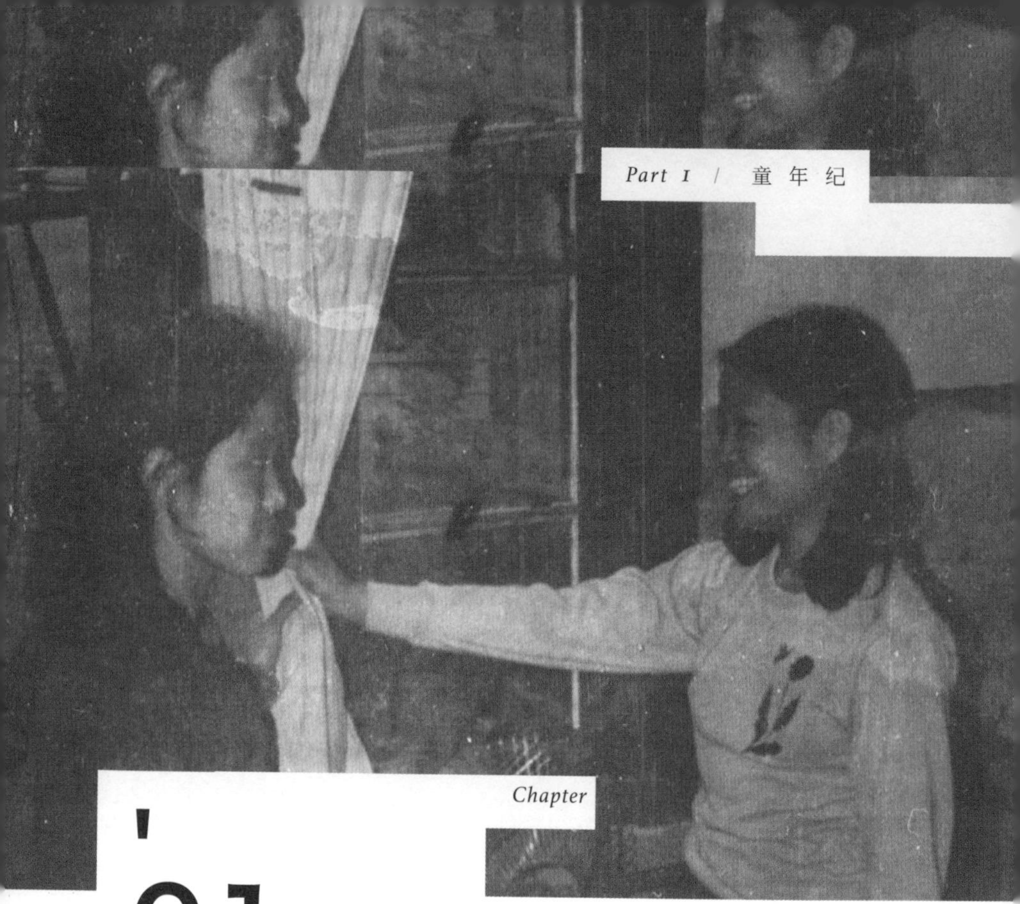

Chapter

'01

Childhood Period

第一台 缝纫机

这会儿的太阳好温暖

the Sunshine is so Warm Now

1970年，我十岁。

家里孩子多，缝缝补补是常态。虽然家境困难，但父母还是咬咬牙请了会（请会：大家轮流凑钱为一个人买一样东西），买了台缝纫机。

在那个年代，缝纫机是个奢侈品。

这在住着两百户人家的大院里，也算是个新闻。所以，缝纫机拖来那天，大家都来看新奇！邻居们进进出出，家里像过节一样热闹。孩子们争着吵着在缝纫机上踏上一脚，然后得意地哄笑着，互相追打着跑开了。大人们，主要是女人们，则叽叽喳喳七嘴八舌地议论着价钱，功能，牌子，煞有介事地争抢着说着自以为很懂行的话。

她们轮番上场，拿一块没用的布头在缝纫机上嘟哒来嘟哒去，欣赏着那细小整齐的针脚与手工的区别，享受着好听的充满节奏感的缝纫声。

我很快学会了操作缝纫机，偷拿了母亲一块淡绿色夹深绿色细条纹的棉布，做了条长裙子，又用同样的布做了个蝴蝶结。

那天，我穿上了自己做的裙子，换上由我设计的、母亲帮我做的白棉布短收腰娃娃衫（我穿这件娃娃衫拍的照片多年后给单位领导看见了，她非常唾弃地说我思想意识不好。还好，她没说我作风不好）。

站在镜子前，我解开两条长辫，从左上角分出一束，用玻璃丝扎紧。用小黑夹子夹住蝴蝶结，然后插入头发里。我知道自己丑，皮肤黑嘴大，常被院子里大人小孩奚落。但我还是被镜子里的自己惊艳到了。

那是我吗？真的好洋气，镜子里的人！

我在镜子前扭来扭去，转着圈圈，嘴里情不自禁地瞎哼着，兴奋得不行。觉得还不够，又跑出屋子，在院子里从东走到西，再从西走到东。两个趴在地上玩弹子的男孩子看见了我，他们站了起来，嘴张着，口水鼻涕一塌糊涂地挂在下巴上。三个跳皮筋的女孩也看见了我，她们呆呆地盯着我。

我更得意了，用力甩着胳膊，听着裙子摩擦着发出扑簌簌的声音，神气十足地走过他们。

“哟，这是老刘家的黑丫头？”一个叔叔问。他背着手从我身边走过，再扭过头从上到下打量我。好像是自问自答，又好像在等待我的回答，他和那几个孩子站到了一起，眼睛睁得大大地看着我。

虽然被这几个人盯着感觉有点儿怪怪的。但重要的是，我从他们的眼神中敏锐地察觉到此时的我在他们的眼里和往日是不一样的，是漂亮的，是时髦的，是自信的。无法言传，只可意会。

我黑，但我不丑！我理直气壮地想。

从这天以后，那些“黑丫头”“小黑皮”“大嘴”“小非洲”的绰号里，又加上了“小印度”“马来西亚华侨”“越南人”等。后加的这几个断断续续一直被叫到工作以后，语气极尽挖苦嘲讽居高临下的嫌弃。但我，一点都不生气，并暗自窃喜，因为很肯定，我看到的是羡慕，是喜欢、欣赏和嫉妒。

我看到了勇敢的自己！看到了勇敢展示美的自己。

在以后的日子里，只要有机会，就算让别人侧目，我都会穿上自己认为漂亮的服装。

有一段时间流行用黑底红条纹棉布做两用衫。为了与别人的审美区分开来，我选了黑底黄条纹做了一件。

当时算术老师是个女的，先后有过三次，她看见我，老远就喊叫着向我走过来："哎……哎！你，你停下……你这是什么衣服啊？"摸摸拽拽后又说，"哎哟，这么花啊，眼睛都看花了！"然后很夸张地甩甩手，歪着嘴，走了。言行举止里透着满满的兴趣，最后却表现出那样的嫌弃。

那时候的我才上小学三年级，却已经能理解她了。我解释为：她其实是喜欢我这花色的，只是出于自尊，觉得老师不该对于一个学生的穿戴如此这般地感兴趣，所以才会草草地表示嫌弃来收场。

那天，为了让更多的人看见我此时漂亮的模样，我爬上了父亲那架靠在围墙上的木梯子，站到了围墙上。

那时是六月，在南方，天已经热了，但风却很凉爽，它轻柔地拂过我的双眼，吻我的脸，吻我的耳朵。它把我的头发舒服地向后吹去，把我宽大的裙摆吹起来又放下。

站在围墙上，我感觉自己是幅画，或是电影里某个镜头。

我胡思乱想着，把自己往记忆里那些熟悉的、喜欢的画面里欢乐地塞。

一会儿，风不再柔和，呼呼地叫着从耳边刮过，很吓人。前方层峦叠嶂不再清晰，大块黑灰的云不知从何处来，聚集在头顶。气氛一下子变得压抑，心情也跟着悲怆起来。一股英雄就义般的激昂，忽然蔓延在我的胸腔。跳跃的思维让我觉得自己此时就像英雄刘胡兰。

于是，我昂起头，背着双手，作不屈状。想着身后可能有好多双眼睛在盯着自己，想着邻居罗叔的三个儿子可能正用他们的相机在偷拍自己这光辉形象，我一阵狂喜，不敢回头，也不好意思回头。

我得演下去。

我在围墙上走来走去，高喊一声："共产党万岁！！！"

纵身跳下两米多高的围墙。

Chapter

02

Childhood Period

罗叔家的相机

罗叔是个有故事的人，他家就住在我家对面。新中国成立前，罗叔是南京国民政府国防部的专职司机。因其为人本分，所以历次运动都免受苦累。罗叔长得像犹太人，大高个白皮肤，长脸大鼻子，眼窝深陷，眼睛又黑又大。从小我就对罗叔的身世背景有很多的想象和揣测。

罗叔家的三个儿子风华正茂，聪明绝顶。在很多人还不知电视机为何物时，罗叔的三个儿子就用示波管等材料装配了一台三英寸大的电视机。

后来，院子里几乎每家电视机都是由罗叔三个儿子组装的。在那个年代，我们这个院子，因为罗家，因为电视机的普及，所以在我居住的城市里，还是小有名气的。这是一件很让我骄傲的事情。而我有幸在高中时，拜罗叔小儿子为师，学装电子管电视机。

不过，我最羡慕最感兴趣的还是他家里的一部海鸥牌双镜头相机。常常地，我就躲在王奶奶家门前那棵歪斜的槐树下，看他们兄弟三人在院子里那块空地上摆弄相机，看那些个被选中的，被大人、小孩认为漂亮的院子里的女孩子们在阳光下嬉笑着梳妆打扮，然后再被兄弟三人教以各种姿势拍照。

我虽然看得津津有味，但对三人自以为专业的得意神态，很不以为然。因为小，又被认为丑，所以不敢上去说什么，只是一边看一边在心里演绎着另外一种画面。

晚上，我会趴在罗家的大门上，手一边轻轻抠着门缝里早已稀落不堪的腻子，一边忐忑不安地眯着眼睛往门缝里瞧。微弱的红光下，晃动着兄弟三人的身影。放大机上的部件被上下调动，白色的瓷盆里不时有纸张被拎出，被刻意压低的欢呼声和争执声有时会很清晰地传进我的耳朵。

有时我会因为这些声音而激动，按捺不住去使劲敲门……想一睹欢呼争执的最终缘由……

好多年后，我用别人丢弃的台灯架做了一个放大镜。因为资金有限，最终束之高阁。

前几年，我在植物园拍照时遇见了罗叔的小儿子，和他聊起了过去和现在。遗憾的是他和他的哥哥们早已不玩相机了。

Chapter

'03

Childhood Period

父亲

我四年级时，父亲和母亲常吵架。家里气氛越来越差，放学后我越来越不想回家。我怕听到父亲的大嗓门，怕听见他震耳的吼叫，怕看见父亲的巴掌打在母亲身上而我却无能为力。

父亲会从早晨吵到晚上，直到他累了。只有等到他无厘头的火发泄完，家里才能安生。

父亲不识字，性格暴躁，为人耿直，好话坏话都是用很冲的语气说出来，是典型的山东男人。或许因为在漫长的生活里耳濡目染，我在结婚后也不自觉地延续了这种很不正常的说话方式，给婚姻留下了阴影。

我的母亲是个只读过初小，喜欢画画、绣花，爱憎分明的普通女人。但强势的父亲根本没有耐心去倾听母亲的温言慈语，欣赏母亲的聪明才智，只会一味粗暴地对待母亲。每次吵架后，家里总是狼藉一片……摔碎的白瓷碗，七零八落地散落在地上，东倒西歪的桌子、椅子，有的甚至散了架……

有几次我在学校得了奖，兴高采烈地急急往家走，想着父亲知道了一定很开心。可老远就听见父亲那极具个性的带着山东口音的大嗓门，还有碗碎的声音。最刺耳揪心的是母亲边说话边哭的声音。

那时的日子就是这样日复一日地过着，我越发地压抑、害羞，没有安全感。而这种安全感的缺失一直伴随我到现在。这导致每每有开心的事情我都不敢放开地去享受，总担心一旦太高兴了，就放肆了，过头了，不好的事情就来了。

终于有一天，父亲的坏基因在我体内显现。

那是五年级吧，那天，父亲又一次当着我的面打了母亲。被压抑了许久的不满、无助、害怕、紧张化作了强烈的愤怒、无畏、冲动和英雄似的勇敢。我的叛逆期提前了。

我把母亲挡在身后，指着父亲声嘶力竭地警告他不许再打母亲！我当时的状态是歇斯底里的，声音是颤抖的，神情想必也是狰狞的，因为我看见父亲惊讶的眼神，他没想到他最小的女儿敢挑战他的权威。

他边气急败坏结结巴巴地骂"小狗 × 的脾气怎么这么坏"，边举手向我打来。

我快速抓住他的手腕，带着哭腔一字一顿吼道："都——是——跟——你——学——的！"

父亲愣住了，神情一下子萎靡，瘫坐在地下，低着头很沮丧的样子。那一刻，我很害怕，既心疼又怨恨父亲。那种矛盾、纠结、心慌让我泪流满面，倍感孤独无助。

痛苦。

崩溃。

害怕。

终于，我止不住地号啕大哭起来。

写到这儿，我忽然发现，孩童时期的焦虑与恐慌，那种被生活的大手硬生生地推着走的无力感，回想起来，依然是那么清晰，那么疼痛。

后来，父亲再也没有打过母亲。但我的性格，却在后来的日子里，越发叛逆、暴躁、我行我素，越发地像父亲。中学阶段，和老师吵架、和同学打架，等等。

去年底，遇见一个高中同学，她是个在班上很容易让人欺负的老实人。她说她很自豪在高中时和我做朋友，觉得那时候被我罩着很有安全感。

这番话让我很吃惊。因为根据我的记忆，当时年少的我在和她相处的时候似乎没有那种“罩着”对方的意识。更没料到几十年后，我们再相遇，她向我描述那段过往的时候是如此动情。我被她的话打动了，也被那个时候的自己给打动了。也许我骨子里天生就有帮扶弱者的情结。

嗯，好像我骨子里真是有“打抱不平”的英雄情结。

其实父亲除了脾气不好，啥都好。待人真诚，聪明耿直。虽然没文化、不识字、脾气坏，但并不影响他爱孩子、疼孩子，爱生活、爱劳动。这也是常遭父亲欺负的母亲，不离不弃、无怨无悔的最根本原因。

在那个年代，物资匮乏，特别是粮食，每个人都是定量的，我们这种多子女家庭到月底没米下锅是常态。父亲就和工友偷偷去偏远的乡下买米，在打击投机倒把的年代，这种行为很冒险。被巡逻人员抓到轻者没收粮食，让你辛苦一场还得饿肚子；重者罚钱刑拘或被当典型打击。

每次，父亲他们就像打游击一样躲避巡逻者。当地农民同情父亲他们，常给予他们帮助。就是依靠这些善良人们的帮助，父亲他们才化险为夷顺利把粮食带回来，让我们不饿肚子。

那时，因为家境困难，饭桌上少有荤菜。父亲为了让正在长身体的我们有肉吃，不顾身体多病，常年要求上夜班……这样我们四个孩子就会在半夜被下夜班的父亲叫醒，他用勺子每人喂一口他舍不得吃的有肉香味的免费夜餐。

早晨，我们几个孩子便会取笑对方嘴角边上的酱油斑，咂咂嘴回味夜里那似梦非梦的美味。所谓夜餐就是红烧肉拌饭，肉少卤多，味道鲜美。

现在想来，我还止不住地咽口水。

还有一年，城市各影院在放《卖花姑娘》。票价五毛钱一张，这在当时是比较贵的。

母亲有点犹豫。

父亲斩钉截铁地说："买！给孩子们看，我不想别家的孩子谈说《卖花姑娘》，我的孩子只有听的份儿。"

这件事是后来母亲告诉我们的。

写到这儿，我不禁感慨万千。

真实的生活是不尽如人意的，塞满了沉重与辛劳，困惑与不堪。但是，埋藏在这沉甸甸的生活里的，还有那闪闪发光的希望与憧憬。

还有那一份份深厚的、无以回报的、无私的爱。而我从不曾错过这份爱，一直都在享受着这份爱的慷慨滋润。

在天国的父亲啊，此刻，我好想你。

Chapter

'04

Childhood Period

我和父亲的假山

三月天时，院子外的山坡上，桃花盛开，粉艳粉艳的，看了叫人好欢喜。这个时候，父亲就会拎个大布口袋，叫我和他去山上找寻吸水石。我最喜欢去山里玩了，自然屁颠屁颠地跟在他后头。

在山上我和父亲各拿一根粗树枝，在泛着点青色的杂草上，拨来拨去。有硬物时，我们会很期待地蹲下身，查看石头的颜色形状和凹凸程度、有无孔洞。我和父亲会因为谁先发现好石头而争论不休。父亲从来不让我，而我就闹脾气不理父亲，也不找吸水石了，跑去摘长长的枝干上没有叶子却长着一排紫色的至今也叫不出名的野花。

我会摘好多好多。抱着它们从那条弯弯曲曲，宽不过半米的小路上跑下山，然后弯下腰在桃林里转一圈，学着布谷鸟的叫声再跑上山。来来回回直到听见父亲扯着大嗓门叫我。

父亲搭的假山已经很有意思了，却常因我一个主意，父亲便把它们全部拆掉换上我的设计，然后你一言我一语争论着谁的设计更好。

那个占地只有两平方米的假山池，常因我和父亲源源不断的新想法而变换造型。假山上种了吸水草，有小桥、塔，还有鱼儿在石头底下游来游去。邻居们常来驻足观看赞赏，父亲很是得意。他不善言辞，只会快乐得像孩子一样跑前跑后与邻居们打着招呼。

那时放学我都是一路跑回家，放下书包，拿起在路上捡的破篮子或破盆去院外的池塘边捞小鱼、小虾，然后放进池里。再用铁丝做个鱼钩，用母亲缝衣的棉线穿在鱼钩和竹竿间，在假山池里钓我亲手捞起又放进池子里的那些小家伙们。鱼钩上钩着的是我在墙边上的土里挖的蚯蚓或是一粒米饭。虾子一般不咬钩，稍有动静便四散逃开，窜至阴暗处。池底下的尘土会随着浮起来，尘埃落定后会留下虾子逃窜的线路。那些肚子上有彩虹般色彩的小鱼则会犹犹豫豫来回几趟，揣摩着鱼钩上的食物是否安全，它们很警惕所以很少咬钩。

班上的同学也会围拢而来拿起渔竿跃跃欲试。常常，他们七嘴八舌夹带着欢快的笑声把鱼儿和小虾吓得在水里四处乱窜。

当初分房时，父母要了一套最靠边的房子。勤劳聪明的父母看上了那儿有很多荒地，盘算着开垦出来有很多的用处。父亲不仅在围墙外开垦了菜地，围墙里搭了假山池，还顺着墙边种了好多洗澡花。

夏天的傍晚，玫红色洗澡花盛开一片，把青灰色的围墙都染红了，煞是好看，惹得路过的人都停下看看再走。有的找到父亲，索要花籽，希望来年自己屋前也有这漂亮的景色。小孩子则跑来跑去，趁大人不注意摘下一朵拿去向别的孩子炫耀，而我常因此和这些孩子吵个不息。

Chapter

' 05

Childhood
Period

骄傲样哦

父亲单位的俱乐部，经常在礼拜六晚上举行娱乐活动，像电影、演出等。

有一次上演话剧，那也是我第一次看话剧。我被深深地吸引了，看得很认真。讲的是一个出废品的车间的事情。我对演员那大嗓门、大动作的表演形式非常着迷。

回到家我找到很大的一张牛皮纸自己写了个话剧。有时间、地点、人物出场这些背景交代。不是我天生会，而是我看演出时，旁边的墙上有字幕打出，我照着样子写的。

话剧很短，是个独幕话剧。是因为一个坏电阻没被检验出导致整个仪器损坏的故事。情形其实和那个话剧差不多，也可以说是我重新把那场话剧默写了一遍。想不起来的部分，自己就再编造些合适的台词。

放学路上，我拿出那张被细细密密的字迹覆盖着的牛皮纸，向同学们炫耀我人生中的第一部话剧。然后我忍不住摇头晃脑地说了句："我发觉我蛮聪明的！"

正在说话的同学们忽然就不说话了。

回家那段路其实蛮长的。但大家就是一直沉默不语，气氛太难堪了……

那一路上我脑袋里乱七八糟的，觉得自己好丢人，好丑。我似乎听见同学们在心里说："骄傲样哦！""哼，不谦虚不谦虚！""她以为自己是谁啊？"

在这压抑到喘不过气的氛围里，我明白了自己说了不该说的话。在这个以谦虚为美的时代，我这样一个三年级的小学生，实在是狂妄得有些离谱。

这件事的直接后果便是我再也不敢王婆卖瓜，说自己好了。不过，我觉得这样挺好，我得感谢那几个同学有意无意间给我的教训，让我一生受用。没人愿意在一个人摇头晃脑自卖自夸后，还想给予他额外的掌声和赞美。

虽然我们那时才三年级，但人心对事物的好恶的敏感反应真不是受年龄操控的。打那以后，别人表扬我，我最多说声“谢谢”或笑而不语。

不过有时也会弄巧成拙。

一次一个摄友说我拍片子有内涵。我有点不好意思，为了表示谦虚，于是说道：“没有吧……我不是一个有内涵的人……我也不懂什么内涵……”

对方听罢，愣愣地看着我。气氛一时陷入尴尬的沉默。事后我恨死这语无伦次、虚情假意的谦虚……太“作”。我真想抽自己一个大大嘴巴。

在现实生活里，我不是一个爱说话的人。这不仅是因为我生性害羞笨嘴拙舌，还因为我老念错字。

就讲最近的，同学聚会，点菜。豇（jiāng）豆我念红豆。过后归纳所点的菜单时，之前就坐在身边的老班长在念到豇豆的时候，放慢了声调：豇（jiāng）豆。

我顿时觉得脸上有点发烧，同时在心里狠狠骂自己。因为在念这字之前，我心里是不确定的，有过要不要先请教一下再念的想法。我对老班长说："哎呀，又念错字了，所以我出门不敢讲话哎。"

老班长善解人意，安慰我说："刚才有个字我还不会写呢，我把菜单拿过来，一笔一画才写出来的哎。"

老班长在帮我找平衡。我心里明白——其实脸已经丢了。

我不是个爱学习的人，仅有的一点文化全是小学那会儿积攒的。这里只指语文……和数字有牵扯的科目我一概懵懂不解。那些阿拉伯数字让我心生烦躁，从小我就排斥复杂的事物，其实就是怕动脑子。相反地，我喜欢去做那些能立竿见影的不需要复杂环节就能见效果的事情。已经快忘了高中是如何毕业的。记得直到有了孩子，我还常做噩梦——坐在考场，考不出来，我一着急，急醒了！

讲个在家里出的洋相。20 世纪 70 年代伊朗大革命时，霍梅尼这个名字常在广播、报纸里出现。有一次我念报纸时，把"霍"念成"崔"，全家人笑得前仰后合。"维纳斯"我还念成过"维内斯"……还有很多尴尬难堪，不光是因为我没文化，也是我不知趣，自找的……

回忆上学时，我的书本比其他同学要脏，还破烂得多。我喜欢乱写乱画，就算被老师批评，可还是忍不住。

四年级时，我写了个拟人小品。讲的是放学后，桌子说它腰疼，椅子说它腿疼，以此来批评班上同学不爱惜公物。后来老师看见说写得好，让我出黑板报、当宣传委员。

我很开心，觉得自己是块写作的料。秉持着这股热情与自信，我用笔用力地在数学书的前页写上“刘红燕作家”，在语文书上写上“刘红燕画家”。因为我喜欢画画，想过将来当个画家。兴致来时，我喜欢照猫画虎，然后在墙上东贴一张，西贴一张。父母开始还叫我不要乱糟蹋墙，后来看我忙得不亦乐乎，也就懒得管了。

自认倒腾得有模有样之后，我便不满足于自个儿欣赏了，迫不及待地把同学喊家里来玩。大家来到屋里之后，我便有意无意地把大家引到贴满我“大作”的墙边，然后怀着激动愉快的心情等待着赞美。大家多半是能满足我这般虚荣的执着，但也有几次，带来的人只是瞄了几眼，也不多言语，便找其他的玩的去了。

我看着他们的背影，心中暗自着急，但也不好意思表露。总不能把他们硬拉回来吧?

羞愧、沮丧，更多的是懊恼。

哼，画的不比你好?你就嫉妒呗!

也是四年级，老师让我读课文。

我读了。先是有窃窃低语，一会儿寂静无声。再后来，低语又起，声音越来越大。再然后是笑声……

“哎哟，噫怪！（南京方言，指有点恶心）”“好玩！”“嘿嘿！”……

我停下来向讲台上的老师望去，希望他给予赞赏支持。老师看看我，往日里严肃冷静的目光在与我对视了一下之后，便匆匆回到课本上。他那不自然的似笑非笑的表情让我有点失望。我心里清楚得很，这些反应全因我是在以一种声情并茂、抑扬顿挫的“普通话”朗读课文，我甚至把标点符号的节奏也读了出来。

“化学、物理、地理、语文、数学……”我都是以一种激昂的语调读完一个词，顿一下，再读下一个。整篇课文我都是以一种充满感情，可以说有些戏剧化的语调读下去的。

在这之前，班上所有的所谓朗读都是拖泥带水像念经一样，每一个字，每一个词，每一串句子，就像没有血肉的躯干一样，干巴巴地堆砌在一起。大家早已习惯这样的朗读方式，也安于这样的朗读方式。这下好了，我没头没脑地来这么一下，同学们认为“臆怪”“肉麻”，老师都接受不了，正常也变为不正常了。但我心里知道自己这样读课文是正确的，我对自己很满意。至于那天突然如此大胆大声不按常规读课文，我已想不起缘由。只记得打那次起，我喜欢上了朗诵和写诗。

我知道我写的那些诗存在很多毛病，有的错字把原本的意思都搞反了，被旁人点醒了自己也觉得好笑。而且说它为诗也有些牵强。但我还是乐此不疲地写，乐此不疲地在镜子前高声朗诵。后来的孩子爸爸常笑我的诗是东拼西凑，幼稚得很。但即使过了这么多年，我也还是喜欢我的诗。关乎它们的那些不怎么样的评论，我也懒得辩解。

我有时会因为无意中瞄到书里的一段话、电影旁白的一个词语、一句歌词激动或伤感得不行，诗情会喷薄而出。搜刮脑海中不多的词语，想努力表达出当下心灵的震颤。常常写两句就写不下去了，只留下无处宣泄的诗意和书到用时方恨少的捶胸顿足。

那时候的自己只是糊里糊涂地成长着，对于未来的自己，没有规划，一无所知。但是，在不知不觉中，童年的境遇已经深深地影响着我的性格，影响着我看人与爱人的方式。

就在我拿起相机开始自拍之后的某一天，看着镜头里的自己，我突然有种恍惚。那个敏感，骄傲，坚强又脆弱的小女孩，她老了。

可是，她的眼神还是那么倔强、孤傲，她的姿态还是那么不易亲近。

Chapter

'06

Childhood Period

二姨的点心

记得小时候，同住一个城市的二姨会在正月初二的那天上午带着一些点心来我家走亲戚。到了下午她回去时，我会看见母亲从屋里匆匆跑出来，手里拿着二姨带来的点心，嘴里喊着：

“她二姨，带回去，带回去。”追上二姨，硬塞给她。二姨不肯要，推着母亲的手说：“是给毛弟吃的，是给毛弟吃的。”一个不要，一个硬要给。两人就从家门口推推搡搡地到了马路上，弄得像打架一样，脸红气粗的。

最后二姨挣脱母亲的手，把点心往地上一丢，生气地跑了。

我就站在旁边，咽着口水，看着她们推来推去。

这种情况，每年都上演一次。那时的我对母亲的做法挺不高兴，我不明白母亲为什么不收二姨给的点心。有一次我忍不住问母亲为什么这样做。

“我们没有东西给她。”

母亲在缝纫机前低着头缝补衣服，有点不耐烦地回答我，最后那个“她”字拖了长音。可最后你还是收下了！真无聊。每年都这样，好像在演戏。我不满意母亲的回答，但又不敢说心里话。

其实，我们几个孩子每次都很期待二姨给的点心，都眼巴巴地望着，都希望母亲客气一番就能收下，等着二姨一走，我们就能拆开来吃。然而，每次都是这番不快。被二姨丢下的点心，母亲多半都会说：“不要吃，下次再带给二姨。”然后把点心藏起来。再然后，要么是坏掉了，要么是给我翻找到，偷偷吃了。母亲自然是对我一番责打。

这件事给我印象太深。母亲的“自尊心”对我后面的生活还是有影响的。

在慢慢长大的岁月里，耳闻目睹那些因人情往来所带来的邻里之间或亲戚朋友之间的亏与不亏、少与多的矛盾，让我非常排斥人与人之间的“礼尚往来”，觉得好麻烦，好虚伪，好造作，好俗气。和别人走得太近，会莫名地滋生矛盾、麻烦，会不快乐。我从小就有了这种思想观念。慢慢地，独来独往，成了我人生中的一个生活常态。

这种常态，让我变得不合群。不爱搭理人，甚至无厘头地引以为豪。独来独往，成了一个自己喜欢的样子。它让我认为这样可以简单，可以免去麻烦，可以更自在，不勉强，不受别人左右，可以更自由。

Chapter

07

Childhood Period

秦奶奶

秦奶奶是坐在两匹大白马拉着的大板车上来到我们院子的。

那天我站在靠着围墙的木梯上，无聊地趴在围墙上东张西望着。听见“吱呀吱呀”的声音，看见大白马拖着的车上堆着好几个白包袱，还有个穿一身黑的老太太出现在山脚下的马路上。那时我还没上学。

秦奶奶大高个，一口南京话，厚厚的嘴唇，大眼睛双眼皮，皮肤黑，说话的声音很大，看起来很凶的样子。她的头发总是一丝不乱，用刨花油梳理得光溜溜。脑后留了个小发丸，看不见白头发。黑衣黑裤黑鞋，都是老式样。她的领子和袖子总是白的，那是里面的白衬衫被刻意翻出来的。袜子也是白的。她总是这样利利落落，清清爽爽。

每天早晨，我都看见她端着白色的痰盂从我家门前那块院子里最大的空地上经过，去厕所里倒夜里的秽物。她称我母亲为毛弟妈，我哥小名叫毛弟。她常把家里用不完的粮票塞进我妈的手里，不容退还。说，毛弟正长身体，给毛弟买米吃。

我家当时在院子里是为数不多的困难户里的一家。常遭一些自以为是的有钱人家的白眼。从小就敏感的我清楚地知道秦奶奶对我家好。

秦奶奶是个正直的人，遇见不好的事情，很直接地指出当事人。

怎么能这样？这样不对！是她的口头禅。她在院子里很有威信，大家都很尊敬她。

有一次我姐丢了，全院人都为我家着急，担心。有个女人却让人匪夷所思地对我妈说："你家这么多孩子，粮食紧张，丢一个就丢一个呗。"

"你这是人话吗！"

秦奶奶气得大嗓门高八度，黑白分明的大眼睛瞪得滚圆，毫不留情面地说："明天你家小伟没了，你别哭着找去，你家三个孩子也不少哎！”

那女人自知理亏，灰溜溜回家去了。

因为儿媳一开始没有生育迹象，秦奶奶领养了一个女孩，哪知两年后儿媳连着生了三个男孩。媳妇哭着要送走那女孩，秦奶奶不同意。

令人心酸的是，秦奶奶晚年并不如意。

唯一的儿子因为在单位犯了“错误”被关押审查，她急得生了场大病。病好后依然干净整洁，但举手投足已不如以前利索。再后来病情越来越严重，痴呆瘫痪了。都说久病无孝子，很快秦奶奶就走了。

这都是后来听母亲说的。

Chapter

'08

Childhood Period

喜欢栀子花的王奶奶

王奶奶是个孤寡老人。从记事起，就知道她是家属大院里，专门看守公用自来水的老太太。

王奶奶住在一个小小的，外面涂着黑漆的小木屋里。屋子大概有六七平方米，是新中国成立前留下的。小木屋外面依傍着房壁有三个水泥砌的池子，水池的总进水管在王奶奶门前的一个水泥砌的箱子里。箱子上面是个木板盖子，上面有把锁。王奶奶掌管着这把锁的钥匙。晚上十点关闭总阀，早上六点再开启。这是她的工作，每月有五块钱的工资。

王奶奶七十岁的人了，有时早晨起床动作稍慢，耽误了开水时间，有些早起急着用水的人，特别是那些上早班和下夜班的人，就会使劲敲她的木门，或用手敲小木屋的房壁。

“咚咚……咚咚……”

他们不会因为王奶奶年老体弱，而去体谅她，相反，他们不仅动作粗鲁，还会说些生硬、极没有人情味的话：“开水开水，哎哟，真是作孽哎，这么大年纪就不要干啦。享清福算了，还霸在这儿，净耽误我们的事。”他们对王奶奶急急忙忙、跌跌撞撞地出来开水阀的可怜样，没有一丝怜悯之意，且随意数落着王奶奶。还有的人虽不说话，但神情却也是高高在上，对王奶奶斜着眼，一脸的不耐烦和嫌弃。

王奶奶脾气大，从不示弱：“我不干，你养我？你给我吃给我喝给我用给我穿啊？”王奶奶浑浊的小眼睛很有斗志地瞪着那些人，中气十足地对着说她的人大声回敬。那些人翻着白眼不再说话，王奶奶也见好就收不再继续，大家相安无事。但往往第二天早上，这种状况又会再次上演……

每到夏天，下午放学后的孩子没事做，拿个橡皮水管一头接在水龙头上，另一头就拿在手里互相喷水，打水仗玩。因为小木屋比较旧，又没人管理，风吹日晒的，房板之间的衔接处就有了好多大缝隙，那些水管在兴奋的孩子们手中乱舞乱晃。很有力量的水柱就这样在戏水打闹中，通过缝隙射进小木屋里，把地弄得湿淋淋的，有时把王奶奶的床也弄得湿漉漉的。

王奶奶就很生气，从屋里拿着个木棍出来，追着孩子们打。孩子们一点都不怕她，先是一哄而散，后又聚在一起，一边躲着她手上的小木棍，一边趁王奶奶不注意，快速地去轻触她的身体和后脑勺发髻上那朵白色栀子花玩，还一边嘻嘻哈哈笑着喊：“王老太，躲在门后炒韭菜，王老太，躲在门后炒韭菜。”声音富有节奏，场面又因孩子们的摇头晃脑充满着喜感，整个气氛反而热闹和谐了起来，王奶奶也被逗笑了。

有一次，我也参与了其中。

王奶奶在母亲下班的路上堵住了她，把我的行为告诉了母亲。母亲找到我，拉着我去了王奶奶小木屋。在门口，我闻到一股栀子花的香味。走进屋里，却是浓浓的霉湿味。虽然房顶吊着盏灯，但屋里还是很暗，我看见了白色的床单上有一大片深色水印。有个汤婆子放在上面，被子凌乱地被堆在床的一头，有个不大的木箱子放在床头的方凳上。箱子上放着一只装有几朵栀子花的小白瓷碗，还有一双黑色解放鞋，鞋帮上那道白边非常亮眼，这可能是王奶奶新做的布鞋。

床的周围糊着已发黄的报纸，那些报纸有一块一块明显的水迹，有的报纸已经翻边脱落。除了那双新鞋，床的周围很乱，很狼狈。地面是用红砖铺的，走在上面有些黏鞋子，那是因为下午喷进来的水落在红砖上和泥土混合了。我看见地上还放了烧过的白煤灰，还有个捕鼠夹子。王奶奶坐在小方凳上，在角落里端着小奶锅喝着稀饭，很香的样子。我注意到小奶锅里没有小菜，只有白白的稀饭。

我以为她会骂我，但她没有。她只抬头望了我一眼，没有任何表情，继续低头喝稀饭。我看见她头上那朵白色栀子花已经有锈斑了。

母亲拿出从家里带来的塑料膜和图钉，让我帮着把已破烂不堪的报纸撕掉，然后和她一起用塑料膜遮住缝隙，再用图钉固定……母亲没有责备我，只是说王奶奶一个人不容易，我们应该多帮助她才对。

其实，一进小木屋，我就开始讨厌自己了。

那天，大院里不知从哪来了个乞讨的女人，手上拿着个碗，斜背着个蓝色布包，上面有个针脚很粗糙的黑色大补丁，布包脏兮兮的，很久没洗的样子。院子里的大人嫌她身上有味道，都躲得远远的。有几个小孩用长竹竿远远地挑着那女人衣服下露出来的几根红色毛线头玩，挑着或碰到了，就一阵胜利般的大呼小叫。那女人就回过头佯装着生气去追那些小孩，然后就是小孩们故意吓得大叫，四处逃散。

我看见王奶奶和她聊得挺欢，还给她碗里装饭。那女人坐在王奶奶门前那个有锁的水泥箱子上，王奶奶让她脱下脚上破烂的露出脚趾的布鞋，递给她一双鞋子，用下巴示意女人穿上。那鞋子我眼熟，好像就是那天在王奶奶家看见的放在木箱上的那双新鞋。那双鞋好像挺合那女人的脚，我看她站起来在原地踏了两下脚，又坐在水泥箱上，再没脱下来。王奶奶还给那女人头上也戴了一朵栀子花。

乞讨的女人走后，王奶奶从房里端出小竹椅坐在门前的阴凉处，跷着二郎腿，手上夹着支烟，头向后仰着，很享受的样子。我看见她左耳上那朵白色的栀子花和往常的不一样，这朵很大很新鲜，开得也很盛。以前的总是有锈斑，也不精神。

王奶奶好霸气，像过去有钱人家的老太太。我当时这么觉得。

王奶奶看见了歪脖子槐树下的我，招手让我过去。她起身从屋里拿了一朵白色栀子花递到我手上。“香。”她说，然后再没话，也没笑脸。随后就用眼神示意我走开。她忽然陌生得让我害怕，她不像那个和人吵架、和孩子打架的王奶奶了，我赶紧走开。

那天，我对王奶奶陡增了好奇心和敬畏。她身上有种力量，还有种神秘和严肃感。这词用在瘦小的王奶奶身上有点奇怪，但她确实给了我这种感觉。

这事过去不久，一天，院子里好多人突然在传王奶奶是某个大地主的小老婆。后来，大院里就很少出现她的身影了。

之后，王奶奶改为五点钟就起来开水阀了，而不是之前的六点。这是新的规定。可能是因为她以前是地主婆，所以受罚了吧。我想。

再后来，一个下着淅淅沥沥小雨的晚上，母亲让我去公用水池拎水。我见王奶奶屋里亮着灯，有人影晃动，还有说话声，是个被刻意压得很低的男人声。我扒着屋壁的缝隙望去，屋里有个男人。他在往一个旅行包里放衣服，急急忙忙的样子，然后就看见他牵着王奶奶的手往门口走。我有种不祥的感觉，赶紧关掉水龙头，快速跑到王奶奶门口那棵歪脖子槐树后，躲在那儿。我担心那男人是坏人，所以我做好了逃跑和喊叫的准备，但我惊讶地听见那男人称王奶奶“妈”。

“妈，快点，快点。求求你了……”我清晰地听到那男人说。

我看见王奶奶挣脱男人的手，往头上戴着栀子花，一边说“好了，好了”。我被这一幕弄糊涂了！王奶奶原来有儿子啊？

后来，再没见过王奶奶。

这件事，我也一直没和母亲说。我自觉这事很严重，绝不能让第二个人知道，我要一个人来守住这个秘密。我为自己这个不假思索的决定而心潮澎湃，觉得自己很了不起，甚至心里还有一丝悲壮情绪流过。

因为当时天黑，下着小雨，陌生男人，塞得满满的包裹，压低声音的急促对话和匆忙的脚步，这一切状况让空气里飘浮着紧张、慌乱的气息，让我感觉要发生大事。我可能被牵扯进去，而我一定要当个不出卖王奶奶的英雄。

一天，母亲告诉我王奶奶被他儿子接去了香港。

“妈，你知道王奶奶有儿子啊？”我惊讶地看着母亲，原来她知道王奶奶有儿子。再后来，我听院子里大小孩子神秘兮兮地说，王奶奶是和她的儿子偷渡去了香港。

现在我还常想起那个涂着黑漆的小木屋。

那个坏脾气，却分寸有度的王奶奶；

那个善良，喜欢戴一朵白色栀子花的王奶奶；

那个瘦小却有着神秘气质的王奶奶。

想着最后一次见到她，下小雨的那个晚上……

她在出逃的时候，也没忘了在头上戴上一朵栀子花。

'09

改名

上初中时，看了一部小说《红岩》。里面有幅木刻插画，是一个清秀知性的女子叫成瑶。这样充满诗意的名字，还有英雄人物那饱满的性格，深深地打动着我。

“我要改名字。”我和家里人这样说道。

父母说你有本事就去改，我们没本事。在那时改名字可是件难事，没正当理由、没后门是万万不可能给你改的。虽然没改成，但渴望改名的念头一直存于心。

到了高中，机会来了。派出所查户口，把刘红燕叫成了刘江燕，来龙去脉一核对，原来是派出所民警把“红”字草写后变成了“江”字。我一激灵，像抓住了什么似的大声说道：“是你们搞错了，那我要改名字！”

万万没料到，那个警察倒也爽快，立刻答应了！我现在想想，都觉得这个事儿发展得太过顺利以至于不可思议。或许是那位警察写错了我的名字，很不好意思吧。又或许，那天他心情很好？

总之，自打那天起，我的名字就从让我有点嫌弃的“刘红艳”变成了现在这个让我心满意足的“刘瑶”。

Chapter

'10

独来独往的女孩

Childhood Period

中学有段时间，我常一个人翻过两座山，去火车站的出口处，趴在栏杆上，兴致盎然地捕捉那些背着大包小包的旅人在出站时东张西望焦急渴盼的眼神；看接站的人垂头丧气来回踱步翘首以盼，摇头晃脑唉声叹气或是欣喜若狂拥抱哭泣，牵手匆匆而去。我乐于去想这些情绪背后的故事，揣摩他们的背景，他们的现状，他们可能的喜怒哀乐，贫富贵贱，胆大胆小，邪恶善良，愚笨聪明，学识如何。我还会想他们各自的家庭，甚至彼此间的对话。来兴致的时候，甚至连他们眼角没来得

及擦干净的眼泪，激动时嘴里飞出的吐沫星子都编排好了。

我会不着边际地，想很多很多。

过瘾。

我基本上算是个独来独往的人。

从小我就习惯和自己相处。现在老了，却又很害怕独处，非常害怕。摄影前，几乎没朋友。曾有一段时间，我担心极了，担心自己死后没人来开追悼会。

在20世纪80年代初，女孩单身出游是少见并不被理解和接受的。会招来很多非议。他们担心最多的是一个女孩单独远行很不安全，在外容易上当受骗。21岁那年我独自游玩青岛回来，有个女同事见到我，竟用她高度近视的眼睛把我从上到下打量了快有半分钟。我以为我身上哪儿不对劲，衣服没扣好还是皮带拖出来了呢，也低头上下检查了自己。

她说："你——"

她这个"你"字拖了很长，像在犹豫什么似的，然后才说："青岛好玩吧？"还没等我回答，她已经快速走到后面去了。

我奇怪于她的举动，向后望去。我看见三个女人坐在椅子上，女同事站在她们旁边，低着头和她们耳语着什么。有趣的是这三个人的眼神，游离闪烁，和我对视一眼又岔开，我径直向着她们走去。大家有点不自然，有人起身离去。

沉默了几秒钟，终于有人问我：“你不害怕啊？一个人去青岛……”

我说：“光天化日下有啥好怕的。”

那人又问：“没遇到坏人啊？”

瞧这话问的，倒像希望我有点事似的，气氛陡然有点尴尬。还没等我回答，那人头向前伸一下又缩回去，眉毛纠结在一起，眼神里分明显示出不相信，语气却如此关心地说：“我们担心你哦，一个人去外地玩，碰到坏人上当受骗怎么办！”我没有一丁点儿想谢谢她的意思。她的神情不仅漫溢着鬼祟，还有点意味深长，让我既好笑又觉得讨厌。

“我不会去拿不属于我的东西，但，你若想，你自然会上当受骗了。”我轻描淡写地说，不知她有无听出我后面这句话的意思。

童年生活的境遇，造就了我敏感、害羞、孤僻的性格。但骨子里与生俱来的倔强独立，又常使我耐不住寂寞，见缝插针地向外展示，宣战。

我常一个人骑个单车顺湖而行，那感觉是惬意的，行人少，风景好，可以让思绪海阔天空地乱飞，可以自言自语，可以无所顾虑，和任何一个出现在你面前的、你感兴趣的人说话聊天。那种自由的感觉，像荡秋千一样舒畅。

我写随笔最狂热的时期是工作后，常在休息日独自骑车去湖边和东郊那段岁月。那时我经常遇到一些让我驻足并想主动去攀谈的人。

印象最深的是在湖边遇见一个留有胡子的放羊老人。他的胡子漂亮极了，有近一尺长，花白，垂在胸前。他一定也知道自己的胡子漂亮并以此为傲，因为他在和我闲聊中，总是时不时地去用手捏他的胡子。动作很轻很慢也很优美。

老人是附近一个工厂的病退职工，因为没钱补身体，养了十几只羊，每天挤羊奶喝。

他有一个儿子远在西北，少有联系。每次聊天，老人总会担心再老下去，会没人管他，就想去西北找儿子，又舍不得这个熟悉的城市。老人在纠结中度过一日又一日，身体越来越虚弱，他问我，不知政府有没有可以收留他的地方。

后来我为老人写了首诗，给老人看。老人说他不识字，我就念给他听。念完，老人沉默了一会儿问："是写我的吗？"

我说："是呀。"

记得老人穿着款式陈旧的已泛白色的蓝色卡其布上衣，靠着柳树坐在草地上。一只手搭在腿上，一只手握着赶羊的鞭子。眼睛望着地，好像在找东西，他又说自己落成这样，都是自己不好。说完他有点不好意思地笑了。头一直没抬起来，眼睛始终看着地。

这件往事过去好多年了，那首诗我早已淡忘，唯有老人这几句话深深地印刻在我的脑海中。

这是个善良朴实本分的老人，他不因自己落魄的境况而想着去怪罪谁。

Part.2
我和摄影

Chapter

01

Photography and I

春运

刚有相机时，我很兴奋，对眼前的一切景物都有兴趣，拿着相机走哪拍哪，自己也有点得意。多数被拍者也都很开心很好奇，也有不好意思扭捏害羞的，但他们多数都很友善，向你传递笑意。那时候，所谓肖像权的概念一般人还没有，更别说去保护自己肖像权不受侵犯的意识了。有的被拍者反过来还会感谢你帮他们拍照。那时人还很单纯，或者是因为他们不知道肖像权这档事，所以单纯。但随着相机的普及，摄影大军的突起，及网络的快速发展给图片展示带来便利后所引发的一系列与肖像权有关的矛盾不断地发生，人们逐渐有了维护肖像权的意识。

记得有一次去车站拍春运片，刚走近车站，我就看见一个穿铁路制服左臂上戴着标有“站长”字样袖章的人在和一群同样穿着铁路制服的人说话，像是在布置工作。这正是我想要的现场办公的真实场景，我抓起相机就扫了过去。

咔嗒咔嗒拍得正起劲，一个严厉的声音传进我耳朵里，“拍什么拍！不许拍！”

我把相机移开，看见那个站长朝向我，很不耐烦地皱着眉用手指着我。

“嗯，不能拍吗？”我有点莫名其妙，问道。

“不能拍！谁允许你拍啦？你这是侵犯我肖像权。”站长中气很足，声音比先前又高了八度。

“我是拍你们春运期间现场认真工作的状态，想宣传宣传，是好事哎。”我说道。我有点委屈，想不通。现场办公被拍下，就算是以后会被发到网上和媒体，这和肖像权能扯上关系吗？若是拍你们不好的一面，你不让拍那还说得过去，可我拍得是如此正面和阳光。真是奇怪。再说我这在公共场所拍片，还要请示谁允许啊。我心里不服气地想着。

“用不着你宣传！”站长依然强势的口吻，而且下巴扬得很高。

“去，”她对身边一个工作人员说，“把相机里面我的相片删了去。”

那工作人员走近后，我问：“站长为什么这么敏感我拍她？这种场景，一般人都巴不得自己多亮相呢。”工作人员抿着嘴笑，一声不吭。

会不会是站长有什么事，怕相片登出来被人认出来惹麻烦？还是她太傲气，认为我不够格拍她？我胡思乱想起来。我实在想不通。

也是在同一地方，两个拎着公文包的男人在与一个民警说话。以我的经验，这是出差人在问路，民警在热心帮助他们。情景虽然司空见惯，但它毕竟是正面健康有宣传意义的纪实画面，且又是在繁忙的春运期间，有必要继续不厌其烦地宣传，而且我就是奔着这个目的来车站拍片的。于是我完全忘了刚刚经历的不愉快遭遇又忍不住拍了几张。

“干吗事干吗事，谁让你拍的？你哪个单位的？把证件拿出来！”一个气势汹汹的声音很夸张地传来。

妈呀，好凶啊，这次我被吓到了！我一看，是那两个男人在朝我吼，而那个民警只是看着我并没有说话。

“我……我……没人让我拍……是我自己要拍的。”我语无伦次，都不知怎么回答他们。难不成在公共场合拍片真要经过谁或什么组织的同意吗？我再次问自己。

“你拍我们想干吗事？啊？”说这话的是其中一个戴着眼镜的高个男人，那“啊”字完全是居高临下带有问罪般的气势，声音炸耳。

我委屈得要哭了。这时我察觉到这可能不是一般的问路老百姓，他们神态语气里传递出一种盛气凌人的派头。

“我就是想宣传一下春运期间体现和谐社会的好人好事。”我说。

“不用你宣传，用不着你宣传！”戴眼镜男人仍是生气的样子，瞪着眼睛，依然是很不可一世。他说完就转向那个民警和另一个矮个男人说起话来，声音也低了下来，但他一边和他们说着话一边望着我，神情状态让我觉得他既不屑与我说话又很气愤我对他们拍照的举动。

“到时瞎发到网上，让我老婆看见，我老婆以为我干吗事呢！”忽然，这么一句话飘进我耳朵……

讲这话的还是那戴眼镜的高个男人，是不是曾因为照片受到过伤害误会？我想。如果是，那我也理解他了。一早两次被训斥，心情多少受了影响，很委屈。

但转念一想，如果一个人的相片违背了相片主人的意愿被用在了不合适的地方或被人恶意利用，后果有多严重，只有当事人自己才能感受到。我忽然很讨厌自己的行为。虽然我的片子都很正面健康，个人意愿也是宣传社会好的风气，上传的网站也正规，但涉及肖像，而且也没与被拍人事先沟通，这显然很不妥。但你若提前告知，拍出来的照片表情、动作往往又生硬，做作，不自然。唉，这个问题困扰了我好一段时间。

Chapter

'02

Photography and I

等工作的人

2011 年 2 月 7 日的上午，那天是大年初六。

我守在马路边，右手紧紧抓着相机，食指搭在快门上。

劳务市场大铁门上的锁很大，和铁链一同缠绕在门上，冷冷地拒绝着来访者。铁门上有告示，白纸黑字地写着：本劳务市场初八正常上班。

但，仍有打工者，在新年里告别妻儿老小，背井离乡，早早来到这个弥漫着烟花味、还沉浸在过年气氛里的城市，在冰冷的铁门前流连辗转、左顾右盼，希望能尽快找到一份合适的工作，不再东奔西跑。让新的一年早早安定下来。

他们的行李很简单。一两个白色的鼓鼓囊囊的旧蛇皮袋被随意挂在那些锈迹斑斑的铁栅栏上，或一股脑儿地堆放在马路牙子上。他们来回走动，探寻的目光射向每一个从身边经过的人。

有时他们会随着陌生人一同并排前行，并侧身回头大胆地观察他们的举动、神情，思量着他们是不是招工者（因为有些用工者出于个人原因，不愿意被找工者围盯。他们会装着也是找工者的模样在一边观察那些人。然后看准了，直接上去谈价钱带人走）。如果陌生人一直目不斜视往前走并加快了脚步，或者流露出反感的神色，他们跟随的脚步便会放慢，满心希望又跌入失望的神情清晰地显现在脸上，揣着不甘目送着走远的陌生人好一会儿。

如果陌生人东张西望，环顾左右，步伐迟疑，走走停停，眼睛一旦与他们对视，他们便会立刻上前开口询问，主动出击。他们盼望着能在第一时间先于他人找到工作。

有的人干脆放弃猜测、观察，见一个陌生人走来就上去询问，想以这样的行动来更快赢得时间和机会。因为他们深知，每一个经过他们身旁的路人，说不定就是能给他们带来工作机会的雇主、老板，可以换来父母口里的粮食，老婆身上的漂亮衣服，孩子的学费。即使举止被一些人呵斥，下一次仍是会迫切地迎上去。找到工作是他们现在唯一渴望奢求的事，生存的紧迫感让他们变得积极、主动、勇敢。

接近中午，也不见一个人找到工作，握着相机、守在马路对面的我，也站了近两个小时。我想，这大冷天，我回到家，有饭吃，有地方睡，高兴了，还可以先洗个热水澡再睡。他们呢？他们今天没有找到工作，他们吃哪住哪呢？

我想，迫于境况，他们是不会舍得花钱住旅店的。脑海里浮现出两年前也是在这里，也是在冬天，一个打工者身上盖着单薄的被褥，夜宿在墙脚下，第二天早上被同伴发现时已没了气息。他无声无息地死在了那个冬天里。

这件事闹得挺大，媒体都有报道。后来劳务市场为打工者改建了一批收费低廉的旅店。但遗憾的是，现在劳务市场正在放假。

他们今天可以睡哪里呢？

我继续站在那，心里沉甸甸的，一点拍照的欲望都没有，我把相机放进了包里。

很饿，但我不想离开。我左右张望，想找个地方靠靠或坐坐。这时，我听见身后有响声，是一个女人的咳嗽声。我回头望去，是个乡下女人，穿着红格子护衣，两手捂着胸口，皱着眉，闭着眼睛，坐在地上猛烈地咳嗽着。咳了一会儿，她神情疲惫，靠在身后铁栅栏下的围墙上，喘着粗气。她头上扎着现在乡下少见，城市里却流行的四个边都带有流苏的老式样的绿色头巾，蓝色的裤子下，是一双白灰相间的旅游鞋，身边有一个扎着口的大蛇皮袋，还有一个黑色的旅行包，都是鼓鼓囊囊的。

可能因为是女人，她的行李似乎比别人多些。我快速打量完这些，心底揣摩着她的情况。

她知道我在观察她，但始终没有和我对视。她的眼睛盯着前方的劳务市场。

“你——”我开口喊她，她知道我在和她说话，但还是没有看我。于是，我向她走去，在她的旁边蹲下。

“是来找工作的？”我问。

她把头转向我，将我上上下打量一番，眼神刹那间冒出了光彩。

“嗯！”说完，眼神继续留在我身上，似乎在等我说话。

“要工吗？”她等不及地问道。

“啊……”我有点尴尬，“哦，对不起……我不是来招工的。”被她这样渴望地看着，我有种对不起她的感觉。

“其实，我是……”我说了一半停住了。犹豫着该不该告诉她，我是来拍照的，想拍些打工的人在春节里的生活状态。想了想，我还是告诉了她。听完，她没有显出反感，脸上反倒露出一丝让我轻松的笑意。

她愿意我接近她——

我认为她的笑容传递的是这个信息。我尽量让自己的语气、神情都有意识地流露出温和、关心。

我平常是个冷脸的人，这样刻意的变化让我有些吃力，还讨厌自己。

“你从哪儿来？”我问。开始进入程序。

“徐州。”她答。眼睛不再看我，又继续盯着对面的劳务市场。这会儿我才注意到她的口音，浓浓的北方腔，她让我想起我那个暴脾气的父亲，突然有种亲切的感觉。

“初几过来的？”

“年三十就在这儿了。”

“啊！什么？”

我很吃惊，以为自己听错了。

“没——回——去——过——年？”我声音拖得很长，心里开始急躁。

“是。”她终于又望了我一眼，似乎对我的反应奇怪和不屑。

“那……那你年三十在哪儿过的呢？”我语速快了。这个情况让我生气，不舒服，让我说话结结巴巴的。

“就在这儿过的。”她抬起下巴朝地下点了一下说，语气很不以为然。

我环顾左右：铁栅栏，空阔的马路，一堵苍白的墙。

我不敢相信。大年三十，一个女人，在这个地方过的年。

“这儿多不安全！”我有些责怪有些不相信地说。

“还有家人呢。”她望着我笑起来，好像在安慰我似的。

“哦，是这样，那要好些。”我舒了口气。点了点头说。我下意识又朝她的行李望过去，怪不得比别人行李多。

“晚上不冷吗？”我问。

“三个人挤在一起还好。”她偏了偏头，又说，“冷也没办法。”

我心没法静下来。坐立不安地转了一圈又回到那女人待的地方，发现她身边多了个半躺在地上的，二十多岁的年轻人，还有一个和她年龄相仿的男人。

我猜这便是她说的家人了。我走过去蹲在他们的旁边，和他们一起呆呆地望着马路对面那扇紧锁的铁门，望着铁门前那些交头接耳又各奔东西的人。也不知过了多久，男人说话了，声音很低，木讷讷的。他戴着旧军帽，帽檐很低。我虽看不见他的眼睛，但我还是感受到了他的愁态。他说儿子的身份证让人偷了，因为这个，工作没法找，别人不敢用他。

我说：“那还不赶紧回去补一个。”

男人叹口气，摇摇头说：“回去办一个很麻烦，来回要路费，证也不能很快拿到。”

男人有气无力继续说道：“没有钱。年三十都没回去……”男人说完，若有所思地望着前方。

我向他望去，他低着头，戴着白色手套的双手哆哆嗦嗦颤抖着。那张老实巴交的脸在说完了这些话后，两边的嘴角下塌得更厉害，更显可怜和沮丧。他的内心，一定有很多苦痛、委屈无处诉说，他的无助感一定也让他惶恐不知所措。

我沉默着，心里乱七八糟。

Chapter

03

Photography and I

鱼市

2011 年年初的一天，在公交车上，天还没亮。我向窗外望去，看见空地上一堆又一堆的火，远远近近的，心里顿感怪怪的。我知道，冬至时人们才会在马路上烧纸。但冬至早已过去了，虽然是在空调车

上，但我还是感到一阵寒意朝我袭来，有点阴森森的。我看见那三三两两的人在晃动。

“这是哪里啊？”我忍不住自言自语道。

“这就是远近闻名的惠民桥鱼市。”旁边的人接上了我的话茬。

“哦……这就是惠民桥鱼市啊。听说过，但是从没来过，所以陌生得很。”我笑望着旁边的人，带着解释和谢意的口吻说。

“那些火堆是因为冷，取暖用的……”旁边的人又说道。

后来，在报纸上见到了关于惠民桥鱼市的有关信息。

鱼市占据主城一角，没有整体规划，又脏又乱。将近1000户经营户大多是来宁打拼的外地农民。市场由小到大慢慢形成了规模，是个热闹了17年的典型自由市场，以买卖批发水产为主。南来北往的客源及货源很是充足。由于市场位于主城，影响市容，政府准备将其迁走，改造成下关滨江商务区。搬迁对于生意人来讲是个敏感的大工程。

鱼市上的生意人在搬迁前是怎样一个状态？这些勾起了我的兴趣。我决定去采访一下。

那天是一个下大雪的日子。一夜没睡好，有点兴奋。

凌晨三点我就起来了，拾拾弄弄饭都没吃，脚上套着防雨雪的塑料袋，揣着满满的好奇，背上我的相机、三脚架，兴冲冲地上路了。

地上的雪有半尺厚，天上还在下着雪。司机开得很吃力，嘴里嘟囔着骂着天。终于到了，司机把我丢在一个大水坑旁，用疑惑的眼神望了我一眼，依然是骂骂咧咧开车走了。

鱼市果然很乱。风夹着雪花，雪花又裹着风在灯火中乱舞，坑坑洼洼的地上，水迹里泛着亮光。不远的亮处有几个红色棚子，棚子四处没遮挡，只有顶。棚子下人头攒动，红色的盆到处都是。我有点害怕，没敢上前，和边上一个面的司机聊了会儿。他说鱼市夜里 12 点就开张了。南来北往的客源及货源很是充足，不愁货不出手的。就是，人太辛苦了……

我说我过去拍他们，他们会骂我，讨厌我吗？面的司机说，不知道。我忽然觉得此行太冲动了，应该约上几个摄友一块儿来的，好壮壮胆。犹犹豫豫一会儿，还是大着胆子紧张地朝亮处走去。

对于我这个陌生人的贸然造访，大家都停下了手上的活，两腿分开，很有力量型的那样，仿佛准备着战斗。他们不说话，沉默着。朝我望来的眼神冷冰冰的，透着疑问、排斥、拒绝。

怎么办，怎么办？我问自己。在极不友善的气氛中，我努力镇静着，有点恭维地微笑着，结结巴巴地说："我是来搞创作的，听说鱼市要搬迁，我想拍些搬迁前你们的工作状态。"

有一个戴着雷锋帽、穿着黄色护衣、袖口拖着一堆稀稀拉拉白花花的也不知什么东西的人瞪着眼，扬着下巴说："你看我们穿得像个叫花子，有什么好拍的啊？"他凶巴巴，一脸的不高兴。

我急忙严肃地说："不不，这才是劳动人民的光辉形象，我就要这种形象，我就需要拍这样的。我就是想要让别人知道你们多不容易。"

最后一句许是触动了他们。之前的紧张气氛连同他们脸部的肌肉陡然松弛下来，我看到了他们的表情那微妙的变化——

哦，原来是这样啊。是种释然的神态。

他们有的回转身继续干活，有的走近问我相机多少钱，哪个报社的记者，每月拿多少工资。他们不再戒备，他们允许我拍照，还与我聊天说笑，气氛出奇地好。我很感动，有点手足无措，紧张的心情一下子轻松了。我支起三脚架，在风雪中，水迹里，人群里，笑声里，开始穿梭寻找拍摄点。

有个女老板，笑声很好听，我就是听了她的笑声寻过去的。

她做生意的门面很简单，和其他家一样在地上摆着一排溜的大红塑料盆，里面放着黑鱼和我们常吃的鳊鱼、长鱼。许是生意好，她的盆里就剩下寥寥几条尺把长的黑鱼。她的头上没有遮风雪的棚子，就站在雪地里，站在那个脏兮兮的水洼里，脚上穿着高到膝关节的黑色胶鞋。

她的眼睛很小，脸上皮肤被不远处投来的光折射着看起来很白。脸颊上各有一块对称的深色痕迹，那是长期挨冻形成的红晕。脖子上绕着个大白围巾，头发有点乱，膀子上套着护袖，两只手互搓着，满脸笑容地盯着我。

我说：“我替你拍张照吧。”

她丢下一串又脆又亮的笑声，扭过身背着我并不停地挥着手说：“哎呀我丑死了，我丑死了，不照不照。”我一手扶着三脚架一手伸向前去拉她，说：“你才不丑呢，这么年轻，笑声又好听。”她还是笑着跑远了，站在远处继续笑着朝我这张望。

一会儿，她又走了过来，问：“还要钱啊？”

我有点惊讶地说：“不要钱，你愿意拍，我还要谢谢你呢。”她扭捏起来，整理着头发、衣服，提醒我说：“不好看，不要发哦……”后来我给她看我拍的她，她不再笑，紧张专注地盯着相机屏。不理我的问话，像在想着什么。后来我问她生意好不好，够不够养家。她就是不说，只是笑。旁边人说，你看她笑的那开心样能不好嘛。

凌晨时分，冰天雪地，如此恶劣的条件下，她却能笑得如此爽朗开怀。这美好的笑声感染了我……令我肃然起敬……

生活中那些琐琐碎碎的艰辛烦恼与不堪在这笑声里算个甚？

我抱着三脚架，继续找寻让我驻足的人，以及平常见不到的生活景象。天渐渐亮了，雪也不知什么时候停了。整个鱼市的轮廓基本上都收入眼底，市场很乱，运货的面的多了起来，在鱼摊前随意停放，人也多了起来，从这个摊位蹿到另一个摊位。整个鱼市交易在一片烂泥地里进行着。

我还看见了曾在公交车上见到的那些取暖用的篝火，它们一丛丛分散在整个鱼市，分散在夹杂着雪和烂泥的地里，在装鱼的红盆旁热

情地燃烧着。人们有的站着、有的蹲着，有的围着火跺着脚取暖。火光映照着他们的脸，使他们的眼睛特别有神，脸也发着光彩。他们笑着说着天南海北，说着我不懂的生意话。

有个人朝我招招手说了句不知什么方言，其他人都大笑起来，有人用手指点着说话的那人并摇着头。我猜那是一句不雅的话，我没有生气，朝那人同样挥挥手。我想，即使是句荤话又能怎样呢？他们自乐，也没伤着我，随他们去。

这个鱼市靠在公路边，7 点前要散市，给车辆让道，这是政府的规定。天整个儿亮开了我才发现，鱼市是在立交桥下。

生意人开始收拾着承载一家老小生计的那些简陋的物件。一辆三轮车，上面堆放着几个大红色长圆形的塑料盆，一两张凳子，一个收起来的挡风雪的棚子，一根挂着灯头拖着电线的竹竿和一个小拖车。生活就是靠这些物件运转着，妻儿老小对生活的憧憬期待都满载在那辆三轮车上。

生活貌似很简单，我想。

有个老板环顾着随鱼贩散去而显空阔的鱼市动情地对我说："你不知道，这不大的鱼市养活了多少人、多少家庭啊。"面对即将来临的搬迁，他们有很多的不舍与忧虑。因为在这次搬迁中将不免损失掉很多客户，他显得心事重重……

Chapter

04

Photography and I

嘿，刘导

第一个称我为刘导的人我已想不起来是谁了。

外拍回来，我常发现有些片子不需要费多少心思，不需要大动干

这会儿的太阳好温暖

the Sunshine is so Warm Now

戈地去修饰、剪辑。你只需要把你要用的图片连起来，添加旁白解读，就会是一个流畅、好玩、有图有文的小故事。

我最早编辑的一个小故事叫“骑单车的苏姗”，那是2012年的事。

那天我和女儿各骑一辆单车，车上挂满了道具。包括女儿用的那个大画架，还有那个大藤篮也都挂在单车小小的后架上。不方便骑，我们就推着车子，磕磕碰碰地，走走停停，很辛苦地到了江边。一路上有人侧目，以为我们搬家呢。

江边柳树多，又是三月天。那挂满嫩柳叶的枝条低垂，风吹过时，柳枝轻轻摆动，像扭着腰肢在行走的少女。江边停泊着运输的船只，我能看见在甲板上走动的水手和冒着烟火的炉子。我还看见女人的身影，穿着红色衣服，梳了个高高的马尾辫，背对着我。

那一刻，我感受到了生活平和温暖的美好，这份美好还流淌着一丝清淡的烟火诗意。

那一刻，我有种感动，想朗诵诗，甚至想哭。

那天，身边的一切景物都让我充满激情。

每一个有草有树有小路的地方，只要有合适的服装道具，女儿随便怎么走动，都将是个好片子。这种预想期待，让我心急火燎……虽然我脑海已有了画面，但我还是太想立刻看见成像了。

我不厌其烦地跑来跑去，寻找最佳构图，然后用我的大嗓门，指挥着女儿。

一会儿扮成在郊外写生的女画家，一会儿扮成在林子里探秘的女孩儿，一会儿又扮成踩着踏板下船的旅客，一会儿又扮成在田里劳作的少妇……

女儿被我折腾得够呛，但和我一样欢快兴奋着。因为我们都满意成像后的人物造型、动作和场景。这些照片对于我们真的太新鲜了，因为没有一张图片采用了我们通常所熟悉的，人物的眼睛望着镜头的形式。这让我们感到图片特别有感觉。

回到家整理图片时，发现不仅人物的造型、动作、表情、所持的道具以及整个场景都有新鲜感，甚至这些图片还有着情节的连贯性。像电影画面，像连续剧。我忽然就想到做学生时，看过的罗马尼亚故事片，其中有《多瑙河之歌》。这是反映二战、反法西斯的一部片子。

没有犹豫，我急不可耐地，立刻把为女儿拍的图片编成故事。

住在多瑙河边的苏姗是个喜欢骑单车，喜欢画画的快乐姑娘。

她常带着画板、颜料，骑着单车去河边画画。她喜欢画各种商船和甲板上不同肤色的水手。画他们大声吆喝时的狰狞，画他们嬉戏唱歌时的快乐。隔着河水，苏姗有时会停下作画，会大声地和水手们交流。有时，则在河边捡些石头朝船上投去，以反击那些看苏姗年轻貌美而说些粗俗的话欺负她的水手。

苏姗是个勤劳善良的姑娘。经常帮助家人栽种收割各种农作物。她也常拿些新鲜的瓜果和还沾着泥土的蔬菜和水手们交换一些女孩子用的小饰物。

那天，苏姗得到了一个不好的消息——战争爆发了。

从此，多瑙河上听不到水手们那欢快悠扬的歌声了，只有汽笛昼夜不停地响着。多瑙河上弥漫着紧张不安的气氛，失去了曾经的平和。望着多瑙河上来来往往的纳粹船只，苏姗沉默着想着心事。

终于有一天苏姗决定告别父母离开家乡去找游击队。临走前她来到村后的山丘上，不舍地望着山下亲切熟悉的村庄……潸然泪下。她和家里的小山羊道别。仿佛知道主人要远行，小山羊也依依不舍，依偎着苏姗，用嘴舔着她的帽子不肯离开。

苏姗带着简单的行李，跋山涉水寻找游击队去了。过去了很多年，苏姗已是一名游击队交通员了，常在深山密林里传送情报。又过去了很多年，人们看见苏姗骑上了单车，在多瑙河边支起了画架，画起了画。原来苏姗已成长为游击队的侦察员，她用画画做掩护，在敌人眼皮下为游击队搜集情报，打击敌人。

这是我第一次用影像编故事。这帖子发到网上后，朋友们同样感到新鲜，给予了热情洋溢的留言。其中有个留言就说我“自编自导”。

后来又编了几个，不同的是，我成了图片里的主角。朋友们的留言也变成了我“自编自导自演”。

也是 2012 年的事，11 月，和朋友去乡下外拍。

深秋时，乡下的芦花开得茂盛，一朵一朵连在一起，像天上的白

the Sunshine
这会儿的
太阳
is so Warm
好温暖
Now

云飘落到了地上。朋友们一窝蜂地都去拍芦花了，我没有去。我看上了一片林子，有一个很大的柴火垛，还有木栅栏。这些物件在城市根本看不到，我对它们有兴趣。我用三脚架，用自拍模式把自己喜欢的物件、喜欢的景连同自己都拍了进去。回到家，发现又可以编故事了。

于是，又有了一个“止马岭的故事”。

止马岭有个贪心又爱吹嘘的女财主，常和别人说她家怎么怎么有钱，说她家大厨是花了好多好多钱从省城请来的，曾经是某富豪的私人厨子；说鸡、狗、粮食、拖拉机，还有那小锅接收器，等等，都是她家的财产。

她家有个大白公鸡，是她家的宝贝，因为它夜里一点钟便开始打鸣，可怜的雇工们刚躺下又得起来劳作。

她常指着别人家的柴垛子大叫：“我的我的……这是我家的，不许拿！”

她常躲在树后，警惕地巡视周围，窥视别人的举止，生怕有人拿了她家的一草一木，看着斑斓多姿的山林，她想着怎样才能全都占为己有。她也很勤快，经常忙里忙外地辛劳着。

虽然富有，但她总感觉不到快乐。她常靠在柴垛旁的那棵树上费神地想啊想，想自己为什么不快乐，可是想不出个所以然。

直到有一天……

那天她正在巡视她的林子，忽闻身后喧哗，她紧张地回头望去。原来寂静的林子里来了一群玩摄影的人。于是她听到、知道了很多新鲜事，这让她很兴奋。很快她对生活有了新的设想，并为这个新设想而得意自乐。

她去省城买了相机，开始行走在乡间小道，拍家乡美景，拍周围的人和事。她开放了自己的园林，给城里来的人休闲玩乐，听他们谈笑风生。她开始有了朋友，也长了见识。她终于快乐起来。她开始琢磨着给家乡做宣传。她制作了好多小木牌，上面介绍自己家乡的美景，发给来玩的客人，让他们下次带朋友来玩。她觉得一个人富没意思，她要让乡亲们都富起来。大家富、大家乐才有意思，才是真的快乐，真的幸福……

“刘导”就这样被叫开了。

Part 2 我和摄影

Chapter 05

Photography and I

漂亮的 妇人们

the Sunshine is so Warm Now

这会儿的太阳好温暖

佳如长得富态，皮肤白嫩，笑起来憨憨的，让人不由自主地想亲近她。每次见到她，她和我聊得最多的是她炒股史和她在股市上的好运。

她常呵呵地傻笑着，对我说："哎，你猜你猜，我又赚了多少？"然后她眉飞色舞的描述就会让我蠢蠢欲动，急不可待——

我好几次冲动地想把口袋里的那点钱也拿到股市上赌一把，终因怀疑自己的运气不会如她那般好，怕那点养老钱有去无回，思前顾后，罢了。

佳如是我在听摄影讲座时认识的。她告诉我，她早就知道我，她喜欢我拍的片子，希望能有机会和我一起拍片。被认可、被喜欢的成就感让我一下子对她就有了好感，并想亲近她。当时，还有点等不及地想和她说心里话的欲望。

哈哈……原来我是这样的人。

佳如后来把阿朵介绍给我认识。

阿朵，一个睿智，优雅，笑起来如向日葵般灿烂的女人。

我欣赏她的笑容，和那散发着内心坦荡的笑声；我喜欢她的真实，喜欢她的形象呈现在影像里，笑或是不笑，都显得那么有范儿和高贵；喜欢她的自然随性……我喜欢并兴味盎然地追逐着她的这些品质，不厌其烦地去拍她，拍她。

阿朵喜欢拍星轨，国内国外到处疯跑。痴迷地拍着那小小的、晶闪闪地挂在黑幕里的不会说话的小星星。她常津津乐道地给我们讲她拍星轨时的奇趣。

阿朵给过我一个大大的惊叹。那是一次外拍，她在往后退时，不知后面有个台阶。在我的惊叫声中，她敏感地察觉到了身后的不安全。在往后仰跌下去，接触地面的一刹那，她边回头查看边同时迅速、机智、灵活地做了一个往右边的翻滚动作，跌下时的重力就这样在翻滚中瞬间化解。她灵巧地站起来，拍拍衣服上的灰尘，继续拍照。她手上的相机在这惊险的过程里，始终没有脱手，被她牢牢地抓在手里。

我，都看傻了。

阿朵可是一个已64岁的女人哎！你们，也傻了吧？

梅清61岁，是在摄影人聚会时认识的，当时她在台上当主持人，那一口带有南京腔的普通话，让我忍俊不禁。她让我想起了那年在课堂上自己突然用南京普通话朗读课文被同学老师笑翻的情景。

梅清普通话不标准，但口才好，逻辑性强，在台上说话不慌不忙，有时还调侃两句，调节气氛。我猜她的口才和她的工作有关系。后来知道，她原是单位办公室主任。在台上感觉她很高，有一米七，戴着黑色宽边眼镜，穿着敞开的长灰色针织马甲，里面是高领紧身黑毛衣，深灰色西装裙。她吸引我的是她耳朵上两个黄豆大小，宝石红的小珠珠。

会爱自己的女人。我想。

有人在边上给我介绍，梅清是个了不起的女人……她欲言又止的样子。出于好奇，我追问过去。原来，梅清不止一次遭遇肿瘤的骚扰、侵犯，但她一次又一次地战胜了肿瘤。

比那漂亮的耳钉更吸引我的，是这个女人的传奇。我想。

我开始关注梅清，打量着她的一举一动，揣摩着她的心态。很快，我找机会和梅清聊了起来。当她知道我的病况后，笑着说：“哎呀，你这叫什么癌，都没化疗。我那时做化疗多煎熬啊，化疗完，从医院到家要一小时……而平常这段路只需十五分钟。走十分钟，人就虚弱地打晃，就得在马路牙子上坐会儿，然后再走……”

她这番话让我清醒地认识到自己是多么幸运的人，没受那份罪，感谢老天爷。

梅清总是把自己收拾得干干净净，修饰得漂漂亮亮。每次见到她，她都涂着淡淡的口红，抹着薄薄的粉霜，穿着得体的衣裙，身上隐隐地飘着淡雅的香味。而她两颊的酒窝在她笑时，总会讨喜地绽放开来。

“三儿，三儿……”她急匆匆地朝我走来。满面春风，语气透着亲热，她总是这样叫我。让我温暖，欢喜。有这样的朋友，多么骄傲和幸运，她照得我也阳光、漂亮、勇敢起来了呢！

有一次听她唱歌，是首草原歌曲，名字忘了。出乎我的意料，她中气很足，不像开过几次刀、元气大伤的人。她竟然把最高音唱了上去。她竟然还连着唱了三遍。我对唱歌没自信，因为会走调。不好意思唱，怕被取笑。但那天，我也跃跃欲试，破天荒地唱了。让我兴奋的是，我把最高音也唱上去了，我唱的是郭兰英那首《我的祖国》。唱完，我望着梅清笑，梅清也望着我笑，当时，整个人有种欣喜的舒畅感。

这个 61 岁的女人，又一次让我阳光起来。

“你看我穿的还好看啊？”这是梅清常问我的话。

她总那样喜滋滋地站在我面前，一只手扯着身上的衣裙，一会儿低头看自己的衣服，一会儿看我的反应。写到这儿，我禁不住热泪盈眶。

为她身上时时散发出的生活热情。

为她给我的那并不惊天动地，却让我感到身边总是阳光灿烂的感动。

“来了……来了……”有人压低声音提醒我朝门口看，气氛莫名地增添了一丝神秘感。摄影年会上，大家在议论，说协会里新来了一个叫安娜的女人，50 岁了，却像个 30 岁的少妇。

走进来的安娜果然年轻。身材高挑，穿着短款粉色羊毛外套，淡蓝色紧身牛仔裤，小脸白肤，五官紧凑。她有种特别的味道，对了，是洋味，她那漂亮的高鼻子，让整个人挺拔精神。她当时梳个简单利落的丸子头，这使得她时尚和活泼，有种光芒让你注目。

我被安娜夺目张扬的洋味吸引驻足，正好年会上有个走台步的表演，我就喊她过来，用黑色拖地大披风，镶着黑边的麦芽色草帽把她装扮成西部牛仔女郎。漂亮的高鼻子，高挑的身段，通过这身装扮，让她的“年轻”和“洋气”淋漓尽致地展示给大家欣赏。

现场有人告诉我，安娜的装扮最好，最漂亮。还有人开玩笑说，咦，怎么还有个外国人？年会结束时，真有好多人争着和这个年轻漂亮、像来自 18 世纪美国西部的牛仔女郎合影留念。

很自然的，因为安娜那个漂亮的高鼻子，我喜欢上了她。因为安娜年会上的成功装扮，我们很快成了朋友。安娜活泼，友善，是个心态极好的女人，也是个很能“闹腾”的女人。

那次去安徽宁国拍摄，下着雨，地里烂湿。为了给大家拍麦田雨境，不顾我们的阻拦，安娜执意穿着白色薄裙，拿着小花伞，在地里跳呀跑的。不知怎的，忽就不见她了，也听不到声音，大家有点慌了，边喊着她的名字，边跑去麦田查看。气氛好紧张，我们好焦急。走近四处张望不见人，但听见哼哼声，便顺着声音找去。

原来安娜跳得太忘我，滑进沟里去了。只见沟里的安娜满脸是泥，手上身上也都是，半躺在泥里，非常狼狈。一只手举着那把已折弯的花伞晃动，一只手扒着沟壁，脖子伸得老长，一边竟还咯咯地笑着，喊着：“快来救我，快来救我。”

我们顿时没了紧张和担心，气氛变得欢乐搞笑。

安娜的年轻态一定和她开朗的性格有紧密的关系。我坚定地认为。

五个爱摄影、爱折腾、爱美的女人，后来就成了五姐妹。和姐妹在一起最开心的仍是拍照前后的情境。

“三儿，带上马灯，还有那顶有花的草帽噢。我要戴上它拍照。”

“三儿，明天不要出大门，我车子直接开到你家楼下接你。还有把那件红色长披风带上，我要穿上它在林子里走一圈，替我拍噢。”

“三儿，明天你不要带吃的，我们都准备好了。”

这些往往是姐妹们在外拍前一晚，在电话里叮嘱我的话，随意又

这会儿的
太阳
好温暖

the Sunshine is so Warm Now

亲切，让我温暖得忍不住笑起来。说明一下，我在五姐妹里排行老三，梅清老二，佳如老四，安娜老五，阿朵则是我们的老大。第二天，我便会带上宜家那蓝色的大袋子，那里面装得满满的，服装、马灯、藤篮、花束、书，所有能带的，我都带上了。

“刘导，我是往前走，还是站着不动？”

“往前走，千万别回头。回头意境就没了，我只需要你的背影。”这是在植物园红枫岗的一个场景。小路上，有棵开得正艳的红枫，佳如走在它的旁边，穿着深色红裙，戴着翻边的咖啡色礼帽，披着蓝色大围巾。哈哈，显然是个贵妇的背影。

“刘导，我是笑还是不笑？”

“不笑。身子微侧，望着右边，两只手随意搭在一起，离那棵树远点。”

这是情侣园那棵老槐树旁的一个场景。阿朵穿着白裙，围着灰色披肩，戴着粉色草帽，望着远方。我用低角度拍下了她。我很喜欢这幅有点惆怅的作品，给它起名“不知去者足留处”，又觉得这场景挺像书的封面，便把它当作了博客的首页背景。

“刘导，我们俩是讲话，还是望着你？”

“别讲话，别望我，一个往左望，一个往右望。”

这是在玄湖樱州。安娜、梅清穿着长裙，戴着礼帽，披着有流苏母亲八十岁时，我想替她拍一组照片留作纪念。电话和母亲联系后她很高兴地答应了。记得刚开始接触摄影时屡次想帮她拍照都被她一口拒绝，她说自己长得不好看，没有信心照相。

一次趁她不注意我偷拍了一张，效果不错。我拿给她看。母亲高度近视，看了半天问我："咦，这是谁呀？笑得这么开心哪。"神情充满了疑惑。

我说："这不是你吗？"

"啊——"母亲又一次睁大了眼睛对着屏幕又认真仔细看了起来，"是我吗，怎么不像我？比我好看嘛。"

"因为你笑了，所以好看呗。"我说。

确定真的是自己后，母亲说："我看这人怎么那么面熟，像在哪见过似的。这人笑得蛮美的哎，我有这么美啊？"母亲还是不敢相信。"这……这真的是我啊？"但此后便一发而不可收，凡是来我家便要问下，"哎，今天还照相啊？"要么是，"哎，我们今天照相吧。"

那天是个星期天，我准备带她去江边拍照，所以想先在家试一下准备拍照时穿的服装效果。我把我新做的一条黑色连衣裙给母亲穿上，给她戴上镶有花边的帽子，脖子上系一条蓝色小方巾，然后让她拿把黑伞当拐棍用。

母亲非常配合并不时纠正我的不足。她让我把她坐、站和走动的状态先各拍一张，她再进行比较。然后告诉我，她的某一个状态她很满意，在江边就照这个感觉来拍。

吃饭时，我让母亲先把衣裙脱下，因为吃饭穿长袖衣裙不是很方便。母亲犹豫了一会儿，忽然说道："哎哎对了，我侧面还没拍呢，来来来，给我拍张侧面。"一边说一边拿着拐棍坐在藤椅上，很有腔调地用两手握着拐棍，不苟言笑望着前方，说："来，快拍。"

拍完，我再一次劝她把衣服脱下，母亲仍是不理会我，从书架上拿起一本书径自走到窗户前指着垂挂的绿色植物对我说，在这拍一张，完全没有吃饭的意思。拍完，我再次让她脱下衣服去吃饭时，我已经有点不耐烦了，说话的语气显得急躁起来。

母亲突然扭捏起来，低着头，用手整理着衣裙，用低低的带着商量的口吻问我："我……我能不能不脱下这裙子……我不会搞脏的，不影响吃饭的……我会小心的。"

看着母亲认真渴望几近恳求的神态，我一下子明白了。母亲喜欢身上这件裙子呢，而且是很喜欢的样子。她不想脱下来，但又不好意思说，借故拍照拖延时间。这一切多像一个害羞又爱美的小姑娘的举止啊！

在场的女儿、侄女、姐姐同时明白了过来，相互递着眼神偷笑。就这样，母亲心满意足地穿着她喜欢的裙子吃完了饭。饭桌上她努力挺直腰，始终微笑着说话，吃饭的速度很慢。举止和平常很不一样，看得出她想让自己优雅起来，和裙子一样漂亮。

那天在江边拍的图片，母亲很满意，让我做个小相册给她。这个八十多岁的"小姑娘"告诉我，她要在她的老姐妹面前"嘚瑟嘚瑟"。

Photography and I

Chapter

'07 我的影展

2015 年 10 月，我在家办了一场影展。地方太小，被邀请的朋友们只能分批来。这场影展历时一个月。

我给影展取了名字——患焦虑症的女人。

女儿为我设计了影展的欢迎卡片，卡面上有三张她为我画的自画像，右侧是一首我写的诗。应该说，我的影展是在生活焦头烂额、一片狼藉的情况下开展的。因为在我拿起相机开始摄影的这五六年，正是我人生最灰暗、无助的时候。这也是我为影展取名“患焦虑症的女人”之由。

影展定在 10 月。

9 月初，我开始忙碌。选片、调片、洗片，穿梭于家与市区之间。选片不是最难的，最纠结的是选框。一个 12 寸相框 30 元，以 100 张相片为算，光买相框这一项就需 3000 元，再加上洗放相片、场地，计划中要配备的食物、花卉、饰物，等等。唉，要花好多钱啊！

我自己是个怕麻烦的人，情绪有时候也会不稳定，自然地，我想到了放弃。当我稍微向女儿流露出这样念头的时候，女儿当即表示不同意。

“怎么能不办呢？你就是太懒了！准备的过程也是很有乐趣的嘛！我们一起讨论啊！”随后，她狡黠地一笑，“妈，你是不是内心超级想听我这样说，给你鼓鼓劲哪？”

我笑了。继续！

在整个 9 月里，我基本上每天都在外面奔波，为了买到适宜的相框，我在各大市场转悠，寻找、比较、衡量，像一个精打细算的生意人那般和更精明的老板们讨价还价。回到家，又在女儿的帮助下，摸索着网购，看看网上有什么更好的选择。

当时的总体思路是，相框以木质为主，接着再比较相框颜色、样式和质感。我们计划着尽可能用最少的钱买到最合适的相框，力求经济实惠。对于我这一贯求简单方式生活、拒绝繁复的人来讲，这是一个庞大而麻烦的工程。后来我选定了一种杉木材质、颜色古朴、价钱在 8 元至 12 元间的相框。最后又看中另外一种 6 块钱，色调更加复古的木质框。我生怕别人买走，急急地挑选了自己需要的数量后就叫老板帮忙包装起来。实在太得意，我在店里就忍不住给女儿打电话，汇报自己的“战况”。女儿在电话那头哈哈地笑，卖相框的老板边包装边用善意好奇的目光打量着我。我想，捡到大便宜应该是最能让我迅速恢复精气神的事情。

相框搞定，后面就是装片。将你亲自拍摄并颇为得意的相片，装在你精心挑选同样喜欢的相框里，看着成品，会有一种重新认识自己、欣赏自己的感觉。记得我当时刚买完相框回到家，虽然累得想直接躺倒，但还是拆完一个相框的包装，就迫不及待地装进一张选好的相片。

摆客厅的这面墙上，还是阳台这个小角落？要不，就放在地上，到时候铺一条黄格子的毯子，肯定好看！哎呀，万一有人没留神，一不小心踢倒了呢？如果这样，那个人肯定很窘迫吧！他肯定会忙不迭地把相框扶起来，说不好意思！真不好意思！我就会很大度地说：“是我放的地方不对，是我不好意思！”

脑海里的这出戏还没演完，女儿走过来问我：“妈，你笑什么？”

我有点莫名其妙，说：“我没笑啊？”我当时真没察觉自己在笑。

女儿说：“咦——还说没笑呢，我已经观察你好一会儿啦，你一直在笑呢。”

“啊，是吗？”不知不觉的笑也是很好的啊，我心满意足地想。

“是不是很开心啊？”女儿坐在我旁边一边帮我装相框一边歪着头又问我。

“是啊，我很开心！”我由衷地说。若不是女儿大力鼓励支持，我想我是没机会享受这份成就感、快乐的。

“妈妈好长时间没这么高兴了，这要谢谢你！”望着女儿同样开心的笑脸，我发自肺腑地说道。其实我还想对女儿说，对不起，之前，妈妈给你添了很多麻烦，让你担惊受怕，让你不开心。妈妈会变得越来越强大的。

最后是影展的环境布置，这有点像我拍片的过程。

找到一个好景，脑海里便立刻有了自己进入这个景的画面，人站在哪一个位置最平衡，更有美感，应该是什么动作、表情，来找一个并不存在但我自己能感受得到的大概的视觉效果图，其实就是构图。布置场景也是这样，先在脑海里设计，确定可行，就 OK。然后开始爬上爬下用蓝丁胶粘相框，布置饰物及花草。

有时设计好的场景和实际摆放后的效果会有落差，这就需要重新设计、重新摆放。这个过程也挺麻烦。特别是相框，要重新从墙上扒下来，扒完后的墙壁因为蓝丁胶很强的黏性而落下疤痕，就得用另一种饰物来掩饰，还要恰到好处……或用粉刷重新修补。

由于地方小，还有一部分相框被放在卧室的大床上展览。晚上睡觉前收起，白天再排放在床上。阳台上也放了一些，但展览的空间还是以客厅为主。

因为是在家里展览，为了适应家里的气氛，使展览风格更生活化，我选择了大小不一的相框，把给女儿做的小碎花连衣裙，一些平常用的草帽，一些带有装饰意味的瓶瓶罐罐，拍照用的马灯，生活中常用的草编包，和我几十年前的线绣画，做的民族风手包，及窗台上的花草，绿色百叶窗，藤篮，军用弹药箱，等等，以及被我重新刷上红漆的那个从外面捡回来的木质人字梯，全部被我用来当作衬托气氛的饰物，装扮在影展中。

布展期间，每当我看到别人不要的旧家什总会两眼放光，心想自己会从里面捡到什么可以作饰物的宝贝。那个大梯子先是被我刷成了绿色，不得不说相当难看，特别是配着家里的其他颜色，显得整体色调沉闷压抑。于是我又把它刷成了红色。很满意！好看极了！可是味儿实在太大，没等我好好欣赏就在女儿的强烈催促下搬到楼下晾晒去了。好担心有人会看中我这新刷的梯子，趁个月黑风高之夜悄悄搬了去，不过能看中这梯子的人想必眼光也不会差到哪里去，或许和我是同道中人呢。不过，还是舍不得给这个幻想出来的人啊。所以我有事没事总忍不住趴在窗户前盯着楼下看。

当初选择在家里办影展，更多的是出自经济上的考虑，二来觉得这样更好掌控。邀请者都是我一对一的发邀请函，基本上都是摄影界的熟人朋友。大家来赴影展之约，也是来我家的一次做客，结合家里的布置摆设，再看看各处的照片，我希望这对于我的客人们是一次有趣的体验。这不仅仅是场影展，也是展示我个人对美好生活的一种理解，更是我追求我所向往的生活的一次行动。

忙忙碌碌一个月。终于，在这个老旧的小区里，在这个不大的房子里开展了。没有开幕式，没有前言，没有红地毯，没有熙攘的人流，没有高大上的身影。莎拉布莱曼的《毕业歌》在小小的展厅里悠扬飘荡。

十月六日这天，我的影展开始了，连邻居们都不知道。

我在窄小的门厅前，迎来了我的朋友。那些给予我真诚肯定、热情鼓励的朋友。他们也是我镜头里出现最多的人、最普通的人。我为他们写了一首诗，就印在我的邀请函上。影展当天，不知怎的我突然兴奋起来，在他们面前大声地读了这首我自己在家已经读过很多次的诗——

我爱你们

所有在我镜头里的你们

都是我这一生的艳遇

都是我至亲至爱的朋友

都是我热情澎湃，斗志昂扬的源泉

我愿意敞露我所有的情绪

或丑或恨

或爱或美

在你们——

我喜欢的朋友面前。

我好快乐。

看到朋友们欣喜真诚的眼神，我觉得一切都值了。

大象老师是我的一位摄影圈的朋友，他看完影展回去后写了这样一篇文字：

“当我们迈着轻轻的脚步进入刘瑶老师的家，犹如走进一座家庭博览会的艺术殿堂。窗户外一排排花卉争奇斗艳，室内四壁悬挂女主人的多顶形状各异的礼帽和自己缝制的布拉吉，近百幅加框的摄影作品尤为震撼，彰显刘瑶老师的喜好！

进门签到后领取类似书签一样的答谢卡，可以看出刘瑶老师的重视度。柔和的灯光、精选的摆饰、时尚的工艺美术品折射出女主人渴求生活的艺术品位。一幅幅蕴藏故事的摄影作品像一个个剧本的封面画。许多室内完成的黑白影像犹如我年轻时阅读过的巴尔扎克系列著作中描写风情万种桀骜不驯的西方贵夫人的木刻插图，有的人物特写的神情表现夸张又像金庸先生笔下的女魔头……生活是多彩的，特别的是刘瑶老师的精神生活更加绚丽。大对比、大色块在人物作品中的运用既是摄影人情感的宣泄，在技法上得心应手，甚至令阅者窒息，

又闪烁刘氏摄影的强烈个性！”

我觉得自己的影展没有大象老师说的那么好，得到这样高的评价，很感动，也很不好意思。但是我偷偷地把这段文字保存了下来。这都是美丽的，可贵的，值得珍藏的宝物啊！

影展最后一批客人，是女儿插画圈的朋友和老师，这是我为之骄傲的又一群人。那时已经接近影展的尾声了，虽然精力已经耗费不少，但是当女儿敲定好时间，迎接这帮客人的时候，我又像打了鸡血一般，激动，愉快，雀跃起来！

我从小就喜欢会画画的人，女儿终于从事了她向往的同时为我所喜爱的职业。画画是那么浪漫的事情，家里竟然来了那么多画画的人，怎么能叫人不欢呼呢？年轻人彼此都认识，但和我都是初次见面，所以都有些客气拘谨。最后，我提出大合照。当然，合照要以我最擅长的方式——自拍。

于是我架起三脚架，固定好照相机，大家开始做鬼脸，摆造型。好像不过瘾，我又拿出帽子方巾供他们挑选。有的人自己搭配个造型，对着镜子摆弄一番；有的人不知如何下手，我就给点建议。就像被施了魔法一般，大家又蹦又跳，笑得东倒西歪。照片里的人闭眼了，或者是谁的表情姿势很囧，都能激起一阵阵的笑的旋风。

那一刻，我觉得自己和他们一样年轻。

这帮年轻人临走前，有个女孩子笑着说：“我的妈呀，今天笑太多，累死我了……”

哈哈哈哈，谢谢，谢谢！

Chapter

' 08

Photography and I

请找回你曾经失落的看世界的样子

有人说我的片子带有故事感，问我怎么拍出来的，想表现什么，为什么要这样表现。我很急，很慌乱。我很想像大师般把拍它的来龙去脉说得天花乱坠，让人驻足耸肩惊叹。但我说不上来。不仅仅是因

the
Sunshine
这会儿的
太阳
is so
Warm
好温暖
Now

为笨嘴拙舌，确实也没什么好展开说的。

真的，我只是想那样拍。

觉得那样舒服或那样漂亮，挺美的，那样构图不错。大多数的画面神态也都是即兴而为，我就是觉得那种感觉好，我喜欢，没有想很多。拍出自己满意的片子后，感觉自己就是在画画，在写诗，在演戏。释放出了一些情绪。里面的主人公又大都是自己和自己喜欢的人，所以心情愉悦而满足。

但是，当看到有朋友留言说我的图片是“一生的诉说”时，我被触动了。我静下心重新审视我拍的那些图片，惊讶地发现，那些在静处奔跑的不安回望，那匆匆经过某处留下的惊恐的眼神，那傲慢不屈扬起的下巴，那在孤单伤感的气氛中躲在角落里阅读的身影，那光影中美丽的水杉林子里的红裙女人，那略带伤感的风景、人像，等等，无不透露出我这一生的过往心境。

原来，这些不安、孤独、害怕、向往、不屈、憧憬、彷徨、委屈、茫然、伤感、愤怒、喜欢，还有爱，这些所有经过我人生并落下深痕的情愫，它们，它们还在原地。它们从没有离开我的灵魂，没有随着时间消失，而是随着岁月的更迭更多地堆积起来。它们坚定地扎根在我心底，等着机会释放或爆发。

我明白了，那些图片之所以能那样自然地表现，它是有出处的。我想，这么多年正是因为精神上一直孤独着，找不到可以倾诉内心的人，五味杂陈的内心却又因为活着而一直存在，并膨胀着，递增着。直到有一天，摄影来了。它说它愿意陪我到老并愿意听我倾诉。所以，就那么突然地，摄影，让我日益膨胀的各种情绪得以畅快地释放，在不知不觉中以摄影的形式述说着自己的故事——

看见朋友给我留言：老了，请找回你曾经失落的，看世界的样子。

忽然我就热泪盈眶了，发现自己已找回自己曾经失落的，看世界的样子。

Part.3 在病中

Chapter

'01

During Illness

3号床的陪护女人

“小时候穷，那时候哪有什么卫生棉啊，卫生纸也么得用哎。”女人操着一口南京土话，每说完一段话，嘴角就向上揪在一起，莫名其妙地朝我翻个白眼，然后歪着头摇两下。她看我没反应又道，“我们家女娃多，大姨妈来，可怜哦，么得钱买卫生纸呃，就去撕床上棉花胎用哎。”女人说完不知为何扑哧笑了起来，我想可能是她眼前浮现了棉花胎被她的姐妹撕扯下的狼狈样。

“小时候春游，么得裤子穿，怎么办，就穿裤头去，还高兴得不得了！”女人一脸的灿烂，满脸绽放着孩子般的笑意，语速极快并散发着浓浓的兴高采烈的情绪说道。我非常嫉妒她的心态。

“你吃啊你！”女人突然大声叫起来，吓我一跳，旁边的男人也说着脏话对着病床上的老太太大声吼叫着。老太太不知是不知所以然，还是习惯了他们的狰狞，笑着说：“不想吃哎。”

母亲在旁边很难过，很气不过地说：“她是病人，你们要轻声细语与她说话，她听不见，你们做媳妇、儿子的不要嫌烦，用写字方式与她交流不行吗？”

“你问她个识字啊。”男人仿佛在说一个路人，语气非常不耐烦，令我生厌。女人看出我与母亲对她们的反感，委屈地说：“哎呀，么得办法哎，我们以前不这样哎，我们不大声讲，她听不见哎，老太固执又听不见，我们么得办法与她沟通说话，急人哩！”

女人不丑，有着让我患红眼病的皮肤，白里透红，细嫩细嫩的，还有年轻的面相。她说她五十岁了，这让我很是吃惊，自尊心严重受到打击，又一次嫉妒。女人很健谈，七大姑八大姨，过去的辛酸如今的自在，都让她津津乐道。慢慢地，放下矜持，我也张三李四王二麻子地与她天花乱坠聊起来。

想到母亲出院，谁也就不认识谁了，于是说话也放肆了许多，有了一种很久没有的畅言痛快感。

Chapter

'02

During Illness

『二进宫』

2010 年 8 月，一次无意间的 B 超检查，我被诊断疑似乳腺癌。当时医生直白地对我说，你早开刀一年，就能多活五年。医生没有一丁点犹豫，说得非常干脆，没有容我有侥幸想法的余地。这让我惊慌失措，只求早点开刀。

很快，我住进了医院。万幸，只是个纤维瘤，一个星期后我就出院了。同年的 12 月，也就是四个月后，我又一次经历了惊恐。依然是一次 B 超，胆囊发现有阴影有回声。情况不妙。

我再一次被吓到，鉴于上次经历，我不相信自己会得癌，但我又害怕那个“万一”。为了确诊，在医生的建议下又去另一家医院看。我当时带了 1500 元，医生开的检查单费用 1300 元。

有个好心的医生提醒我，说我的费用已可享受“门统”。让我去社区医院转个关系再来交费，这样可以少交费，比如 100 元的费用，个人只需交 25 元就行。我第一次听说“门统”这事，当时非常感激她。因为这几年往医院跑得太频繁了，已是囊中羞涩。所以这个信息对我太重要太及时了。以后的日子里，我一想起那个医生，想起她善意耐心的提醒，都会感激不已。

从 2010 年初拿起相机时，我就已经挣扎在更年期的烦躁焦虑心悸不安等各种症状中，这是一个女人最煎熬的生理转折期。加之这期间家庭再次遭到变故，整个人被绝望、愤怒包围着。惶恐而不知所措。

生活状况非常糟糕，在那些压抑得让人要疯掉的日子里，一切不良情绪又找不到出口释放，我被折磨得无法正常睡眠，整天昏昏沉沉，记忆力快速下降。脑子里充塞了各种消极的想法，它们轮换着叫嚣着折磨着逼迫着我，这也是我为影展起名“患焦虑症的女人”

的原因。

我对焦虑症实在是太有体会了。在去社区医院转关系的路上，整个人是飘着去的，深一脚浅一脚，摇摇晃晃。心里对自己说：要不，就这样倒下算了。在社区医院办完手续后，我筋疲力尽。满腹的委屈涌上来，躲在社区医院的拐角处，背过身子，使劲地哭了起来。

哭完，心里轻松多了。我重新回到医院的五楼等待 B 超检查。

一个女医生歪着很厉害的八字脚，哼着歌大大咧咧向我走来，递过一个单子，询问和我一起来的家属在哪儿，说是要家属签字。我说就我一个人，她便把单子递到我面前让我签字。我一看内容，是做 B 超时，要在手腕静脉处打一种药水，可能有一些反应会危及生命，医院不承担责任，云云。我紧张起来，满脑子都是“万一我死在手术台上怎么办”的想法。

我拒绝签字。

医生说，不签字就不能做 B 超。

不做 B 超，我胆囊上那团带有回声的阴影就没法确定是什么，是好是坏，做 B 超，又有危险。怎么办？怎么办？我又焦虑起来。在走廊上慌里慌张，不知所措，不停地走来走去。不知从什么时候起，我已不再是个有主见的人，是个极度敏感，一有风吹草动就惊慌失措的女人。

才一会儿，脚上开始发麻，然后是腿、膀子、手，直至后背。如同水闸打开，一阵阵热流往上涌。我闷得慌，边大口喘着气边捶打着胸脯向窗户走去。站在窗前我努力让自己保持镇静，嘴里不停地念叨着“阿弥陀佛”，十指插入头发里不停地来回梳挠着……

可那些症状，还有让我害怕让我想逃走想躲开的那些不良情绪，这会儿都那么猛烈地集中向我压来，撕裂着我。我在心里喊着，走开，走开！我发觉我摆脱不掉它们，这让我心里更慌。那时，我唯一拥有的是思想还清醒，心里还明白。可我还是好害怕，好紧张无助。

我最害怕担心的是自己突然一糊涂就跳了下去，或突然精神分裂，谁也不认识了，然后自言自语，然后然后……我不敢想了。可又收不住地去想那些……我身体颤抖着，闭着眼睛。紧抓住窗台的双手全是汗水。

“不，不啊。我不想死，我不想得精神病，我不想在大街上自言自语……”我在心里对自己说，“我不能这样下去，得找个人来救救我。我需要帮助，需要有人来听我说话，来听我倾诉。” 我快速地想着。

我知道我只要把闷在心里的那些找不到人说的话说出来就好，就不累了，就轻松了，就解放了，就不再焦虑了。我知道这一切症状反应是因为我把自己压抑了太久——我太需要找个人来说话。

我向走廊望去，希望有人能注意到我，不管他是男的女的，老的少的。只要他看我，我就向他招手，让他过来。不管他爱不爱听，我都要说。我只管说好了，只要不是对着墙说，不是对着空气说，不是自言自语就好。说我那难以启齿的委屈，说我遭受的不公平待遇。

我还要哭，畅快淋漓地号啕大哭，我得把眼泪流出来，它们都是毒液，它们会害了我，会让我得癌症的。我要说，畅快淋漓地说，把委屈说出来。我不想再沉默，不再怕丢人，不想再委屈自己。

我，我不甘心遭遇的所有不幸。

我还有孩子，还有亲人，他们还需要我，我也需要他们。

走廊上不停地有人走过。他们和我一样地不安、焦虑。他们没有心思来看别人、关注别人。他们和我一样内心也渴望着他人的帮助和关心。他们匆匆忙忙走过我身边，一路带着风。走廊上那些坐在椅子上的人，他们很安静，和旁边的丈夫、妻子，抑或是朋友亲人，低眉细语地说着话。

没人注意我。我举目无亲，倍感孤独。但我还是从走廊的尽头看起，再看坐在走廊椅子上的那些人，然后看经过我身边的人。我希望他们能和我眼睛对视，能看见我脸上的泪，能看见我求助的眼神，能主动地询问我。

后来，我终于看见一个白发苍苍的很富态的老太太向我望来。她看见了我脸上的泪水，她露出了关切的神态，她犹犹豫豫向我走了过来。仿佛等待许久的亲人终于来了，我心里一阵激动后便是一股酸楚涌上来，上去抓住她白净的胖乎乎的手说道：“我，好累啊。”

她有点惊讶，她的手在我的手心里颤抖了一下，眉毛也跟着跳了一下。我不在乎她对我举止的反应，只感觉她好亲切，我竟有点想喊她一声妈。

我好累，我好害怕！我泣不成声地对着她说了一遍又一遍。

在医院的走廊上，我就像一个虚弱的、奄奄一息的落水者，忽然抓到根救命稻草一样，就那么在一个陌生的老人面前哭诉了起来。像祥林嫂般，絮絮叨叨，语无伦次，说着心中的委屈，盼望着她安慰我，能给我解惑，陪我说说话。

“B 超诊断，胆囊上长了一个瘤。但无法确定恶性良性。只有开刀后做病理化验才能确诊。”帮我做 B 超的医生告诉我。我心情低落，拿着报告单下楼去找主治医生。

“一定要开刀吗？”我惴惴不安地递过报告单，问主治医生。

“要开刀。”他望也没望我，看完报告单又递还给我。

“不可以保守治疗吗？”我不甘心又问，好希望他这会儿能耐心和我这个病人说话。

“不可以。”他毫无表情地望了我一眼，好像我问的话有点多余。可我急着想和他聊聊病情。希望他能给些医疗上的建议帮助，语言上的一些安慰。我太需要医生的安慰了。

接下来，我和医生的对话依然干巴，我问一句他答一句，没有想和我继续谈话的意思。

没有选择，没有退路。

为了活命，我再次开刀，再次住院。

当我从手术室被推回病房时，已从麻醉中清醒过来，开刀的还是那个主治医生。他的状态比之前要好，态度温和，笑容满面地对躺在病床上的我说："手术很成功，开得很及时，再长下去，有可能恶变。"稍停，他认真地俯下身子对我说："那个瘤已经有一分硬币大小了。"

不是恶瘤，太好了，我舒了口气，"谢谢医生。"我真诚地向他表示感谢。没胆的人很多，听说活得都挺好的……我从心里感觉轻松，觉得一个定时炸弹给拆除了。

出院一个礼拜后，我迫不及待地拿着相机去了东郊。

在东郊那块安静的，我称为小坝上的地方，我坐在草地上，靠着棵小树，闭着眼睛，晒着暖暖的太阳，一个人享受着安静和阳光。那些焦虑不安烦躁的一天到晚纠缠我的坏情绪也不知去了哪里，心情平静又惬意，感觉自己又活了过来，好像什么也没发生过哦，还是那个胡思乱想，喜欢做白日梦，整天忙忙碌碌，把居室折腾来折腾去的，拿着相机到处乱拍的女人。

在这个季节里

空气里飘荡着青草的香味

天，蓝得一尘不染

云，也白得单纯

风拂过脸颊

就仿佛是恋人的亲吻

一种惬意

让心变得暧昧……

在这个季节里

我，就停在你的不远处

被收拾过的心情

染上了诗情画意

守着这份心境

知道吗？

我，在等你……

我低声吟诵着，这是那年春天写的。也是在东郊，也是一个人出来拍片。那天天气好，我背着架子和相机还有一包道具，从琵琶湖一路拍摄到灵谷寺，下午又从灵谷寺走回琵琶湖。我坐在琵琶湖边那个搭在水里的木台上，闻着青草味，看着那个又大又圆、红彤彤的落日渐渐消失在城墙后面。看着金色的晚霞渐渐淡去最后变成了深灰色，看着小鸟一只又一只归巢，消失在茂盛的梧桐叶里，听着它们在巢穴里叽叽喳喳，商量着明天的日子直到天黑……

我感觉脸上温热，用手一摸，是泪水。

我哭了。

我是个多愁善感的人，这个我从小就知道。我不喜欢这个气质，它让我累。但我又没能力和与生俱来的东西去抗争。我拿起手机给女儿打电话，有点不好意思但又抑制不住情绪地说：“笑啊，这会儿太阳好温暖，妈妈这会儿好想谈恋爱……”

电话里传来女儿咯咯的笑声，“好啊……”她说。

Chapter

03

During Illness

『三进宫』

2015年12月31号，在家庭影展过去两个月后，在一些媒体找我上节目或采访拍片拍广告的同时，癌也千方百计找到了我。那天，我被确诊为甲状腺体非典型病变。

我终于还是与癌有了“干戈”，有了“不解之缘”，有了“相逢”的这天。我没有躲过去，七绕八绕还是撞了上去。我除了再一次被惶恐、焦虑这些情绪折磨得几近崩溃，就是很努力艰难地说服自己冷静下来，面对现实。

因为我还想活，还想好好地活。

之所以很努力地说服自己，是因为我有过不想活下去的念头。这几年，我的身体就像个定时炸弹，不知什么时候就会炸。我没勇气再过那种时不时担惊受怕的日子，没勇气在以后的生活里，在病痛摧残下苟且地、痛苦地、没有质量地活着。我没有勇气让亲人、朋友看见我狼狈的、一蹶不振的样子。

我太累了。

杨大妹子是我对15床病人的昵称。她是江北人。

第一次见到她时，她半靠在15号病床上，穿着黑色羽绒服，头发染的是街上流行的棕黄色。脸黑红黑红的，能感觉她脸上的黑是硬晒黑的，她原来的肤色应该是较白的。睁着双漂亮的大眼睛，下巴略往里收，眼睛略往上瞧着我。嘴角带着友善的有些腼腆的笑意，望向拖着住院用具，走进病房的我。

那一会儿，我忽觉得她神似戴安娜王妃——她的笑，她望着我的神态。

“你……15床？”我一眼扫到她半掩在领口里的粗脖子。不知为什么我选择主动和她打招呼，这和平常我被动型的人格不一样。或许是她的笑容感染了我，也或许是上一次生病让我知道学会主动与人交流说话的重要性。

“嗯。”她仍然一副害羞的模样，低声应道，但眼睛没有离开我，并在我身上下打量着。

“你定在哪天开刀？”我一边往床头柜放瓶瓶罐罐一边问她。

“我也是今天刚到，还不知道。”她说着一口江北活。

等我从护士站登完记再回到病房，就看见她一边收拾床头柜上的用具，一边气急败坏说着话，判若两人，颠覆了我之前对她的好印象。

“不要再偷吃猪头肉，韭菜，还有茄子，不然淋巴发起来疼死你。”她说得咬牙切齿，语气透着急切的担心。

“你烦死了，不吃不吃哎。”窗户那头一个男人的声音传来。

我才发现窗前的沙发上不知什么时候坐着一位穿一身黑衣的瘦小男人。他望了我一眼，但没有打招呼，大概不好意思，双手抱着头，并低下头去。

“衣服不要洗，等我回去再洗，”她背着身子，不知道我进来，继续说。

“靠近二姑家那块地不要浇大粪了，我昨天浇过了。你别再浇第二次了，闪了腰，我在医院没得办法照顾你。”她自顾自说着。男人坐不住了，站起来，“你就不要瞎操心了，安心住院，烦那么多干什么。”男人待不下去了，不耐烦地逃一样地快步走了出去。

“你又上哪儿去啊？”女人看男人走，追了出去。但男人没有理她。女人终于看见了我，愣了一下。

“唉，不跟他交代下，他不知道，到时候他会瞎搞。”女人解释说。

“他是我老公。”她又加了一句。说完，像之前那般腼腆地笑了。好看，她又回到我刚才见到她时的样子。人的表情真是太丰富了，刚刚还像个“母夜叉”，这会儿又像个不谙人事的小姑娘。

“他淋巴发起来好大的，”女人用手在脖子下比画着接着说，“胀得红红的，吓人呢。”

“呀！”我被她形容得有点害怕，因为我知道淋巴是个让人敏感的东西，“为什么不去看呢？”

“看了，没什么事，就是不能吃发物，一吃就发。”女人说。

“我怕我不在家，他会偷吃，到时没人管他哎，发起来他就疼得乱叫哦。”她说这些时，呈现一脸的痛苦相，仿佛疼痛的是她自己。看她那样，我也下意识地用手摸着脖子，好像我脖子这块也疼起来了。

“唉，烦死咯，他一不疼就不自觉咯，就瞎吃，怎么办呢。”她皱着眉叹着气，焦灼得无可奈何。女人担心因为她住院而不能像往常那样能够照顾到她的老公，她一边骂着烦着这个男人，一边又不自觉地显示出对这个男人的心疼和担心。那一会儿，我内心是很羡慕她的。她有个被她用这种方式爱着疼着的男人。

女人嘴唇很薄，一直在说着话，似乎没有在病房应保持安静的概念。我本就是个寡言的人，加上情绪低落，又有点累，就想休息，对女人的问话开始打哈哈。女人有眼色，不再唠叨，走出病房。一会儿，迷糊中，我听见外面走廊上，她和一个女人在说话，是那些家长里短的闲语。

再醒来时，天已暗下来。

女人坐在床沿，满脸笑容望着我，好像在等我醒来。

“20 号床有个小姑娘淋巴上都有癌细胞了，才 15 岁哎，”她神秘兮兮地压低着嗓门把头靠近我说，“我见她妈妈在走廊上哭哦。”

一会儿，她又神气活现地说，“乖乖，小姑娘心态比我都要好，笑呵呵的，一点都不怕。”然后是一脸欣赏崇拜样地发愣。她可能在想小姑娘快乐的画面。“12 号床是苏北来的，和你一样大，不过，她看起来比你年轻，你有点憔悴。”她自顾自说道。

“她一个人来开刀哦，”她脸上满是佩服的神情，“她老公去年走了，儿子媳妇都在英国……”

她事无巨细，饶有兴致地给我说着。显然，这都是在我睡觉时，她去别的病房听来的。我有点烦，但更多的是羡慕她的性格。刚来就主动和其他病房的人打得火热。我也想，可我做不出来。我讨厌自己。

第二天一早醒来，我就看见女人很不安的样子。在床边走来走去。

“怎么办，怎么办？我‘大姨妈’要来了，还能开刀啊？”她问我。

“见红啦。”我问。

“是哎。”她答。

“我也不清楚，等医生来查房，问问。”我说。

一会儿有个护士来给她打了一针甲羟孕酮，可以让月经推后。到了下午，她变得焦灼起来。因为针打下去没有用。她不停地往护士站跑，每次回来除了烦躁就是沮丧。因为没人能给她一句让她能踏实安心的话。只说，再等等看。

“要不，干脆例假完了再来做手术。”我说。

“妈哎，那不烦死啦。不行不行。”她一脸不乐意。

“我住院嘛是找人才住进来的哎，不然还要等好久才排到我呢。”讲到后两句，她多少是有点得意的。这个我是有同感。我若不是找人，也要等四个月后才能开刀。这几年，患甲状腺疾病的人越来越多了，我有个摄友一家三口都有甲状腺问题。给我看病的那位医生，一天接待 120 多个病人，下午快两点钟才吃到中饭，经常待到天黑。病人之间还常因为加塞吵个不停。他一个星期只有一天门诊，其他时间都在手术台上。这个医生技术好，开的刀口漂亮，而且专开甲状腺癌，因此他的病人很多，大都是慕名而去的。

“妈的！”她急得粗话都出来了，“要不是这几个月疯长，影响了我喘气，我才不来开刀呢，都烦死咯！”她手摸着脖子说。

“我从来不看病，都没进过医院，头疼脑热扛扛就过去了。发高烧，在地里干活给太阳一晒，一出汗，烧就没得咯，看什么病啊，唉——”她不停地唉声叹气，对因为生病住院带来的不便而心烦意乱的。

“要是住在这边一直等‘大姨妈’完再开刀，乖乖，那又要多花好多钱哎。”她心疼地说。她不像我有医保。她是农村户口，没有医保，在这里的一切费用都是自费，多住一天就要多交一天费用，她不得不算计着。我看见了自己曾经也因为看病经济窘迫的影子，同情起她来，但也爱莫能助，只跟着她一块儿叹气。

“我已经交给医院一万元了。”她心疼地说，“哎哟，妈呀，烦死我咯。”她用右手使劲拍着大腿。住院费用让她在“大姨妈”问题上显得左右为难。

“那个手术台上还有男医生啊？”她突然问我。

“有……”以我前两次手术的经验，我确定地说。

“哎哟妈哎……”她叫起来，“这个多难看啊，这个多难看啊，我下面血糊糊地躺在那，多丑啊！”想着自己万一带着“大姨妈”做手术，旁边站着男医生该多难堪，她想象着那个场景，急得一会儿坐下一会儿站起。

“我马上回家去，我不开了。”她冲动地说。她在生自己的气。她无法忍受脑海里的画面，觉得自己在被凌辱，而且还是自己的责任。

我能理解她。没看过病没进过医院的她怎么会知道医院的规矩、手术室的方圆呢。“你打了麻药。到时什么都不知道，不用烦。”我安慰她，“再说，这是医院，一切都属正常现象。哪有什么难看之说？”

夜里，不知谁把空调开得太高，我和陪床的女儿都被热醒了，于是我把空调调低。结果天还没亮，大家又被冻醒了。杨大妹子叫着说脖子疼，腰也疼，说她有严重的颈椎病，一受凉颈椎就犯病还带着腰疼。她痛苦得在床上翻来翻去……不行，又下床用手在腰后左边揉揉右边弄弄，还是不行。陪床的女儿也说腰疼，我说要是有暖宝宝就好了。

"哎，我有我有。差点忘了。"杨大妹子一经我提醒，赶紧从床头柜里找出两张暖宝宝，全都递给我女儿，并执意要帮女儿往腰上贴。

"来的时候，特地抓了两张放进包里，都疼得忘掉了。"她说。

"你赶紧贴在自己脖子上吧。"这句话，我是满怀自责歉意对杨大妹子说的。我很惭愧，夜里是我要求调低空调的。她怕冷，明知自己不能受凉，却没有阻止我，也没有怪我，一句怨言也没有，还把仅有的两张暖宝宝都给我女儿用。

"等天亮让我女儿再去买，先别管她。"我很不好意思地说。最后，推搡了半天，一人用一张。我开始在心里叫她杨大妹子。我喜欢上了她，并羡慕她的性格——纯朴。她一言一行没有为了迎合左右而刻意去修饰的成分，完全是出于本能，纯朴得让我们毫无戒备心，让我们有安全感，让我们时时都轻松，自在。

我本该有的纯朴心去了哪里了呢？我当时就在心里问自己。

我手术后的第二天，杨大妹子也上了手术台。

她回到病房后，醒来的第一句话便是："哎哟妈哎，我睡了一觉，真舒服哎。"她无限幸福和享受的语气让在场的人都笑了。为大姨妈而生的烦恼焦虑，让她这两天处于半失眠状态，手术时的麻药过程让她好好地踏实地补了一觉。她有点兴奋。

一会儿，稀里哗啦来了好多人，男男女女老老少少，近十个人。小小的病房都塞满了，转身的地方也没了。都是来看望她的七大姑八大姨侄男侄女们，他们无所顾忌地大声说着话，互相谦让着让对方坐在病房里那张只能坐两个人的沙发上。他们在病房进进出出，像走亲戚一样自如，完全没有这是一个特殊环境的意识，和杨大妹子一样。

我因为喜欢杨大妹子，也自然地就宽容了和她相关的人和事，好在病房就我们两人住着。我虽然被吵得头疼，但还是高兴地和她的亲戚们打着招呼，让女儿拿出水果与她的家人分享。

她最终还是带着“大姨妈”做完了手术。

“看，担心了半天，还是平安过来了吧。”我说。

“哎，也烦不了啦。丢人就丢人吧。”她半闭着眼显得有气无力但却笑着说道。没有了刚进病房时的兴奋劲。我猜是被她的亲戚们给吵的。

我出院后的某一天，给她打电话：“喂，杨大妹子啊。你好吗？”

“嗯……还……好哎。你呢？”她吞吞吐吐，明显有心事。还没待我询问，她又说：“唉，我……那个……是……恶性哎……”

“啊……”我很吃惊。术前，在病症上她还是很乐观的。因为主治医生明确地告诉她，她的瘤子是良性的，割掉就行了，不像我手术前就被明确告知是恶性的，即便割掉了，也不能保证以后会不会转移。

“会不会弄错了？”我表示怀疑地问。我心里沉沉的，想着她之前操心她的丈夫，烦她的“大姨妈”，舍不得花钱，唯独不担心的那个粗脖子却出了意外，感觉人生无常，让人惶恐……我心里有些乱，但还是想着怎样去安慰她。我想起在手术后的当天下午，主刀医生查房时对我说，你是好的。他是指我手术现场病理即时检剖报告结果是良性的。因为太突然，我不敢相信。当时我只是呆呆愣愣地看着主治医生，直到他离开我也没说出一句话来。

当时心里有点闷，有点恍惚，有点迟钝。心里七上八下，又希望是真的，又觉得不可能，也没敢追着主刀医生问个究竟，害怕再一问又变成恶性的，混乱的思维让自己变得可悲而天真。

第二天，其他医生告知我的瘤是恶性，并带来了病理报告。还好有心理准备，之前就没太相信柳暗花明的好事会落在我身上，但还是赶紧让女儿去问主刀医生这一切究竟是怎么回事。

原来，他是把我和另一个病人弄混了。我很郁闷，但又无可奈何。记得在手术室外面等待手术时，我躺在推车上无意间听到两个医生的对话。大概意思是，有肿瘤患者家属拿着手术时的病理报告去其他医院病理科复查会诊后，又找到先前的主治医生要求赔偿损失。因为另一家医院的病理科专家认为手术病理报告所显示的数据样本还不具备确定此肿瘤为恶性的所有条件。那么已被当作恶性肿瘤医治的病人，心理与生理上所遭受的摧残，怎能让他和他的家人们不愤怒？纠纷自然就产生了。最让我惊讶的是其中一个医生说的话：即使是手术台上的病理报告有时也有百分之六的误差。

妈呀，还有这个说法。

我当时虽然是躺在手术车上闭着眼听，但还是惊得一下子睁开了眼，留有针头的手腕也不自觉地碰到了护栏。不知是不是自己听错了。因为，这个信息对我来说太意外、太震惊、太骇人了，也太让我有所想象和期待了。我，会不会是那百分之六啊？

我把这些所遭遇告诉了电话里的杨大妹子，意思是一切皆有可能——我们的瘤最终可能是恶性的也可能不是。其实就是想宽慰她。杨大妹听我说完，半天没说话，不知是不是和我一样，对自己的病有了幻想……

“烦不了咯，”最后她说，语气明快了许多，“反正刀也开过了，反正还得活下去哎。我们还是先把自己的心态调整好吧，这个才是重要的。”杨大妹子反过来安慰我，劝导我说：“我们以后做人做事都不要像以前那样心急咯，慢点又能怎样啊，也不要瞎操心咯，先把自己身体调好，其他烦不了咯。”

在互相鼓励中，我们互相道了再见。

Chapter

04

During Illness

小然

小然32岁，是广西女人，一个肺癌晚期患者。

住在上海某医院的她，一个月花去了医疗费50万元，最终还是被医院告知还剩三个月。中医馆的许医生把小然接到了南京，用传统中医手法对她进行医治。

三个月后，小然没有被死神带走。令她欢呼雀跃的是，所有与肺癌有关的指标都下来了。这两天，小然就要飞回广西，与半年多没见的三个儿女团聚去了。

初见小然，是在许医生诊室外的那个有很多裂缝的小操场上。

小然脚上穿着双粉红色棉拖鞋，身上穿着同样粉红色，但夹有绿色叶状的乡土气息浓郁的厚棉居家服，在操场上以乌龟爬行般的速度，慢吞吞地在那个水泥花坛旁来回绕着圈子。

花坛里有棵桂花树。当时正是十月桂花开的日子，空气里飞扬着沁人心脾的桂花香。小然停下，闭上眼，好像在吮吸桂花香。她睁开眼时，看见了站在台阶上，向她注目的，心情正抑郁着的我。她笑了，但她的笑容出人意料地缓慢，就如同电影里花卉打开时的慢镜头，缓缓地盛开。她的笑容非常友好，有着感染力，词穷的我，没法形容。反正我暗沉的心，那会忽然被阳光闪了似的，亮了一下。

我的回笑也很缓慢，甚至是勉强。我当时的状态很糟糕，是个风一吹就会倒下的病人，但我还是笑了。我注意到小然是单眼皮，眼睛虽不大，但亮晶晶的很有神。我莫名地感到失落，躲开了她的眼睛，向她身后的那辆红色小轿车望去。那里，车门敞开着，有一对情侣在相拥接吻，好像在告别，因为我见地上放着两个红色的旅行皮箱。

我感觉到小然一直在看我，眼睛一直在我身上转来转去。忍不住，我又向她望去。她神情有点冷，已没了笑容。见我望她，慢慢垂下眼皮，站在那，没有其他动作，像是在想什么。我发现她的脸颊很红很红，像五月初时，街上那些挑着担子的小贩沿街兜售的漂亮水灵的小红樱桃。这让我很羡慕，我的脸颊总是呈现病态的黄，当时也不知她那红晕其实是病症的极度反应，因为那会儿还不认识她呢。

小然的鼻头很尖，鼻梁也高，如果她是个双眼皮，就会洋气些，她甚至有点像我山东的堂姐。我胡思乱想着。

后来我每天在许医生那做针灸和诵佛经时，都能看见她。

她有时和我们一块诵经，诵完经我们便开始做针灸或艾灸，而她就还是那一身粉红在各个诊室走来走去，也不说话。她身上有股气息，是一种孤傲，还是忧伤？我说不好，好像都有。这气息浓浓的，它们朝我飘来，浸染着我的思绪。每当这时，我便会努力地去想第一次看见她时，她那个蛮灿烂的笑容，我开始有想了解她并亲近她的念头。

终于，有一天我忍不住问了许医生……

她叫小然，是个苦命的女人。从小不知何由被亲生母亲虐待，被关在猪圈里。在她奄奄一息时，被来探亲的舅舅发现了。舅舅把小然的妈妈，也就是他的亲姐姐狠狠地训了一顿，带着小然回到自己家里去生活。

认识小然后，我一度尝试着找机会探出她为何被亲生母亲如此对待，但犹犹豫豫，一直开不了口。这种伤疤，谁愿意去触碰呢，快快忘记都来不及呢。

小然结婚后，和丈夫共同打拼，挣得近两亿家产。好景不长，很快丈夫在外面玩起了女人。小然气啊，小然想不通呀。小然身边的人劝解小然，男人还是你的，心还在你这儿。

小然性情刚烈，眼里揉不进沙子，她坚决要求离婚，并愿意以净身出户为代价，要回了三个孩子的抚养权。然而，之前的那些愤怒、伤心、痛苦都没有因为离婚、拥有了三个孩子的抚养权而烟消云散。它们没有变成朝气蓬勃的太阳，它们都还郁结在心里，它们都变成了可怕的毒素，悄悄在小然的肺里落下了种子并发了芽。

很快，小然被查出了肺癌晚期。

她慌了，怕了，后悔了。那所谓的自尊，那盛气凌人的道德优势在这一刻不堪一击，不值一钱。她开始奔波在全国知名医院，开始进行各种煎熬的检查、治疗。

许医生歪着剪着小平头的大脑袋，眼睛里闪着聪慧的光芒对我说，当时他是作为专家被邀请去上海会诊，和小然一齐来会诊的还有其他三个肺癌晚期病人，但最后只有小然坚定地跟着他来到了南京。其他三人因为经济及其他原因继续在当地治疗。遗憾的是，就这一年，他们先后都离开了这个世界，最后一位是 8 月走的。

而小然依旧活着。许医生话里有几分得意，又有几分遗憾。

我听得出神，望着许医生保养得宜、白里透红的双颊，和那褐色的、任我探究的眼神在他脸上放肆地扫来扫去而不躲不藏、坦荡自信的双眸。这双眸透射着正能量，非常强大，让我有安全感，让我踏实，让我信任，觉得自己患多严重的病，许医生都会给治好。这种感觉让我整个人很轻松。

许医生军人出身，信佛。所以，我一点都不怀疑他的人品、医德。我甚至有一次情不自禁地喊他许菩萨。

“叫我老弟好了。”许医生亲切地笑着对我说。

其实甲状腺手术后，我情绪一直低落，又因为服用优甲乐，副作用挺大。心慌，失眠，拉肚子……于是，就开始疑心得这病，得那病。一个月我瘦了十几斤，被折磨得太累了。后来找到许医生，他诊了我的脉后，用了两个多小时，耐心地与我交谈。但我只记住了他下面几句话：你什么病都没有，只是寒湿重，脾胃弱，阳气弱。不急，一个星期我保你精神大变。

后来，真的很神奇，一个星期后，我真的好了，情绪开始积极向上，也不拉肚子了。乌拉！没人能够体会我轻松快乐的心情。

“可以写进书里吗？”我指小然的事。

“可……以呀。”犹豫了一下，许医生答应了，“但要用异地、化名。”许医生谨慎地交代我。我有股冲动，想让许医生被更多的病人认识，这样可以救更多人。也想让小然的故事被更多的女性朋友看见，也许同样可以“救”人。

Chapter

'

05

During Illness

苏娟

苏娟是中医馆里另一个病友，长得人高马大，打扮时尚。六十几岁的人，长发，烫着螺旋卷，染着西方人似的金色，上下衣着都是我陌生得叫不全也记不住的外国名牌。只是她那张过于沧桑的脸和一身的病把她身上的光鲜给彻底抹去了，哪怕她在人前聊起牌桌上的趣闻，以及她家那条金毛狗喜欢邻居那蜗居了十几年的老男人时，那么开心的大笑也掩饰不了她身上那时隐时现的悲凉和茫然。

我常见她一个人时，两眼无神，靠在门诊的玻璃门上，木讷地望着小然散步的那个小操场，只要没人打扰，她常常就这样一直发着愣。直到夕阳那点余晖，在她头顶上那漂亮洋气的蓬蓬卷发上忽闪忽闪，直到她那个瘸着腿的男人来接她回家。

苏娟男人的腿是让苏娟两个侄子打残的。那男人在外面有一个好了十几年的女人，而这十几年，苏娟用自己的方式吵、骂、打、闹，捍卫家庭。可她坚决不离婚。

有一天，她被告知得了乳腺癌。后来的几年里，她先后得了子宫癌、胆囊癌。亲朋好友都明白这是因何而得，但他们不敢在苏娟面前说，他们在背后气得跺着脚骂她七窍少一窍，不理解她为什么坚决不离婚。

娘家的两个人高马大的侄子气不过，有一天把苏娟的男人也就是他们的姨夫悄悄灌醉，拖至僻静处，一阵拳打脚踢。男人终于老实了，害怕了，他的一条腿被侄子们打断了。那个跟了他十几年，等了他十几年的女人也在某一天不声不响拿了他的 20 万存款走了。

“我的家还在，我男人还在啊。”苏娟常以胜利者的骄傲口吻对我说，接着就是一阵摇头晃脑的爽朗大笑。

“那女人除了偷了我家老周的几十万，啥也没捞到，哼，就是再跟别人家的男人，她也生不出个自己的孩子。”这话一出，先前对苏娟的恻隐之心瞬间消散。

因为曾有一次，苏娟告诉我，那女人因为子宫外囊肿已切除了子宫，就是说这个女人已不可能再拥有自己的孩子。这对于一个女人来讲是个严重的心理创伤，若不够强大，这将影响她一辈子啊！我对苏娟幸灾乐祸的神态挺反感，觉得她脸上那一道又一道的褶子和两个大眼袋这会儿丑陋得真讨人厌。对那个女人反倒同情起来……想着她拿走的那几十万一点也不多。

苏娟男人个子也高，总是一身白色运动衫，挺干净利落。若不是腿瘸，算是个有型的男人。但我一直没敢仔细瞧他的眼睛，我不忍心。因为第一次见到他时，我和他眼睛曾对视了几秒。那一刹那，我心忽地揪了一下。那是个让人心痛的眼神。

因为我可以看见他黑色，幽幽，且冷漠的双眸里，隐藏着一段痛彻心扉的过往。这是一个受了伤的男人才有可能流露出的绝望又不甘，无可奈何，又深陷其中的眼神。这眼神，不仅让我心痛，还有心碎的感觉。这是怎样一个男人？他一定有一段刻骨铭心的经历，一定不是苏娟告诉我的那些皮毛！我想。

每次看见苏娟男人一跛一瘸地来接她回去时，就见他走到门诊的台阶，停下，不再上去。然后用眼神示意台阶上，靠在门诊玻璃门上的，早已在等他的苏娟。

“我来接你了。”

苏娟也不说话，耷拉着脸，自己下了台阶。他们一前一后地走着。苏娟在前面，扬起头，走得很快，那男人在后面，低着头，跛着腿追着。但两人始终保持着约两米的距离。两人沉默着，没有交流，像两个陌生的路人似的，脸都紧绷绷的。

望着他们的背影，我在想，这就是苏娟誓死捍卫的婚姻，想要的夫妻关系吗？我内心充满了悲哀。对苏娟的悲哀，对生活的悲哀。这是你想要的吗？这是你想要的吗？有好几次，我在梦里拉扯着苏娟的膀子着急地这样问她。

过于倔强任性，却又不能自省，还有不知从何而来的，盛气凌人、不容置疑的道德优越感。这些是怎样固化了我们的观念，局限了我们的思维方式？让我们自以为是地去挑剔着别人，挑剔着这个社会，狭隘地去判定一个人的好和坏？然后毁掉自己作为一个女人本该美好的人生的？我现在常常想这个问题。因为小然，因为苏娟，因为自己，还因为我身边好多好多患癌的女性。

那天，到点了，苏娟的男人没像往常那样来接她回去。她在台阶上来回走着，一会儿向大门望去，一会儿又停下想着什么。不停地叹着气，显得很不安。

“他有事耽搁了吧？”苏娟竭力掩饰着情绪，眼神望着别处轻描淡写地对我说。

“担心了吧？”我问道。

或许是苏娟忽然发现自己心里原来这般舍不得，担心着这个男人。苏娟快速并很惊讶地望了我一眼。然后嘴就慢慢地张开，杵在那儿。

“啊。哼……”苏娟忽然就哭了起来，越哭声音越大，捂着脸，肩一抽一抽的。最后歇斯底里地喊叫起来：“我好委屈，我好恨自己啊！”

在操场上玩耍的几个小孩都惊讶地看过来，瞪着眼傻傻地望着哭得稀里哗啦的苏娟，不知发生了什么事。苏娟突然跑到许医生办公室里的佛台前，“咚”地跪下来，用手捶着胸脯一边说着她做的种种坏事，一边哭着，忏悔着，断断续续，上气不接下气。

苏娟的男人后来还是来了。他在办公室外面听了好一会儿，闭着眼，一直沉默着。是我告诉了他，苏娟在向菩萨忏悔呢。我认为他应该看到这情景，相信这对他们的关系只会好不会坏。因为听着苏娟在佛台前的哭诉、忏悔，我明白他们的恩怨，绝不是因某一个人的过错而起，其间当有不为人知的原委，而我所知道的只是表象而已。我感到苏娟的忏悔不仅是对自己内心的释放，也是对苏娟男人的一种安慰。

后来他走了进去，弯腰扶起已虚弱得躺在地上，双眼红肿，披头散发的还在低声呜咽着的苏娟。苏娟像喝醉了般，两腿打晃，整个人紧紧依靠在男人身上，两只手也紧紧抓住男人一只胳膊。男人的一只手绕过苏娟的后背扶着她的腰，而另一只手被苏娟紧紧抓住。所以，他显得很吃力，甚至狼狈地走出许医生的办公室。下了台阶，向大门走去。

我第一次目睹夫妻俩如此“恩爱”的背影。我觉得这是好兆头，但心里却有想哭的感觉。是感动得想哭，还是想起之前的他们那般互相折磨，遗憾得想哭？好像都有。

后来，再没见到苏娟来中医馆。

再后来，许医生告诉我，苏娟男人病了，苏娟去医院照顾她的男人去了。许医生悄悄说，苏娟男人的病是肝癌。我一听，惊骇得心都疼了起来。那个瘸着腿，总是一身白运动服，有着深黑色、冷漠双眸的男人。那个苏娟用生命爱着的男人。

他……他竟也得了肝癌吗？

“许医生，许医生，你一定要救他，你一定要救他啊。”我抓住许医生的手，急切地说。就因为那幽幽的，黑色的，冷漠的双眸，让我好怜悯这男人。这种怜悯也让我失了常态。

后来一段时间，我老是想象着苏娟和她男人恩爱的情景。他们牵手散步说笑，一块买菜逛街，过着安静的互相取暖的余生。那些折磨人的痛苦和彼此间的伤害，他们都忘了。他们都得了健忘症。多好啊，这个健忘症。

在渐渐老去的岁月里，在病痛面前，相信人们再也没有多余的时间，没有“亢奋”的斗志，去计较那些恩恩怨怨的事了。

Part.4
与女儿的日常

Chapter

01

My Daily Life with My Daughter

女儿胆小

女儿幼时，胆子很小，总是黏着我。我也总是担心因为自己的疏忽，她会被拐走。所以到哪儿我都牵着她的小手，基本上不让她离开我的视线。常安慰她，有妈呢，不怕。孩子爸爸带她出去玩回来晚了，我都会不安，胡思乱想，和她爸爸大吵。

在陌生，热闹的地方。我常故意大声对她说："笑啊，别乱跑啊，当心有老拐子。"以震慑附近有可能存在的居心叵测的人，告诉他们我是有准备的哦，我警惕着呢，别想使什么坏企图……

孩子再大点，上学了，我又怕她被同学欺负，就常对她悦，什么也不要怕，有妈呢。

一次，女儿算术没考好，我被老师叫到了学校。我当时穿着一套新做的小格子套装，式样在当时也算是时髦的。当我从后门走进教室时，我看见讲台上那个叫我来学校的女老师，用一种极不友善甚至有些恼羞成怒或者恶狠狠的眼神，边走边回头扫了我一眼。然后，径直扬起头向门外走去，丢下微笑张着嘴准备和她打招呼的我。

这情景女儿也看见了。当时，我明显感觉这个女老师很厌恶我那天的穿着。好像在说，你今天是来受批评的，应该灰头土脸对着我毕恭毕敬，穿这么漂亮干吗?

我随后也走出教室。到了办公室，我看见女儿小小的身子已站在那儿，可怜兮兮地低着头，夹在头顶上的那个我做的头饰因为低着头歪在了一边。整个状态让我心疼。

那个女老师坐在椅子上，跷着二郎腿凶巴巴地对女儿说着话，看也没看我。我微低着头，站在女儿旁边，没有吱声也没去看老师。女老师说了什么，我也没去听。心里想着怎样才能教训一下这个女老师，把她的张狂气焰打压下去。

我对这个老师印象一直都不太好。女儿常回来对我说，这老师三天两头用教棍和书本打她和同学。又一想，不行，我若教训了这老师，我是痛快了，女儿以后可要受罪了。而且以我这种性格也只会恶吵，聪明智慧的伎俩我也学不来。当时我和女儿就那样站着，挺伤自尊的。

出门时，我忽然对女儿说：“别怕，有妈呢。”声音很大，我自己都吓了一跳！但挺痛抉的。那位女老师一定也听见了。

过后我问女儿：“有没有吓到你呀？”女儿说：“没吓到我，我知道你会讲这话的。”

这事被定格在了女儿的回忆里。后来她常和我提起这事，表现出遗憾。这位老师没给她的童年留下一丁点儿美好印象，她本来可以让她的学生在成年后提起她时是怀揣感激、尊敬和喜欢的啊。

Chapter

My Daily Life with My Daughter

02

女儿 爱画画

这会儿的
太阳
好温暖

the Sunshine is so Warm Now

在女儿四岁时，我整理她的小书包，发现一图画本，里面有幅画：一个倒立的小人。

他的脸在使劲往上扬，一对小眼睛画得很靠上，靠近脑门，在努力地往上看，好像是想要看清自己的腿伸得直不直、高不高。还有小鼻子小嘴。

我一下子惊住了，画得好生动！

我知道女儿喜欢画画，但也只是知道她高兴时拿笔在纸上乱涂乱抹。我也没因此刻意去对孩子怎样怎样地培养，都是随她玩。但是这张……这张也太有模有样了。

“笑啊，你画的吗？”我异常激动，洋溢着开心的声音音调很高。正在聚精会神玩小手绢的女儿被吓到了，两只大眼有点愣愣地看着我，我忙放低声音又问了一遍。女儿分明感受到了我的高兴情绪，望着那幅画有点害羞地说：“嗯。”

“你怎么会画的呢，怎么突然就会画得这么好呢，幼儿园老师教的吗？”

我性子急，一连串地问道。

女儿说：“看电视里的。”

噢，我想起来，电视里前两天播过一场杂技。

小东西，不声不响的。

那一刻我感到欣喜和安慰，那一刻我预感这孩子的人生注定要与画画结缘了。

Chapter

03

My Daily Life with My Daughter

卖瓜人

晚上与女儿散步至天桥下，见一卖哈密瓜的地摊，走上前欲买。

卖瓜人一口东北话里带着二人转的油滑腔：“你俩咋这么像呢？”他指我和女儿，“你俩啥关系啊？”

我看出他是明知故问，但还是头脑一热说道：“姐妹俩。”

“耶！”他一脸的不屑，精彩的是后一句，他说：“你咋这么想年轻呢！”

我和女儿愣了一下，然后大笑起来，抱着哈密瓜一路笑回家。

他那个“你咋这么想年轻”的“想”字用得真好。

Chapter 04

这会儿的太阳好温暖

the Sunshine is so Warm Now

情绪左右着我们的思维方式

与女儿外出。

在一巷口，忽有一赤着上身，着一短裤，黑肤平头，胸口有一龙头文身的男子出现，下意识地我们往路边上靠了过去。

经过我们身边时，我和女儿清晰地听到他在唤“咪咪……猫咪……”那温柔的轻唤让我们震惊。

我和女儿同时回头望去。

我和女儿相视而笑。

我和女儿叽叽喳喳议论起这男子来。

Chapter

'05

My Daily Life
with
My Daughter

莫要浪费50元

今天与家人去外面洗浴。

过程中，家人说，哎，不对哎，我们应该先蒸后泡，这样才比较符合程序。

我说，没事，泡过再蒸，蒸过再泡，然后尝尽各种小吃睡一觉，醒来再去泡，50 元包你用到酣畅淋漓。

去时比较早，偌大的洗浴中心就我和女儿两人，5 个服务人员侍候着我们俩，很殷勤地递浴巾、递鞋子，用吹风机帮我们吹潮湿的头发。生平没享受过这般服务，表面若无其事，心里局促不安。江湖上的腐败、堕落是不是这样开始的？

服务员大都是外地人，只有一个是本地人。有一个山西来的女孩，在这工作了一年，她说她 29 岁了，可我看她像 19 岁，梳了一个足有两尺长的马尾辫，长着一对招人的小细眼，个不高。

祝福！女孩，你一定会往有阳光的地方走的。

在二楼的餐厅，正是吃中饭时间，我准备夹点芹菜皮肚，忽然四五人冲到我前面，原来服务员端上一盆红大虾。很快人散盆空，剩下一点酱油水在灯光下嘲笑般地望着我。

走时，望着一桌桌没吃完的剩菜点心，觉得自己贪婪，恶心。

吃完去四楼休息，看见有台球桌，拿起球杆胡乱捣了一下，不知为什么，那台球竟被我捣得有了弹力，像皮球样连跳两次。印象中，台球应该是滚过而非跳，不懂。

又操起乒乓球拍装模作样，其实只能“炒蚕豆”。

临走前又去洗浴，吃饭时太热了，大厅没开空调。

啊，丑陋啊丑陋，我是穷人，我要把 50 元用到极致。

Chapter

06

My Daily Life with My Daughter

悲剧

今天外出，车行至定淮门大桥等红灯，见一黑色小轿车的天窗被打开，有一彩色的小风车从里面冒了出来，然后是一只握着风车的肉乎乎的又白又嫩的小手伸了出来。风吹着，风车欢快地转着。

词穷，只能用大美来赞叹。

郁闷得要死要活，俺没带相机，悲剧。

回家时，发现出门忘了带钥匙，赶紧打电话给家人，哎呀不对，家人一早坐飞机去了大理……

手足无措，打电话找警察叔叔帮忙吧。

很快有锁匠飞奔至楼下，看见俺家大门竟一口报出家人姓名，纳闷，原来从青岛回南京的前一晚，家人也因没带钥匙请了这个锁匠来开门。

锁匠说，那次收了你家人 150 元，这次收你 100 吧。

乖乖交钱，回家才是正道。

女儿说，好一个二百五，哈哈。

女孩和哈瑞
My Daily Life with My Daughter
'07
Chapter
这会儿的太阳好温暖
the Sunshine is so Warm Now

我和女儿都喜欢狗狗，特别是牧羊犬、斑点狗之类。曾无数次想过，牵着又高又酷的斑点狗，穿着米黄色风衣，头上扎着黑底白点的头巾，在城市或郊外雪地里行走，该是多么有爱、温暖、诗意、孤独的意境啊。但担心负不起责任，没法给它我们原本想给它的生活，因为我们都缺乏足够的耐心，所以一直对别人的狗狗喜欢着，而不敢亲自抚养。

狗狗对喜欢它的人是敏感的，是心中有数的。

有一次在舅舅家，他家的牧羊犬莫名其妙地朝我身上扑来，沉沉地却掌控着很有分寸的力量，我能感受到它想表示亲热又不想吓到我的那种心态，同时，它忽然朝在场的母亲吼叫一声，母亲差点被吓到。

来之前我和母亲议论狗狗，我说喜欢，母亲说不喜欢，狗狗都感觉到了。它向我扑来是表示亲近，是说“我也喜欢你哎”之意。向母亲吼叫则是说“我也不喜欢你哦”。

这都是舅舅在旁边解读的，我很赞同。

有一次，女儿和同学坐在湖边玩，跑来一只牧羊犬，是毛很长、遮住眼睛的那种，起先它站在她们的前方望着，后又绕向她们的背面，在两人中间很使劲地挤出一些空隙，然后躺在她俩的腿上，竟然还是仰躺着，然后望望女儿，望望那个同学，看着她们聊天。

过了一会儿，狗狗主人来了，带走了它。

走了很远，狗狗又突然回头跑向她们，也是沉沉地扑向女儿然后跑开，并不时回头望着她们。

显然，狗狗是在打招呼——哎，我走了。

上面这狗狗是在颐和路拍片时遇见的，主人牵着它经过我们时，它停下了，和女儿对视了几秒，有种探询的意味。我和主人商量借我们拍一会儿片子，主人爽快地答应了。

狗狗叫哈瑞，很乖，和女儿在一起，像是久别重逢的朋友。

Chapter

'08

台湾行

My Daily Life with My Daughter

[1]

台北记

我对台湾的关注，源于陈水扁的贪污新闻。

那时，我几乎天天在网上看凤凰卫视还有央视四套里关于陈水扁事件的报道。陈文茜、尹乃菁、邱毅等名嘴也都是那时认识的，我喜欢听他们的评论——客观、敢说，总之耳目一新。如此正面的价值观，让我很振奋，对我的思想冲击很大。

台湾在我心里不再是旧时的印象。

我对台湾起了好奇心。

得知大陆居民赴台湾地区个人旅游开放后，我和女儿在 2013 年 6 月，兴致勃勃地开始了为期 14 天的台湾自由行。

在这 14 天里，没目睹过争吵、打闹和横冲直撞，以及无视公德的大声喧哗。我所接触的台湾民众都那么心平气和，回答问题也是那么彬彬有礼。

一次，我看见几个身着红马甲人士正议论什么事，我下意识举起相机就一阵咔嗒扫过去。

往回走时，感觉有人轻拍我的肩。回头一望，见一着红马甲男士，微笑着对我说："对不起，刚才你有拍我们吗？"

"是啊。"我也笑着回答。

“哦，那对不起，能把它们删掉吗？”他完全是商量的口吻，“他们不太愿意被拍。”他回身用手指着刚才那群人说。

“哦，那对不起，我删我删。”我赶紧当着他的面删掉了刚才所拍下的图像。

他向我挥手并快步朝那群人走去时，微笑着连说两遍：“谢谢，谢谢。”

记得一次在台北地铁站问路，对方也不清楚我们问的地方，但他没有抛下茫然的我们，而是让我们稍等他一会儿。然后，我们就见他匆匆忙忙跑到离我们约 50 米远的马路对面去问人，问好又急忙折回告诉我们，他的脸上一直流露出让我们心安踏实的笑意。

说真的，来之前的心情很是忐忑，还没开始旅行就做好了被冷眼对待的准备，然而现在亲身遇到这样热心的事，觉得非常意外与温暖。当时我和女儿彼此用眼神交流着对这个台北人的好感。在我们与这个台北人招手再见后，女儿和我忍不住同时脱口而出：“哎呀，台北人多好喔！”

还有一次等不到出租车正焦急，路过的一个中年女士知道我们是从大陆南京来的时候，她满脸洋溢着惊喜：“啊，是南京来的！ 连她的声音也都张扬着愉快呢。她的眼角是高兴地往上扬起的，我见她额上一下子堆叠了不少皱纹，眼睛也跟着明亮了起来。

在带我们去找出租车的路上，她很热络地和我们聊着天，问我们打算住几天，要去游览什么景点，也告诉我们一些台北人会去的好玩的地方……很快她帮我们拦到了出租车，她告诉出租车司机，我们是

TAIPEI STATION
售 票 機
Tickets Vending

南京来的客人，拜托一定要把们安全地送到目的地。这句话给我印象实在太深刻，她笑着的模样和热情对司机嘱托的神情让我对台湾这个地方的好感更进一步。

我喜欢上了台湾，喜欢上了台北人，还喜欢上了台北人的讲话方式：嗲嗲的，语调柔软，听起来舒服愉悦。

在台北，当我们说是从大陆来的时候，对方的反应还是正常的。但当我们说是从南京来的时候，对方的表情会显出一种特别的高兴和兴趣。

我后来想，可能因为老一辈台北人对南京有太多感情上的牵肠挂肚，而他们的子女也必受父辈影响，对南京有着好奇心和向往。所以很多台北人对南京怀有特别的感情吧。

台北人的衣着打扮大都很朴实。

在台北的台湾银行换台币时，看见职员们的办公场所互相没有被隔开，而是像我们上课的课桌那样并排摆放，几十号人敞开办公，想象中那种很现代化的银行派头完全没有。

女职员的穿戴很朴素，没有什么刻意的修饰，也没我们所熟悉的那种职业套装。她们的上装多数是纯白色或点缀着小碎花的淡色衬衫，式样在我看来有点过时。下身长裤也大都是深色，以蓝色为主，裤型也较肥松。穿裙子的很少，这让我不解。

我注意到一个女职员，有 30 多岁，在她的后脑勺上扎了一束马尾辫，顶端夹了一个素淡的灰色花饰，和其他人的裤装不同，她穿了条裙子，淡白色的喇叭裙上印有淡灰色的花朵，长度在膝盖上方。在周围，她显得比较突出，当时我们俩眼睛还对视了一下。

在我看来，她算是那个环境里的时髦人了。但她还是给我一种四五十年代的感觉，包括她的神态，缺少一种当代人的机敏，多了一分旧时光里的雅致与诚恳。当时的整个环境气氛给我的感觉是有点恍惚的，仿佛自己在看一部四五十年代的老电影。

这种恍惚感在台湾多次出现过。

台湾银行给我的感觉是——朴实，透着陈旧的慢吞吞的伤感调子。

夜晚，台北一些地铁的出口处，常有一些蹒跚的老妇推着简陋的小车。当你经过她身边时，她会用很低的声音向你兜售一些简单的自己做的物品，小花绳之类的手工。出于对劳动者的敬重，出于对一个已步履蹒跚却还自食其力的老人的敬重，我们会欣然买下，并报以赞赏的微笑及友好的再见。老人也会微笑地点着头一直看着我们远去。

在台北候车室及售票厅里，滞留着一些老人与残疾人，还有一些可能是我们定义里的那些“盲流”。他们把自己收拾得很干净，互相之间也非常友好。我见有位大约 70 岁模样的老妇推着装有小狗的车在大厅走来走去，东张西望着。起先以为她仅是一个过路的旅客而已，但后来发现她不停地与不同的人聊天，而且也都是与她年龄相仿的老人时，我就开始关注她与她周围的人。

我说服已买到去九份火车票的女儿，让她再等我十分钟。然后就若无其事地走近老妇，装模作样做找人状，侧耳倾听她和那些老人的谈话……

很快我就主动和她聊了起来。很幸运，她不排斥我，很乐意和我聊。原来，她和那些老人都是住在火车站附近的居民，属于孤寡老人那一类群体。为了排遣孤独，她和那些老人早晨收拾好自己，就会像上班一样来到热闹的售票大厅，然后互相说说话聊聊天，消磨着时间。

她说，天天能见到那些陌生的脸，推着大小不一的旅行箱在他们面前经过。听着他们嘴里冒出的懂或不懂的语言，会觉得新鲜有趣，觉得自己还活着。

她说她们喜欢这些“风景”，并把这些“风景”当作一种乐趣享受。有时，她们也会和过往的旅客聊天，从中知道了台北以外的世界，这让她们更依赖、喜欢这里。车站俨然承载了这些孤寡老人对生活的一种寄托。

她说她们害怕待在家里，那种没人气的寂静让她们心慌，害怕。

“我们需要声音，但不是喇叭里出来的声音。”她说，“是能感受到活人气息的声音。”她说得气哼哼的，好像对谁不满似的。

“大陆有像我们这样的老人吗？”她问我。

“我们那儿的孤寡老人，国家一般会安排进养老院颐养天年。”我说。

“是关在养老院？”她略吃惊地问。

“不，不是，”我忙解释，“他们是自由的，逢年过节，一些社会团体会去养老院慰问演出，还有义工、志愿者在平常的日子里和老人们唠唠家常，看看电影，也会带老人们去郊外转转。敬老院里还有专门的医生给老人看病。”

“噢——”她若有所思地点点头。

“有机会去大陆看看吧。”我对她说，并招手向她告别。我要赶去坐九份的火车了，不然来不及了。

在台北时，还发生了一件让我瞠目结舌的事情。

我和女儿在台湾大学门口拍照时，忽一阵嘹亮清晰的歌声在我身后响起——“没有共产党就没有新中国……”我蒙了，我回头循声望去，见一辆白色小卡车快速在前方马路上驰过。车后有一鲜艳红旗，上有一排黄字——共产党万岁！

我又一次恍惚，我这是在哪儿啊？我见女儿惊讶地张着嘴，不知所以地，也正茫然地望着我呢。

扑哧一下，女儿忽然笑出了声。想是我的不知所以的木讷样让女儿乐了，不过，她那个惊讶地张着嘴傻傻的样子也比我好不到哪儿去。

平常我喜欢抓拍街景，只要带着相机，我的食指是不离快门的，是永远搭在快门上的。这是为了以最快速度抓拍到风景。恍惚中，我下意识抬起相机，急忙咔嚓咔嚓几下，抢拍了这一情景。

后来我把它发在了某网站上，两岸的百姓能像亲戚一样走动，和平相处，让所有同胞庆幸欣慰。

My Daily Life with My Daughter

这会儿的
太阳
好温暖

the Sunshine
is so
Warm
Now

[2]

花莲记

相较于台北，我更喜欢花莲。

花莲是一座背山向水，很安静、很旧的小城。从城的这头使点劲可望见城的那头。那头是山，山头总有白云缠绕，仿佛有个凄美的故事正在发生。

因为城太小，花莲的公交车非常少。街上更多的还是摩托车，如同台北一样。但花莲和台北相比显然气势小了许多，不再是台北那成群结伙状，红灯一过，十几辆摩托车呼啦一下开过去，对面呼啦一下开过来。非常壮观，噪声也大。在花莲，红灯一过，最多两三辆从你身边驰过。但在遵守交规上，台北、花莲司机同样一点不含糊。这点比我们大陆百姓强。

刚到花莲，在路边等民宿老板来接我们时，旁边的露台上有几个正在聊天的陌生人知道我们是从南京来的游客，主动和我们聊了起来。其中有位女士说她也是从南京来的，住在 ×× 路。我一下来了憨劲儿，激动并亲热地大声说："哎呀是吗，很近呀，我就住在 ×× 路呀。"我的表情、语气许是夸张唐突了，他们只是朝我笑，并不接我话。我有点尴尬。

“她是在南京开公司的台北人……”一位儒雅有点谢顶戴着副眼镜的男士指着那位“南京”来的女士不无骄傲地说，我注意到他在“南京”两字上加重了语气。

“向阳渔港。”稍停，他又加了一句，骄傲之意依然浓烈。他是说那女士在南京开的公司叫“向阳渔港”。

“哦，向阳渔港啊，我知道我知道。”我依然有点激动地说，“向阳渔港在南京名气挺大的，生意据说很火爆，在南京有三个分店呢。但我还没机会去享受那儿的佳肴。”

后来我知道，他们都是台北人，是好朋友，相邀一起来花莲度假的，也是刚到花莲。

有了南京这个纽带，当时一种不可言传的好感让彼此在短短的十几分钟里的交谈甚是愉快，其中一位女士把他们的点心送给我们吃。遗憾的是接我们的车很快到了，而我竟毛毛躁躁地连招呼也忘了打，匆忙提着行李就上了车。

在民宿刚放下行李，我们便激动得不行。因为我们在五楼窗前惊喜地发现——

海，近得仿佛触手可及，海水的咸味，我们也闻得到呢。

顾不得一身疲劳，“快快，下楼下楼，看海去咯。”我拿起相机奔下楼去。

过了条马路，上了个台阶。大海，便赤裸着她宽阔的身躯展现在我们面前。

女儿比我兴奋，一边来回奔跑，一边朝海面大声喊叫：“哎，大海，我来啦，大海，你好啊。”我则在她后面，一会儿左一会儿右，一会儿蹲着一会儿站着，抓拍她喜欢大海而自然流露的快乐情绪。我们都极度兴奋。可惜海水太凉，我们只能在沙滩上跑来奔去。

一阵欢快忙碌后，终于累了，爬上坡，靠在护栏上，我们呆呆地望着海出神。这时有人在旁边对我们说，面前的海就是太平洋。太平洋，曾经是多么遥远的一个概念。

那一瞬间，我忽然有种莫名其妙的感慨。

那天，一直玩到傍晚，我们才回到民宿。第二天一早，我起来拍海景时，竟发现房间的钥匙昨天一夜都被挂在门上。我吓得不轻，赶紧拔下来放回房间。

出来时，看见隔壁房间里出来了一个戴眼镜的男人，手上也拿着相机和三脚架，互相都笑了。

他也是出来拍早晨海景的，从台东来。很自然地，彼此交流了关于相机曝光等一些技术上的问题。但他后来说了一些话让我浑身不自在。

他说玩摄影是个很高级的爱好，玩女人有什么好，弄得身体都是病。我们互相之间是陌生人，他陡然冒出此言论也太唐突没礼貌了，我很反感。我虽看不见自己的脸，但我这人一贯喜怒形于色不会掩饰

My Daily Life with My Daughter

这会儿的
太阳
好温暖

the Sunshine
is so
Warm
Now

内心，估摸当时就没有给对方好脸色。

我借故先走了。后来在海边看见他，我也有意识地绕道而行。他肯定敏感地察觉到了我的态度，没敢走近我，而是在不远处，在那个很大的礁石上靠着，他的三脚架则放在我和他之间的那块开阔的沙滩上。

我没法安静拍片，胡乱拍了几张就回民宿去了。奇怪，后来我也没再见到这个台东人。

花莲的景点离市区远，去景点的大巴也很少，下午两点半就没车了。一般自由行的游客都会选择租辆摩托车或自行车，这样玩起来随意灵活还能省下不少银子。遗憾的是我们不会骑摩托车，自行车虽然会骑，但因顾虑不熟悉路况和安全问题只能弃之，所以只能租辆计程车。

我们的司机是个育有两个女儿的年轻母亲，大高个，肤白，挺健谈的，一口闽南口音的普通话。我和女儿都喜欢听她嗲嗲地讲话，很享受。当她知道女儿是个插画师，还是单身时，说："那就嫁过来吧，你看妈妈又喜欢花莲，这样妈妈可以经常来花莲玩啦。"

接着她说她哥哥还没结婚，"我哥哥名下有一幢房子哦。"她又紧接着说，语气很是了不起。不知花莲人一幢房的定义和我们一幢房的定义是一回事不？我们一幢房是有很多套房的意思。

不过我当时还真有女儿嫁到花莲也不错的冲动想法，我太喜欢花莲那种"小城故事"的感觉。我拐弯抹角问了一下她哥哥的岁数，就没敢再接话了，年龄有距离，哈！

她后来就一直陪着我们玩，相处很是融洽。

鲤鱼潭，庆修院，立川渔场，林田山林场，花莲糖厂，瑞穗牧场，云山水农庄……我们虽是走马观花却也尽兴。所到之处不仅给人自然美还有新鲜感，新鲜感对于游客而言是很重要的。我对有着人文气息的林田山林场印象尤为深刻。

资料上说，最初林场由日本人开发，20 世纪 80 年代台湾全面禁止砍伐天然林木，后这片被废弃的林田山林场完完全全是旧时的模样，作为一处旅游景点，它很好地地保持着原貌。日式的铁皮房，矮矮的，一排紧靠着一排，虽经历了岁月的洗涤，陈旧又破败，但依然稳固地驻扎在那儿，依然有人间烟火气。尽管这里少见年轻人的身影，但我还是看见只有年轻人才喜欢的红色和白色摩托车很扎眼地歪靠在铁皮房边上那些佝偻着身躯、满头银丝的老人身旁。还有像我们这样的过客在村子里打转，或闲坐呆望或在门前收拾东西。

他们穿戴朴实，一觉醒来看见他们，你可能以为是自家小区空地上聊天的大爷大妈。

那些木制的和屋，有百叶窗的房子，旧式的路灯，静默伫立着；散发出机油味的旧厂房，里面黑污污的机床很坚定地站在那儿；依旧有气势的水泥高架铁道，耸立在半山腰；还有那些遗留在山坡上的桧木房舍与旧铁道……在漫长悠远的历史长河中，这些旧物仍然散发出令人动容的人文气息。能想象出这里曾经有多热闹和繁忙，又有多少悲欢离合在这里发生。

我问当地一位与我年纪相仿的女士："听说这里曾住着很多日本人，他们后来为什么离开？"

这位女士义愤填膺地说："他们当然要离开。这是我们的国家，日本侵略者为什么待在这儿？早就该离开了！"

这是她的原话。没有来龙去脉的解释，没有一句废话，干脆利落。这铿锵有力的爱国声音让我心潮澎湃，我使劲朝她点了点头，竖起大拇指。

我拿着相机和女儿在整个林区绕了一圈，拍了不少片子，但还有很多地方来不及拍，我还想和当地人聊一聊，也没时间了，我们要赶往另一个景点去了。女司机说："台湾有好多拍客专程来这里拍摄，有的拍客在这里一待就三四个小时。"

我说："三四个小时算啥，我在这能拍两天。或许，还要更长。"

这里真有的拍！

每一个场景都那么鲜活，生动，原汁原味。特别是那些见证过林场变迁的白发苍苍的老人，这是一个很有意义的拍摄群体。

回去的路上，脑海里全是画面，思绪乱飞。每一处场景在心里都呈现出一段故事，而且都是和悲欢离合有关。不知为什么，总想着有机会一定再来一次，最好能住在当地人家，这样的人文片拍起来会更接地气。

花莲城小巧，你若步行，半天就能把整个城逛下来。城里没什么特别的让我们惊讶驻足的地方，但城的边沿，那些黑色铁皮房和旧式的路灯却给我一种电影里偏远小城镇的感觉，让我欢喜得浮想联翩……

那天，日头炎炎，但我却兴致高涨。我把相机调在自拍档上，支在铁皮房的对面，焦段调至 18，光圈用 8 档。我想尽量把那块场景里的物件都清晰地拍下来。然后就顶着烈日，和女儿在那块范围里佯装陌生人，一会儿一前一后向同一方向行走，一会儿再相对而行。

为了随时随刻让自己美美地出镜，我和女儿每天都穿着裙子戴着麦芽色的草帽。所以，当时拍出来的画面还真有小镇的味道。这种把自己放进画面里的人文拍摄在整个台湾游中还有很多次。

花莲白天比较安静，天黑时才能感受到这是个蛮热闹的城市，因为灯火都亮了起来，街面上、店铺前来来往往走动的人也多了起来。

离开花莲的前一天晚上，我和女儿各吃了一份牛肉面，就开始在

街上转了。之前，在饭店吃完晚饭，我们就会匆匆往回走。因为回民宿的路上有一段路少有人迹，只有昏暗的灯光，景物也斑驳陈旧，即使路边有人家我也听不到一丁点儿声音传出，为了安全，我们必须早点回民宿。但几天下来，感觉花莲的治安还是挺让人放心的。所以决定最后一晚好好欣赏花莲的夜景。

走不远就被一户人家门前与众不同的摆设吸引了，有不少木质画框，被安放在漂亮的铁艺架上。框架里是水墨画，还有些摄影作品。门前还种着漂亮的植物。当时天已黑了，而这么多艺术品就那样摆在门外，这让我们对花莲这个小城更加喜欢留恋。花莲，是个路不拾遗的小城，我当时就这样想。喜欢和好奇让我们在已关闭了的门前徘徊，低声议论着主人的背景和品味，并不时地朝门里张望。

终于，还是惊动了主人。

一个富态居家的女人笑着打开门邀我们进去，显然她就是女主人。当时我们就羡慕得自卑了，女主人的眼神灵动，皮肤又白又嫩，说话的声音温温柔柔。交谈中知道，这家曾是个大户人家，房子有一百多年历史了。女主人是本土的艺术家，也是一所中学的美术老师。

屋里有些凌乱，到处摆放着艺术品，画像，雕像，老式的钟，各种字画。最多的物件是手工书，大大小小，被当作装饰，有的放在桌上，有的挂在墙上，有的放在柜子上。这些手工书都是主人自己亲手制作的，从选材，画画，设计造型和摆放，颇有一番心思。

女主人向我们介绍这些时，笑脸盈盈，神情里透着自豪和满足。

而因为“乱”和“满”，整个屋子也溢满了艺术的气氛。女儿也是美术工作者，所以互相交流得很是愉快。当女主人知道我的网名后，从柜子里拿出朋友从国外带给她的一把樱花香送与我，以示友好。然后我们又互相拍照留念。

她家那条狗先是不露声色地在我们脚下嗅来嗅去，后来大概见我们和主人谈得很欢，突然就趴着我的腿直往上蹿，吓得我大叫。女主人非常开心地说：“别怕别怕，它喜欢你才这样的……”

哦，原来是喜欢我才这样表现，狗的世界我还真不懂。现在回想起来，嗯，我还真想那狗狗——不仅有喜感还有质感，憨实样。

她对女儿身上的红连衣裙也非常感兴趣，称它为洋装，说好看，并问在哪儿买的。知道是我做的便饶有兴趣地问我，都是什么人找我订制衣服？我一听这话羞得没处躲，赶紧告诉她，我都是自己瞎捣鼓，做十件衣服有三件能穿，其他都是废品，所以从来没人找我订制服装。不过她称我做的裙子为洋装，我心里还是蛮得意的。

第二天，与花莲说再见后，我们启程去高雄。

上了火车，我就兴奋不已，因为有一对很潮的情侣就坐在我们旁边。想拍他们又不好意思，急得我坐卧不安。最后装着拍女儿偷拍了他们几张。哈哈……

一路上，窗外的风景让人不敢眨眼，美得让我大呼小叫……好像是在过了太麻里这站，我就发现火车开始贴着海边走了，这更让我疯狂了。我不停地从左边跑到右边拍，又从右边跑去左边拍。因为两边的景色都让我着迷，我都丢不下。

好在车厢人少，有的是空位，我可以行动自如。就这样一会儿左一会儿右地跑，终于累趴下来了。头晕，血压也上来了。可我还是舍不得窗外的蓝天白云，碧玉般的农田，风情的槟榔树，色彩缤纷的房子……最后，我是举着相机靠着窗户，一会儿眯着眼一会儿又猛地睁开……到了高雄。

到了高雄后，我们在小饭馆里听到了花莲地震的消息，虽然震级不高，但还是让我们后怕，我和女儿举着饮料互相安慰，也为花莲祈祷。

高雄给我的印象还是一个旧字，建筑风格没有大城市的现代感。我不禁感叹大陆有的县城都要比它“辉煌”。

在高雄旅店那十平方米的房间里，我被从唯一的窗户透进来的一束阳光给打了鸡血，亢奋了。藏在心底的，时刻都会被勾起的那种伤感情怀一下子因为这束光消散了。很快，窄小的房间、床上的凌乱衣裙、皮箱、拎包让我产生了强烈的拍摄欲望。

场景是现成的，不需要再费神费力，而且又是这么有感觉，好像专为我准备的，正好女儿去成品书店买书去了，房间就我一个人，我急吼吼地折腾开了。很快，我用一个小时拍摄了一组“住旅店的妇人”。影展中，我曾拿出两幅展览，黑白调子，反映不错。自己也觉得片子有很强的故事感。

这也是台湾行中我最满意的一组片子。

Part.5
翠花的幸福时光

Chapter

'01

Tracy's Happy Time

花园梦

这会儿的太阳好温暖

the Sunshine is so Warm Now

我曾住过很简陋的房子，只有十七平方米。屋顶没有天花板，有时能看见老鼠趴在房顶的大梁上一动不动，眼睛闪着犀利的光亮看着我，警惕地和我对视着。夜晚，我清晰地听见它们在瓦上肆无忌惮地跑来跑去，声音很大，我常在睡梦中被惊醒。

梅雨季节，屋里弥漫的霉味会持续至 8 月。一下大雨，家里房顶就会漏雨。我常在半夜被屋顶落下的雨水给淋醒。

一次，有条近一尺长的小蛇从纱窗的缝隙中溜了进来。当时我在睡午觉，听见背后窗台上有枯树叶摩擦的窸窸窣窣的声音，接着就有东西摔下后发出的沉闷响声，声音不大，我猜是个软体动物，凑近一看，果然是条蛇。

窗外全是草，我曾见过有蛇皮挂在邻居的屋檐下，所以这种情形我也早有预感。虽然害怕，但更多的是噫怪（南京话，恶心的意思）。

实在是受不了如此狼狈的住所，我开始整理房子。

用大块白色泡沫固定在房顶代替天花板，遮住房顶的不堪，拒绝老鼠的肆意妄为；用面粉做的糨糊把那扇破败的窗户用牛皮纸整个封住，挂上一幅与窗户同等尺寸的线绣画，盖住牛皮纸，使画和墙成为一个和谐的整体；我又用油漆在迎面的墙上画了一扇从上到下的绿色落地窗，画满整面墙；在有空当的墙壁上挂些大大小小的装饰物，让屋内尽可能显现主人的情趣；在花 50 元请人打的简易书架上，除了书还有用 30 元买来的大卫石膏像；各种绿色植物插在装有水的瓶里，被作为一种装饰放在了书架上。

屋子的空处摆上一张可收放的简易桌子，铺上本白色的台布，台布的下垂长度有70厘米，这样的长度看起来很舒服。把这些搞定后，有人对着那面画着落地窗的墙壁说：咦，这窗户好洋气。你家还蛮大的哎！

这话让我很是得意，心里偷乐了好几天。当时，她没看出那落地窗是假的是画上去的。她认为的“蛮大”，我认为完全是因为那整一面墙的落地窗，让房间有了纵深感之故。

我一共用了135元布置这些。135元，带给我意料之外的满足与自豪。也许从那个时候起，我那颗蠢蠢欲动忍不住要给周遭生活添置点什么的心，就开始肆意生长了。

我喜欢花，也喜欢养花。这大概是从小受父亲影响之故。

搬入新居后，房间多了，窗台也跟着多了起来，这让我很兴奋，很憧憬未来的生活。我心里清楚这些窗台将会释放我对花的热情。当时家里的生活费每月600元，这其中包含要付的水电费，还有一家三口需要添置的衣物也都在这里支出。

在这种窘迫的状况下，我应是没有额外的钱再买花的。但为了买花，我还是偷偷从不多的生活费里挤出钱来。买花时，为了省钱，不厌其烦一次次和花市的老板讨价还价。想以我能承受的价格买下喜欢的花。可这又怎么可能。

一来二往的，老板们都认识了我，都烦我了。有的数落我，有的漠视我的问价，不理我。那时为了打扮窗台，被人如此拒绝虽有不悦，但还是不管不顾，一门心思地想尽办法以自己能接受的价格买到花。

后来，我发现花市门前的垃圾里常常有别人丢弃的还有些生命迹象的花草。我高兴极了，那种心情就像发现了宝贝。每次去花市，我便先奔它而去。在乱糟糟臭烘烘的垃圾里仔细翻找看似还能救活的植物，捡回去养。再后来，我去花市就先打听老板们有无要丢掉的花草。

“有就给我吧。”我常这般低三下四地说。

有个老板说我是个捡破烂的。想到窗台上那绽放的花草，说我是个乞丐我也无所谓。

每年的4月，空气中真正有了暖意后，我便开始忙碌。收拾冷落了一个冬天的窗台，对花草摆放的位置重新设计，没熬过冬天的连盆丢弃，空缺处再添进新品种。

到了5月，窗台上的花草就进入了繁盛期。雨水丰富时，那些花草，天目草，天竺葵，等等，便噌噌地往上蹿。只有田七花会顺着窗台往下长，这种植物很好养，一个枝子能发好多芽，不知不觉中长成了一片绿色，很快就垂下了窗台。

田七花的花蕾刚冒出一点红色时，就如同婴儿红嫩的小嘴，让人疼爱得不行；它们窝在绿油油肥嘟嘟的叶子里，又像一颗颗红宝石，让人垂涎。田七花的叶子还可以摘下凉拌吃，中医说，田七有活血的功效。

现在我的窗台上又多了一株枝上有青色、紫色、粉色三种色彩的绣球花，是上次影展时女儿的老师送来的贺礼，它宽肥的叶子覆盖着大半个窗台，花期很长，三朵花已盛开两个月了，却还那么新鲜水灵，没有一点枯败的迹象。这是个好品种，也是近两年在花痴中流行的花品。

今年我还种了欧月，枣红色和红黄相间两个品种，想象着过几年窗台上下便会被欧月簇拥环绕，芳香飘荡，心里特别开心。

到时，让女儿穿着白色连衣裙、戴着草帽，站在窗前侍弄花草，我到对面的楼上对着这番情境来拍照，啊，那便是我想要的，我喜欢的，我追崇的生活景象呢。

我一直喜欢窗台上有充满生命力的花草争相开放，郁郁葱葱的景象。每次出门走在楼下，我都会回头向家里的窗台看去，那些花草，吊挂的，垂下的，茂盛地生长着，它们让我内心充满了喜悦。

我喜欢听邻居们赞美我的窗台，也喜欢看他们交头接耳议论我家的窗台，当我看见人们路过我家楼下并有意识地抬起头，望着我家的窗台面露羡慕之色时，我会不好意思，但心里又好想大声朝着楼下的他们喊：“哎，你们也养花吧，打扮窗台是件多快乐的事啊！”

我还设想过在大院里举办个“谁家的窗台最美”的比赛，就像鼓浪屿岛上的斗花活动……

啊，活着真好！

活着真好啊！

我在公交车上最乐意做的事，还是与植物有关，总是满怀期待地看路边上的那些楼房窗台上的那些花草。有的楼房被雨棚、防盗网还有各种电线牵扯，还有晾晒的衣服被褥掺杂其中，很乱。正遗憾时，

可能会柳暗花明，让我的眼前一亮呢，整个精神都会抖擞起来！

我发现还有一丛绿色簇拥着几朵鲜艳的花，迫不及待地从防盗网里伸出，向我招手向我微笑向我展示它的美貌呢。仿佛在告诉我："哎，我在这呢，一直在等你呢！"

我便立刻会欢喜起来，心情愉悦地望着它，直到看不见。然后，我想象着它们的主人一定是个有意思的人，是个再累再忙也需要花草植物陪伴左右的人。想象着自己和主人在花卉市场可能还有过一面之缘，开心地探讨过花卉的养殖技巧。甚至可能为争买一盆同时喜欢的花发生过争抢呢……哈哈！

你说，这是不是一件有趣的事情呢？

对那些窗台种有植物的人家，我不仅心怀好感，还充满着感激的心境。他们把花园建在了墙壁上，建在了半空中，让花儿美丽夺目地绽放着，让我这样的路人愉悦欢喜着。

如果窗台上空空荡荡，我会很着急。想着是怎样一种人家，让朝着阳光朝着马路的这么一块得天独厚可以创造风景创造美丽的地方，就这么空闲着呢？真是浪费呀……

不如给我呢，哈哈！

我还想过开个花店。

这个花店一定要在一个显眼的好市口，旁边要么围绕着高楼大厦，要么是民国式建筑，或是一个破旧的城区，这样会更加凸显花店，路人们会为之驻足，我这个花店将作为一道风景线，它将配合那些或旧或新的建筑一同展现在城市里。

它是独立的，简单的。它只需十个平方米或者更小，但它一定要夺目，要耀眼。人字形房顶上面是红瓦，下面四壁由红格子门还有红百叶窗组合，之所以这么起劲地选用大面积红色是因为平日我们眼里塞了太多的灰色，那些新旧建筑包括马路都呈现的是灰色调，让人们心里会有压抑的灰蒙蒙感，这种不敞亮的感觉不利于释放我们本就因为生活压力而紧迫焦灼的情绪。

红色作为花房的基调不仅是因为我本身喜欢红色带来的愉悦，而且灰和红也算是一种热情又不失庄重的调和。扫视过去，感观和心情都会有欣喜的跳跃，会分散人们的不良情绪。房顶的上面也可以做成一个露台，上面种满花草，再摆上我大幅的自拍照，每一年换一次新的，展示各种喜怒哀乐的面孔。

露台不对外开放，它仅供我个人创作而用。

屋檐下也爬满了花草，最好是最童话最田园最文艺的欧月，一定要玫红、大红、奶黄、淡粉这几种颜色，我以为这些颜色最能完美地展现诠释花的那种让人心旷神怡的美丽气场，它也能点缀红色基调的花房，使红色花房外观有了层次而不显单一。

门前是错落有序、大大小小各种造型的红色陶罐，一定要红色，只有它配得上百叶窗、格子门。陶罐里面插满了各种颜色的小雏菊，这样花房的外观有层次感，美而不乱。

我穿着复古的手工淡蓝色小碎花或粉色小碎花棉麻长裙，戴着黑边小麦色草帽，像塔沙奶奶那样坐在藤椅上，一边画画，一边卖花。

她是作为城市风景在那儿的，所以是否有钱可赚不重要。这个店在城市只能独此一家，不能有第二家。多了就没有它的独特性，没有独特性便没了意义。

我要申请专利买断它，希望政府能给予支持。

我有很多很多白日梦，这是其中一个。

每个女人都有一个花园梦。

我也如此。

曾幻想着物业能把小区的绿化工作交与我来做，幻想着本小区因为我的打理而成为人们争相来学习参观的花园小区。

我也有过行动，急不可待地占据了楼下一个平方种植花草，把捡来的大小人字木梯刷上白漆、绿漆放在植物中，梯上搭一层层木板，木板上摆了大大小小的陶罐花盆，花盆里是绿色爬藤和垂挂植物。它们顺梯而上或下地自由生长。

有时我还会把女儿白色的自行车斜靠在绿藤环绕的木梯旁。车前的藤篓里再放进一把粉红的康乃馨，书包架上摆一本书，只想象一下那个画面就很美，不是吗?

早晨，站在窗台前，望着楼下那个我自己的小花园，绿的、红的植物被阳光照射着散发出健康的光泽，旺盛的朝气，心里抑制不住地喜欢呀!

如有一块属于我自己的地多好呀，我会怎么怎么……我满脑子的幻想画面，停不下来，就站在那傻傻地笑着想着，如痴如醉。

一个小小的就如过家家的花园让我快乐了许久。

我捡拾了很多别人装潢时丢弃的粗木条，刷上绿漆准备做栅栏用。我会定期去一个捡破烂的老人那儿，寻搜我用得着的宝贝，比如可种花的木箱子，简陋的柜子。我特别叮嘱她，有看见长形的老旧百叶门或窗，一定要捡来留着给我哦。我愿意多花些钱来买它哎！

我对百叶门窗情有独钟，一直以为用百叶门窗布置花园有其独特的韵味。我常骑着单车在外面转悠，对那些正在装修的店面有着浓厚的兴趣，因为他们门前的装潢垃圾里会有很多宝贝，一些漂亮的光滑或粗糙的小木条，稍一加工，就是一件艺术品，可以放些干草干花，可以做各种造型挂在墙壁上。一些方方正正的复合板，下面用旧柜子做支撑架，铺上白色台布，再放一束随手摘来的小野菊，或几本书，一个手工杯，草帽，便成了一道风景。

只要有心，用很少的钱就可以将不起眼的角落打造成一个花园。花园无须太复杂的点缀，我坚定地认为。楼下的储藏室堆满了我这样捡拾来的宝贝，我努力并很认真地为花园做着准备，等着完成的那天。

写到这儿，想起前段时间一个花友为了她的花园梦，卖掉了市里的房子，在市外的南山湖买了一块地，正在大张旗鼓做她的花园事业呢。真是好羡慕。

我的花园，你也快来吧。

在没有花园的日子里，为了安抚花园情结，我在楼下墙角种了一棵玫瑰红的三角梅，幻想着它有一天能长成那年我在鼓浪屿看见的那样，铺天盖地，环绕门廊露台。想象着会有一块不大的草地与它相伴，草地的四周是用粗树枝构建的栅栏。栅栏上爬满了一年四季都会开的粉色和深红色的蔷薇，栅栏下是些枯黄的马尾草和粉红色的美女樱。

在草地上支一长桌，白色或蓝色的亚麻台布垂挂而下。桌上有书有酒，或散落，或置于睡倒的藤篓里，还有一堆凌乱的蓝色小雏菊，有几枝插在酒杯里，有几枝散落在桌上，地上还掉了几枝。

一只绕着黑边麦黄色草帽被风吹到了地上。还有两棵笔直高耸的银杏，它们扎根在草地的边缘，中间悬挂着本白色的吊床。吊床上有

个蜷缩着身躯，头发蓬乱，抽着烟，身上裹着枣红色毛毯在读书的女人，书的名字叫《当人生遍地狼藉时，艺术诞生了》。

银杏树上落下的金黄叶子点缀着绿色的草地和那女人。旁边一张深灰色老旧的藤椅上坐着一位戴米色鸭舌帽、下巴留着小胡子、脖子上系着红领结的男人。

他有70岁了，但他看起来很挺拔、硬朗。他在看一本书，名叫《患焦虑症的女人》，那本书的作者就是躺在吊床上不修边幅的那个女人。

对，那个女人，就是我。

我喜欢秋天时的银杏树，喜欢风起的时候，金黄色的叶子坠落时略带伤感的景象，有时甚至很迷恋。

所以，上面那段幻梦，我把它定格在秋天。是秋天的场景，午后，没有太阳，只有偶尔经过的风。这些符合我此时写字的心境，此时我正有点无厘头的忧伤。

很多时候，我是靠幻想来排遣我心底孤独寂寞的情绪，沉醉在想象的画面里，其实很享受。

我不想拒绝它。

Chapter

'02

翠花的幸福时光

Part 5 /

做手工的 日子

这会儿的太阳好温暖

the Sunshine is so Warm Now

我喜欢做手工，也尝试着当了回“生意人”。

有一次，我用 5 角钱的单价买了一批麻袋回来。清洗过后，把它们裁成我需要的大小。上方裁一个可以放进一圆柱木棍的口子，圆柱木棍是作为画布的撑架挂在墙壁上用的，下方抽条，做成流苏，然后将麻布铺在桌上，用丙烯颜料画画或用毛线在上面绣花，或粘上贴画。

画得最多的是太阳神，那时也不知为什么非常迷恋太阳神。至今家里还留有一个用白呢子做底子粗毛线绣成的太阳神。

那时我已经结婚。我把自己家里能挂的墙壁都挂上了，然后又做了一些送给母亲。

晚上，邻居们在门外看见亮着灯的房里墙壁上的壁挂不解地问母亲那是什么。母亲自豪地说：“那是我女儿做的壁挂画。”后来上瘾了，收不住手，越做越多，就想着去出售，可又不好意思。

孩子的爸爸自告奋勇说他去，正好那时附近有个庙会，那天女儿、我的一个小侄女也跟着去了……那些壁挂整体看还行，细看是比较粗糙的，这点我很自知。所以，我在家里一直很忐忑，心想可能不会有人感兴趣。

当时我们在家定的价是小的八元至十元，大的在十三元至十四元间。我在家里有些后悔，觉得定得太高，可能无人问津，可能一幅都卖不出去。可一想到自己在做这些画时的辛苦，又觉得这价位一点都不高，甚至还低呢。整个下午就这样在不安和矛盾中度过。

待他们晚上回来时，每个人都是兴高采烈的模样。女儿扬起红扑扑的荡漾着快乐的小脸，激动地对着我说：“妈妈，妈妈，庙会上好多人，爸爸找到个位置就在那儿卖画，我和姐姐就去玩。后来，我看见有一个人手上拿着一幅画，蛮好看的，再一看，好像是妈妈的画，但又有些不相信。姐姐就牵着我的手，在人群中找那幅画。终于被我们找到了。妈妈，我认真看了，真是你的画哎。”女儿说得很兴奋，一脸的欣喜自豪。

原来，她们到那不久，就有一对年轻人用十元买走了一幅小尺寸的壁挂。那天一共卖了 120 元。这是我第一次把手工活变成了钱。在写这段文字时，我让女儿又回顾了当时的心情。

她说：“当时看见别人拿着妈妈的画，有似梦非梦的感觉。妈妈给我的印象就是做饭买菜，送我上学放学，带我去姥姥家。可现在妈妈还会作画，而且画还能卖钱。这新的认识，让我对妈妈的感觉有点陌生迷糊，有点不好意思，又有点自豪，反正很乱，好多情绪一波波在我脑瓜里翻腾。”

后来我还做过包和布娃娃，然后拿着物品走街串巷去一些店里推销。起初也不懂，就先站在店外面往里看，揣摩着哪位可能是老板，面善不善，好不好说话，会不会把我轰出去，不敢去大店，专去那些不起眼的小店。

有一次，我在一个马路边的小房子前向一位老人和一个年轻人推销我的布娃娃，讲了半天，他们只笑不说话。我心里奇怪，再一看，人家是个卖报纸的。

我不好意思地站在路边向路人兜售，那次收益 124 元，共 6 个布

娃娃。坚持了半个月，不干了，太累。

买菜，烧饭，打扫卫生。设计娃娃的造型、包的款式，画、绣、裁、买、踩缝纫机，全要我一个人来完成，成本太高，收成太少。

我性子急，短时间没见收获，便没了干劲。

我从小喜爱手工，年轻的时候做，现在老了也不曾丢弃。买几块布，做些简单的裙子、包包、娃娃，再画上几笔，绣上几朵，成就感能让自己快乐好几天。

缝缝绣绣乃是我人生中一大快事，我觉得，这是一种生活态度，也是一种时尚呢。

Chapter

03

Tracy's
Happy Time

做衣

去年棉麻余两丈，缝缝绣绣做衣裳。
扯线调色把花上，不知穿身谁喜欢。

Part 5 /

翠花的幸福时光

Chapter

04

Tracy's Happy Time

玩电脑的 女裁缝

这会儿的太阳好温暖

the Sunshine is so Warm Now

从前有个女裁缝啦

喜欢这折腾一下那折腾一下啦

不忘生计也不忘上电脑啦

常常被网上的灵异吓得半死啦

看政治新闻她也会严肃啦

老啦

裁缝这活计她干得有点吃力啦

工作起来她却一丝不苟认认真真啦

网上很精彩，她常常喜不自禁啦

看见别人拍了好作品，

她也会羡慕嫉妒加恨啦

那天有个新闻说是夫妻俩打架啦

眼看那女人吃了亏，她急啊

后来警察出现了，那男的傻了，

女人就趁男人不注意上去狠狠地

踹了那男人两脚

她开心地叫好啊，

因为那男人打自己老婆不是好东西啦

瞧，她说这是她做的衣服啦

你不信啊

讨厌啦，真是她辛苦做的啦

伤了自尊，她生气啦

玩电脑去，不理你啦

Chapter

'05

Tracy's Happy Time

翠花的幸福时光

the Sunshine is so Warm Now

这会儿的太阳好温暖

翠花想家了

她想她的老娘了

老娘100岁了

就等着她回去祝寿呢

她想她的儿子了

儿子找了个贤惠又漂亮的媳妇

就等着她回去办喜事呢

她想她老公了

老公用她寄回去的钱开了家小饭馆

就等着她回去炒酸菜呢

翠花想家了

她急着要把手上的货全抛掉

好带着现金回老家呢

06 / 10

My Daily Life with My Daughter

Chapter

'06

这会儿的太阳好温暖

the Sunshine is so Warm Now

城府是个什么东西

年会上有人说我城府很深，我一方面被惊喜到，但内心却又强烈地排斥拒绝。

我的反应在脸上的呈现大概也是矛盾，又喜又悲的，说话人被我忽冷忽热的夸张神态给折腾得不知所措。

他忙说，不是……不是……

他忙说，我是说你的摄影城府很深。

然后，我就很认真地分析他最后一句话欺骗性的概率究竟是多少。

Chapter

07

Tracy's Happy Time

天天能看见的风景

这会儿的太阳好温暖

the Sunshine is so Warm Now

[1]

—

帽子

我喜欢帽子。

虽然我戴帽子并不漂亮，但还是喜欢，并乐此不疲地去买它。看上漂亮的帽子，从不多的钱里抠出一些，和商家还价后，以能承受的价格买下帽子，也买下快乐。

常逛帽子店，一顶帽子该值多少钱，我心里是有点底的。我很少买超过五十元的帽子，除非它有独特的设计吸引我，让我不舍得丢下它。

去年我在外贸展销会上用四十元买下了三顶复古礼帽，开心得我到处向人炫耀。买回的帽子我大多要重新加工，我不满意帽子上的原有饰物，俗且粗糙，买它是因为我看中了它的型和色。

哈，不过，经我重新加工后的帽子，其实是不太合适日常戴着上街的，因为与环境格格不入，我大多是把它当装饰物摆放，或与朋友拍照时拿出来用。

不过，我若是要去外地，那我可会不顾一切地戴上这些漂亮的帽子，并一天一换地戴着它们招摇过市。

Tracy's Happy Time

这会儿的太阳好温暖

the Sunshine is so Warm Now

Tracy's Happy Time

the Sunshine

这会儿的

太阳

is so Warm

好温暖

Now

[2]

—

藤篓

花 80 元新买了藤篓，用铁丝纤维板把它固定在自行车龙头下，摆上花草或放一些瓜果蔬菜。

它，便是一道风景。

自己喜欢，路人也欣赏。

常常因为藤篓让俺有了回头率，人们会停下匆匆的脚步新奇地说，咦，真好看，好与众不同哦。要么会意地笑着冲我点点头，要么问在哪儿买的，也要去买一个呢。

还有的人呢，会盯着我看半天，满脸的捉摸劲仿佛在说，这人好怪，怎么用这东西？

印象最深的是二十年前一个同事说我是云南少数民族人，就因为我的自行车篓是藤编的，竟和漂亮的云南少数民族扯上了。

哈，蛮开心的。

除了自行车藤篓，家里有很多藤编物，草编物。

实用又好看，它们在不大的房间里散发着自然朴实的气息。

让我欢喜。

[3]

—

阳 台

老式的封闭阳台，长 5 米，宽 1.5 米。

方寸之地，却种下过很多的心情。

有，用高价买的漂亮花盆被打碎后的郁闷；

有，泼洒的泥土和水被带进房间后又粘连在地板上的烦躁；

有，扮演各种人物被定格后的那倏忽而至的欣喜；

有，亲手种植和采摘的花草被当作饰物装扮着阳台，被朋友们赞美后的满足；

有，春天来的时候，太阳也跟着回来了。它在被冷落了一个冬天的阳台上悠闲晃荡时的那份暖意，让我情不自禁对日子又一次憧憬和设计的那份美好。

[4]

—

天 天 能 看 见 的 风 景

看见喜欢的东西，扒拉着口袋算计价钱的同时，也想着它是否会

成为一道风景。

百看不厌，每个角落都能让我愉悦的风景。

家居，你若随心所欲地去折腾，风景也将会是不一样的。心境也

将会是不一样的，新鲜感会让你热情澎湃，更爱生活。

多数时候，装饰家居，我们是不需要大张旗鼓的。选一块墙壁，钉上挂钩。用你的日常——漂亮的衣裙、帽子、包包，略微装饰一下，便可成为一景。漂亮的物件不要藏着，尽可能地去展示它，才是你要做的。

一个四分五裂的陶罐，失去了原有的功能。但你可以用胶带修粘，放些或真或假的花草，系上麻绳，挂在墙壁，即便有修补的痕迹也无须理会，因为那里能折射出残缺的美丽。

很多的事物可以举一反三，找寻美感也如此。

以为经历了很多，对生活仍保持一股不息的热情很奢侈。

塔莎奶奶说：“仅仅只是活着，就值得感谢了不是吗？”就算令人恐惧的事件层出不穷，这世界依然如此美好。

老了，不一定要成为家人的负担，只要懂得创造生活乐趣，也就不再是件让人畏惧的事。反之，你有充足的时间可以花在更多美好的事物上。你会发现，原来，年老后的生活也可以这么过。

想获得幸福，就努力使心灵得以充实吧！我满足于身边的任何事物，无论是屋子、庭院、动物或是天气，生活中的一切，都令我满足。

[5]

对话

今早买菜，目睹与耳闻。

顾客甲激动道："哎，老板，我刚去市场办公室校过秤了，15块钱一斤的大虾你竟扣我两块钱的秤啊，太过分了吧你。"

小贩脸一沉道："谁说15块一斤啦，15块钱一斤你拿来给我，有多少我要多少，16块钱一斤卖给你我都亏。"接着后面是一串不堪入耳的脏话。

顾客甲气得哑口无言，半天才结结巴巴道："你……你……你，你说15块一斤我才买的……"

再往前又另一番光景。

顾客乙："你别扣我秤噢。"

小贩："不扣你点秤我喝西北风去啊？"

再往前。

顾客丙："你这菜怎么都是虫眼啊？"

小贩："不懂了吧你，这叫有机蔬菜，时下最受欢迎的菜，因为没有洒农药，所以才有虫眼，看你是有文化的人哎，这个都不知道啊。"

再往前。

顾客丁：“哎，你这菜不新鲜嘛。”

小贩：“什么，我的菜还不新鲜啊？回家吃不新鲜明早 4 点钟来地头找我，我给你看我的菜可新鲜。”

实在忍不住笑的我，选择离开。

Chapter

08

Tracy's
Happy Time

不如，你就留下来陪着我

不如，

你就留下来陪着我。

或我追着你入你的梦，

花海羞笑，

长廊相望。

或我翩翩起舞，

一番自怜自醉不想归，

惹得你怜爱。

我看见两颗星星在闪烁，

那是你的眼泪吗？

不如你就留下来陪着我，

不如，

你就留下来陪着我。

一夜难眠，辗转反侧，魂不守舍。

又开始自言自语，

为什么老是把相片拍虚呢？

为什么不带三脚架道具呢？

为什么不踏实地学摄影技巧呢？

为什么老把后悔药揣兜里呢？

为什么见到好景只会享受快门声呢？

哎呀呀，气死我了。

前日在高淳待了一天，

下午 3 点时往桠溪奔去，

专为拍桠溪的夕阳油菜花，

在车上就看见了这美丽罕见的暮光，

兴奋得差点晕过去。

哎呀哎呀太美了！举相机按快门。

回家打开电脑一看，哎呀呀全虚了。

想着谁去再搭上我吧，我还要拍还要拍。

穿上大摆的裙子，戴上大沿的草帽，拎着那盏小灯，我还要在光影里跳几段芭蕾。

有人低语，哟哟哟，又老又丑折腾啥。

我大声说，哎呀呀，谁叫我是女人呢。

图书在版编目（CIP）数据

这会儿的太阳好温暖 / 刘瑶著 . —杭州：浙江人民出版社 , 2017.11

ISBN 978-7-213-08410-2

Ⅰ . ①这… Ⅱ . ①刘… Ⅲ . ①随笔–作品集–中国–当代 Ⅳ . ① I267.1

中国版本图书馆 CIP 数据核字（2017）第 247080 号

这会儿的太阳好温暖

刘瑶　著

出版发行　浙江人民出版社（杭州市体育场路 347 号　邮编 310006）

责任编辑　徐　婷　钱　丛

责任校对　张志疆　朱　妍

封面设计　@_ 叁囍

电脑制版　@_ 叁囍

印　　刷　北京市雅迪彩色印刷有限公司

开　　本　880 毫米 ×1230 毫米　1/32

印　　张　8

字　　数　162 千字

版　　次　2017 年 11 月第 1 版

印　　次　2017 年 11 月第 1 次印刷

书　　号　ISBN 978-7-213-08410-2

定　　价　39.80 元

如发现印装质量问题，影响阅读，请与市场部联系调换。

质量投诉电话：010-82069336